中公文庫

# 奪還の日

## 刑事の挑戦・一之瀬拓真

堂場瞬一

中央公論新社

目次

## 登場人物紹介

一之瀬拓真《いちのせたくま》……警視庁捜査一課の刑事。ギターの練習が日課
春山《はるやま》…………江東署から捜査一課に異動してきた後輩刑事
宮村《みやむら》…………捜査一課の先輩刑事。刑事ドラマと警察小説好き
若杉《わかすぎ》…………体力勝負の捜査一課刑事。一之瀬の警察学校同期
水越《みずこし》…………捜査一課長
小野沢《おのざわ》………捜査一課管理官
岩下《いわした》…………捜査一課係長

島田幸也《しまだゆきや》………強盗殺人事件の被疑者。会津若松市出身
中本啓太《なかもとけいた》………島田の高校時代の親友。福島県教育委員会
佐原修介《さはらしゅうすけ》……島田の高校・大学時代の同級生。福島平成大学学生課
大井美羽《おおいみう》………島田の高校時代からの恋人
浜中悠《はまなかゆう》…………商社のハマナカパートナーズ社長
ボブ・ヤマシタ…日本に留学経験のある日系四世。三年前に再来日

深雪《みゆき》……………一之瀬の妻。入籍直後より、仕事の関係でドイツの研究所に派遣されている
城田《しろた》……………福島県警捜査一課の刑事。一之瀬の警察学校同期
橋本《はしもと》……………福島県警刑事部長
南田《みなみだ》…………福島県警捜査一課管理官

## これまでのあらすじ

千代田署刑事課から、巡査部長への昇任に伴い警視庁捜査一課に異動した一之瀬。一年が経ち、初めて後輩ができたが——

# 奪還の日　刑事の挑戦・一之瀬拓真

# 〈1〉

「緊張するなよ」

一之瀬拓真《いちのせたくま》は、覆面パトカーのハンドルを握る後輩刑事、春山英太《はるやまえいた》に声をかけた。四時間前に東京を出てからずっと、肩に力が入りっ放しである。いくら若くても、これでは肩が凝《こ》るだろう。

若いと言っても、一之瀬とは二歳しか違わないのだが。

春山はこの春、江東署から本部の捜査一課へ異動になったばかりだった。去年、江東署管内で起きたバラバラ殺人事件の捜査で一緒になった時に、なかなか見所があると思っていたので、一之瀬としては大歓迎だった。

それにしても、こいつは「持っている」。小柄で童顔、頼りなく見えるのだが、刑事として最も重要ながら訓練では鍛えられない素質――「事件にぶつかる運」を持っているのではないかと、一之瀬は考え始めていた。今回の事件は、春山が本部へ来る直前に都内で発生し、彼が異動してきてすぐに、福島県警が被疑者を確保した。警視庁側ではほとんど苦労していないわけで、春山は早くも「ラッキーボーイ」と祭り上げられている。たぶんに、からかいの意味が籠《こも》っているのだが……春山自身も察していて、そう呼ばれると戸惑いの表情を浮かべる。

「緊張しますよ」春山がハンドルを握ったまま肩を上下させた。四月の昼はまだ短く、外は既《すで》に暗くなってきている。春山がヘッドライトをつけると、東北道の路面が明るく照らし出された。福島西インターチェンジまで、あと数分というところだろう。

「ラッキーだったと思えばいいんだよ」

「でも、自分では何もしてないんですよ？」

「だから、ラッキーなんじゃないか。運も実力の内だって」

「そうですかねえ……」

春山は自虐的というか、自信が持てないタイプというか、いつもおどおどしている。捜査一課には未《いま》だに「猛者《もさ》」がおり、そういう先輩たちを恐れているようでもあった。

「一之瀬さん、向こうに知り合いがいるって言ってましたよね」

「ああ、同期なんだ」

「福島県警なのに同期なんですか？」

「警視庁の同期だよ。東日本大震災の災害派遣で向こうへ行って、結局そのまま転籍したんだ」

「すごいですねえ」心底感心した口調で春山が言った。「ずいぶん思い切って……家族とか、何にも言わなかったんでしょうか」

「いろいろあったけど、福島で結婚したから」

「ああ、なるほど……じゃあ、本当に福島に根づいた感じなんですね」

「本人は、浅草《あさくさ》生まれのバリバリの江戸《えど》っ子なんだけどね」

雑談を交《か》わしているうちに、春山の緊張は解《ほぐ》れてきたようだった。後輩をいい具合にリラックスさせるのも先輩の役目なんだよなと思いつつ、一之瀬はばたばたしたこの数時間を振り返っていた。

福島県警から身柄確保の一報が入ってきたのは今日の昼前だった。あれこれ確認して、大急ぎで出張の準備を整え……遅い昼飯というか早い夕飯を食べたのは、つい一時間ほど前である。給油ついでに東北道のサービスエリアに立ち寄り、五分で立ち食い蕎麦《そば》を啜《すす》ったのだった。

今夜は城田《しろた》とゆっくり話ができるだろうか。城田は福島県警に転籍してから、「被災者を直接助けたい」という理由で、外勤警官として働いてきたのだが、去年捜査一課へ異動になり、さらに結婚と、ここ数年は実に慌《あわ》ただしい日々を送っている。そういう一之瀬も、本部の捜査一課へ異動になり、学生時代から十年近くつき合ってきた深雪《みゆき》とようやく入籍した。ただし深雪は、籍を入れた直後に仕事の関係でドイツの研究所へ派遣され、帰って来るのは来年、年が明けてからの予定になっている。結婚早々これはないよな、と愚痴《ぐち》を零《こぼ》しがちな毎日だが、結婚する前から決まっていたことだから仕方がない。正確には、プロポーズした直後に派遣の話が持ち上がったのだが、結婚を先送りする理由にはならないと、予定通り籍を入れたのだった。深雪を昔から可愛がっている一之瀬の母親は、結婚式は先送りにするという二人の決定に、露骨に不満そうな表情を浮かべたが。「あんたはどうでもいいけど、深雪ちゃんのウェディングドレス姿は早く見たい」。

「今夜は、久々に同期で一杯ですか？」

「仕事の都合がつけばね」

「あちらの捜査一課は、そんなに忙しくないんじゃないですか？　身柄を押さえたのは所轄で、県警本部の捜査一課は関係ないし」

「まあな……でも、もしかしたらこっちは今夜中に東京へ帰るかもしれないし」

「日帰りですか？　忙《せわ》しないですねえ」

とはいえ、無理な話ではないのだ。今夜、福島県での取り調べは簡単に終える予定で、それから東京へ引き返すことは十分可能である。城田とは「非公式」に話をして、時間が折り合えば会おう——と約束していた。今夜急遽《きゅうきょ》東京へ戻ることになって会えなくても、城田は文句を言わないだろう。警察の仕事が状況によってどんどん変わることは、彼だってよく知っているのだ。

「ま、それは俺たちが決めることじゃないから」

「ですね……あと十五分ぐらいです」

「ゆっくり行こう。焦ってもしょうがない」一之瀬は足をぐっと伸ばした。自分で運転もしていないのに、四時間近く車に乗りっ放しで腰が痛い。どうせ指名手配犯を護送するだけなのだから、車ではなく新幹線でよかったのに。やはり福島に向かっている同じ班の同期・若杉《わかすぎ》や先輩の宮村《みやむら》は、新幹線を使っている。「車が必要になるかもしれないから」という判断で二人は覆面パトカーに乗ってきたのだが……もう少し考えて、新幹線をプッシュしておけばよかった。何しろ新幹線なら、一時間半しかかからない。

城田がいるせいもあって、一之瀬は福島へは何度も来ている。今や馴染《なじ》みの街だと言っていいだろう。この前来たのは去年の秋、城田の結婚式の時だ。ちょうど、衆院解散翌日の土曜日。結婚した相手——地元の小学校で教えている由布子《ゆうこ》も福島出身だから、こちらで結婚式を挙げるのは当然だが、城田の両親が微妙に不機嫌で、ハラハラしたのをはっきりと覚えている。代々続く江戸指物師《さしものし》の父親にすれば、息子が警察官になって、伝統の家業を途切れさせてしまったことだけでも気にくわないのだ。それが東京から福島へ引っ越し、地元の女性と結婚したとなったら……息子が永遠に福島に奪われてしまったように感じていてもおかしくはない。

東北道経由で福島に来たこともあるので、道順の記憶はすぐに蘇《よみがえ》ってきた。福島西インターを降りて、国道一一五号線へ。広がるのは、日本全国どこでも同じような郊外の光景だ。ガソリンスタンドにコンビニエンスストア、チェーンのレストランと、道路標識がなければ、自分がどこにいるのかも分からなくなるような店舗ばかり。こういう店舗の展開はどうやって決まっていくのだろう、といつも不思議に思う。

国道一三号線との立体交差の下をくぐれば、間もなく市街地だ。県警本部や、福島中央署方面へ向かうには、ルートは二通り……一之瀬は、東北新幹線を越え、阿武隈《あぶくま》川沿いに北上する国道四号線を通る道順を指示した。福島市内は、街路がほとんど整備されていない――細い道が多く、一度迷いこむと脱出が面倒なのだ。幹線道路を行くのが一番間違いがない。それにこのルートだと、阿武隈川を渡る弁天橋を通る。あそこから見る阿武隈川の景色はなかなかのものなのだ。

春山がまた肩を上下させた。まだ緊張が抜け切っていない様子である。

「そんなに緊張するなよ」思わず苦笑して、同じ台詞《せりふ》を繰り返してしまった。

「被疑者の引き渡しなんか、初めてなんですよ」

「身柄を引き取るだけだから、大したことはないさ。この程度の仕事、すぐに慣れるよ」

一之瀬の感覚では、ほとんど事務手続きだ。だいたい、自分たちが被疑者を東京まで護送していくとは限らない。護送には新幹線を使い、明日も東京までのドライブで終わるかもしれないのだ。後輩に申し訳ないから、明日の運転は自分が引き受けようか、と考える。

「島田幸也《しまだゆきや》、三十三歳、会津若松《あいづわかまつ》市出身」春山がぶつぶつとつぶやく。自分の記憶を補強しようとするつもりのようだった。「地元へ逃げ帰って来たんですかね」

「そうかもしれない。でも、身柄を拘束されたのは、会津じゃなくて福島だけどな」

「同じ福島県内じゃないですか」

「中通りと会津じゃ、全然違う」

福島県は、浜通り、中通り、会津と三つの地域に分かれ、歴史的にも成り立ちが違う。現在の中通りは、県庁所在地である福島市、経済活動の中心である郡山《こおりやま》市を含み、名実ともに福島県の心臓部だ——という話を、一之瀬は城田から聞いていた。

「ああ、それはそうですね」

「君も隣の県出身だから、知ってるだろう」春山の田舎《いなか》は山形県だ。

「そうですね。山形も、置賜《おきたま》、村山、最上《もがみ》、庄内……四つに分かれてますし」

軽口を交わし合っているうちに、弁天橋を渡る。残念ながらもう暗く、阿武隈川の流れは視界に入らない。そもそも春山は、周りの景色を気にしている余裕もないようだったが。

阿武隈川をもう一度渡ると、国道一三号線にぶつかる。一之瀬は左へ曲がるよう、指示した。福島駅方面へ向かうルートで、ここから先が福島市の本当の中心部になる。並木が綺麗《きれい》な通りで、ちょうど夕方のラッシュ時間帯にぶつかってしまったので交通量は多い。左折するとすぐ左側に、福島中央署が見えた。二つの建物がつながるような造りで、なかなか立派な庁舎――県内最大の警察署だからそれも当然か。警視庁で言えば、一之瀬が卒配で勤務した千代田《ちよだ》署と同じような存在だろう。

この辺《あた》りまで来ると、頭の中にはっきりと地図が蘇る。一之瀬は道順を指示した。署を通り過ぎて左折、すぐにまた左折すると、庁舎の裏側に出る。一之瀬は、裏手にある駐車場に覆面パトカーを停めるよう、春山に命じた。車から降りたつと、ひんやりとした空気に全身を包まれる。さすがに東北、四月とはいえ、春はまだ遠い感じだ。

二人は、二つの庁舎の間を通って、署の正面に出た。通りを風が吹き抜け、一之瀬は思わず首をすくめる。コートに裏地をつけてくるべきだったと悔いた。コートなしの春山の顔は蒼褪《あおざ》めている。

「コートぐらい、用意しておかないと」一之瀬はすかさず忠告した。

「いや……でも、四月ですよ？」春山が遠慮《えんりょ》がちに言い返す。

「寒い思いをするよりは、暑い方がましじゃないか。こういう時のために、ロッカーに一枚入れておくと、何かと便利だよ」

「……ですね。だけど、体が鈍《なま》ったなあ。昔はこれぐらいの寒さ、何でもなかったんですけど」

「東京の気温に慣れたんだろう」最近の東京では、冬の寒さを問題にする人は誰もいない。話題になるのは夏の暑さばかりだ。

署に入ると、しっかり暖房が効いていてほっとした。一気に解凍された気分になり、一之瀬はすぐにコートを脱いだ。

「一之瀬」声をかけられ、顔を上げると、城田が当たり前のような顔をして目の前に立っていた。

「ああ」つい間抜けな挨拶《あいさつ》をしてしまう。

「遅かったな」

「車だったんだ。他の連中は？」

「もう来てる。二階の刑事課にいるよ」

城田は少し太ったようだった。結婚して半年あまり、美味《うま》い食事で甘やかされているのだろう。実質独身生活を貫く一之瀬とは大違いの、豊かな生活に違いない。スーツの下には明るい茶色のカーディガン。これで防寒対策も完璧《かんぺき》なのだろう。

城田に続いて階段を上がる。すぐ脇に並び、「被疑者、どんな様子だ？」と訊《たず》ねる。

「今のところ大人しいよ。逮捕した時も、観念した様子だったから」

「何か喋《しゃべ》ったか？」

「喋らせるのはそっちの仕事だろう？」

「どうも、うちの被疑者がご迷惑をおかけしまして」

城田が立ち止まり、にやりと笑ってみせた。所属こそ違え、刑事同士の普遍的な軽口

――自分たちもすっかり刑事になったのだ、とでも言いたげな笑顔だった。一之瀬としては、そんな感慨に浸《ひた》っている余裕はなかったが。城田たちにすれば、後は被疑者を引き渡すだけ。警視庁からは丁寧な礼を言われ、後々の自慢にもなる。「警視庁の連中の面倒を見てやってさあ」等々。それぐらいで福島県警の士気が上がるなら安いものだ。いくらでも話のネタになってやる。

刑事課には既に若杉と宮村がいた。若杉はいつもと同じ、むっつりした表情。宮村は地元の刑事相手に、身振り手振りを交えて何か話している。唐突に笑い声が弾《はじ》けた。自分の得意分野の話――昔の刑事ドラマのネタでも開陳《かいちん》しているのだろう。宮村は刑事ドラマと警察小説が好きで、それが高じて刑事になったタイプである。最初は冗談だろうと思ったが、言葉の端々に古い刑事ドラマの台詞が出てくるので、真正のマニアだと分かった。

「遅いぞ、一之瀬」突然、宮村が真顔で鋭い声を飛ばしてきた。

「すみません」短く謝って、一之瀬は二人に近づいた。余計な言い訳をすると、この先輩は話が長くなることを分かっている。「被疑者は……」

「今、留置場だ。これから軽く取り調べて、明日の朝一番で東京へ護送する」

「予定通り……新幹線ですね」

「ああ。それで、お前は明日もこっちに残ってくれないか？　奴の立ち回り先を調べておきたいんだ」

「地元の会津とかですか？」

「そう、奴がこの辺で何をしていたか……取り調べを始めれば、裏取りをする必要がある。というわけで、しばらくこっちで待機だ」

「分かりました」そういう指示もあり得ると思って、準備はしてきていた。とはいっても、いつもロッカーに用意している着替えを持ってきただけだから、荷物も多くはない。傍《かたわ》らでは、春山が「しまった」というような顔をしていたが……これは自分の失敗でもある、と一之瀬は悔いた。泊まりこみの可能性を指摘するのを忘れていた。まあ、福島市なら、着替えなどを揃《そろ》えるのにも苦労しないだろう。

「お前は、今夜はゆっくりしておけ」宮村は、城田に向けて顎《あご》をしゃくった。「久しぶりに同期と会ったんだろう？」

「ええ」

「積もる話もあるだろう。明日からクソ忙しくなるんだから、今夜ぐらいは、な？」

「いいんですか？」宮村も気が抜けているな、と一之瀬は心配になった。

「ついでに泊めてもらえばいいじゃないか。一泊分、宿泊費が浮くよ。経費削減の折り、表彰対象になるかもしれないぞ」

「まさか」一之瀬は思わず苦笑した。何かと調子のいい発言をするのが宮村の弱点だ。

「ま、それはともかく」宮村が咳払《せきばら》いをした。「警視庁と福島県警の友好を深めるためにも、いいじゃないか」

「一之瀬、俺は構わないけど」城田が割りこんだ。

「ああ、じゃあ……」

「心配するな。こっちは家が広いから」

「それなら、お言葉に甘えてお世話になるかな」

城田が破顔一笑した。彼にすれば、この事件は気楽なものだろう。というより、自分の仕事ではないと考えているに違いない。

こっちにしてもありがたい限りだ。何だかんだで、城田とはずいぶん長いこと、ゆっくりと話していない。


〈2〉


こういう夕飯なんだ、と一之瀬は少し拍子抜けしていた。福島の郷土料理のオンパレードになるかと思っていたのだが、夕食の席に出たのは、ごく当たり前の寄せ鍋だった。

「それにしても、この家、広いな」一之瀬は目の前の寄せ鍋のことを一時頭から追い出して、ぐるりとリビングルームの中を見回した。ここだけで、二十畳ぐらいあるだろう。物が少ないせいで、広く見える。

「これで家賃十二万だ」城田がさらりと言った。

「十二万？」一之瀬は思わず目を見開いた。「うちも家賃は同じぐらいだけど、面積は半分だぜ。間取りは？」

「3LDK、九十平方メートル」

眩暈《めまい》がする思いだった。一之瀬と深雪が杉並区阿佐谷《あさがや》に借りた新婚の部屋は、家賃こそ十一万円で、城田の家とさほど変わらないが、広さは四十平方メートルほどしかない。駅から近いのが利点だが、狭苦しいのは間違いなかった。今は一人だから、独身時代のワンルームマンションよりはましだが、深雪が帰国したら、途端に狭苦しく感じるだろう。子どもでもできたら、即座に引っ越しだ。

「だけど、考えてもみろよ」城田が缶ビールのタブを引き上げた。「こっちの地価は、東京の半分以下……もしかしたら、三分の一より安いんじゃないか？　それを考えると、ここも結構割高だと思う」

「そうなんですよ」キッチンに立っていた城田の妻、由布子が振り返る。「それに古いし」

「築二十年近いからな」城田が話を合わせた。

「でも、ちょっと金を貯めて、すぐに馬鹿でかい一戸建てを買うんだろう？」福島だとまだ、マンションではなく一戸建てが主流ではないだろうか。

「それは分からない」

言って、城田が缶ビールを掲げた。今更乾杯という感じでもなく、一之瀬も自分の缶を顔の前で掲げる。ビールを一口飲んだ城田が、短く溜息《ためいき》を漏《も》らした。

「何があるか分からないからな。家族が増えるとか、ね……」

「子ども、できたのか？」一之瀬はつい前のめりに訊ねてしまった。周りの友人たちは結婚が遅く、子持ちになった者はまだほとんどいない。

「いや、まだ」苦笑しながら城田が首を横に振った。「でもいろいろあるから……結婚すると、独身時代みたいに、自分勝手《かって》にやるわけにはいかないだろう」

その一言は、一之瀬の身にも染みた。結婚する時に、城田が事情を話してくれたのだ。小学校の先生である由布子の父親も、警察官だった。定年間際の五十九歳で東日本大震災に遭遇し、その半年後に死去……心筋梗塞だった。地震の前には健康そのものだったのだが、地震が起きてからは超過勤務が続き、それまであまり呑《の》まなかった酒の量が増えた。直接地震で亡くなったわけではないが、間違いなく地震の被害者の一人……だからこそ、由布子の母親はずっと、城田との結婚に反対し続けてきた。激務で夫を亡くした自分の姿を、娘に重ね合わせてしまうのだろう。城田は粘り強く説得してようやく結婚の許可を得たのだが、まだ完全には許してくれていない様子だという。

料理の準備が終わり、三人揃ってビールでの宴会になった。ごくごく当たり前の寄せ鍋だが、野菜が美味い。普段はあまり野菜を食べない一之瀬の箸《はし》も進んだ。

「料理、上手《うま》いですね」本心から由布子を褒《ほ》めた。

「どうも」由布子の頰《ほお》が少し赤らむ。「料理は子どもの頃からやらされていたので」

「深雪ちゃんだって、料理は上手いじゃないか」城田が指摘する。

「彼女の場合はスイーツだ」一之瀬は訂正した。手作りの洋菓子も、もう長い間食べていないが……。

「結婚式は、どうするんですか?」由布子が話題を変える。

「彼女が帰って来てから考えますけど……来年、それも半ば以降でしょうね」

「もっと早くやればいいのに」城田が少しだけ抗議するような口調で言った。「だいたい、結婚式は女性のためのものだし」

「俺一人では準備できないよ」一之瀬は軽く反発した。

助けを求めるように、由布子を見た。

「まあ、そうですね」

由布子が苦笑する。母親が微妙な心持ちのまま臨んだ、自分たちの結婚式の様子を思い出したのかもしれない。もちろん、多くの参列者は二人を祝福したのだが、彼女の母親が座るテーブルにだけは、妙に緊張した空気が漂っていた。右隣のテーブルに座っていた一之瀬は、その空気を微妙に感じ取っていた。左隣は城田の家族の席で、こちらもめでたい席に似合わぬ、少しだけ不機嫌な感じ。両家に挟まれ、一之瀬としてはやけに肩の凝る結婚式だった。

「もしも、年明け早々——深雪が帰って来てすぐぐらいのタイミングで結婚式なんていうことになったら、うちの母親があれこれ仕切りそうなんだよ」

「ああ」城田が曖昧《あいまい》な笑みを浮かべた。「それは結構面倒だな」

「深雪も、うちの母親が言うことには乗りそうだから……何をやらされるか、分かったもんじゃない」

父親がいない——生死不明のままずっと行方《ゆくえ》不明だ——のだし、結婚式など質素でいいのではないかと思うが、母親が何を言い出すかは予想できない。シンプルな結婚式でも、「深雪の希望だから」と言えば納得するはずだが、彼女とはまだきちんと相談ができていないのだ。仕事——人事だとはいえ、彼女の会社のやり方にもむっとする。何も、結婚したばかりの人間を、海外の研究所に派遣しなくても。

「お前、ドイツへは行かないのか？」城田が訊ねる。

「行ってるタイミングがないんじゃないかなあ」

「夏休みとか」

「一課にいたら、そんなに自由に海外へは行けないよ」

「まあな」城田の表情がかすかに歪《ゆが》む。捜査一課は常に忙しい訳ではない——殺人事件はしょっちゅう起きるわけではないのだ——ものの、問題は「いざ」という時だ。事件が発生した時に、すぐ近くにいないと白い目で見られる。東京の場合はまだましだ。殺人事件を担当する捜査一課強行班は九つの係に分かれていて、順番に出動するから、待機時間の方が長いぐらいだ。ただし福島県警のように人数が少ないと、いつ出動になるか分からないから、常に緊張を強いられるだろう。おちおち酒も呑んでいられないのではないか。

二人はそれから、一課の仕事についてあれこれ話した——愚痴を零し合った。忙しさこそ違え、仕事の内容はほとんど同じである。東京と福島に別れているが、志も同じだ。こういう話になると、警察の仕事に関係ない女性は置いてきぼりになりがちなのだが、由布子は上手く合いの手を入れながら、会話に参加してきた。学校の先生ならではのコミュニケーション能力だろうか、と一之瀬は感心した。

城田はいい人と結婚したな、と思う。それにしても何だかくすぐったい……周りでは結婚している友人も少ないので、新婚家庭を訪問する機会などほとんどないのだが、何だか微苦笑が顔から消えない感じだ。

いずれ、自分と深雪の家に城田を招く機会もあるだろうか。その時、城田も同じようにくすぐったい気分を味わうのだろうか。

翌朝午前七時、一之瀬は城田の家を出た。普段の城田たちの行動パターンからすると少しだけ朝が早いというので、一之瀬は朝食はいらないと言っておいたのだが、六時半に起き出して着替えた時には、もう食卓に用意ができていた。髪が爆発したように寝癖がついた城田も、欠伸《あくび》を嚙《か》み殺しながらテーブルにつく。

「三十分早いと、きついわ」と思わず本音《ほんね》を零した。

「気を遣わなくてもいいのに」

「そうもいかないさ。取《と》り敢《あ》えず、食べろよ。あまり時間がないぞ」

促されるまま、一之瀬は手作りの朝食に手を出した。サラダにハムエッグ、味噌汁とごく当たり前のメニューだが、米の美味しさに驚く。昨夜《ゆうべ》、鍋の締めはうどんだったので、城田の家で米を食べるのは初めて……これまで東京で食べていた米は何だったのだ、と呆《あき》れてしまうほどの美味さだった。もちもちしていて甘みがある。おかずがいらないほどで、もしかしたら醬油《しょうゆ》を一滴垂らすのがベストな食べ方かもしれない。

「ご飯、美味いですね」思わず由布子に声をかける。「福島のお米ですか?」

「これは新潟のコシヒカリです」由布子が苦笑した。「炊飯器のお陰ですよ。最近の炊飯器は、本当に優秀だから」

朝から二杯、は久しぶりだった。胃が苦しくなるほどで、その後由布子が淹《い》れてくれたコーヒーで何とか落ち着く。食べ終えて姿を消した城田は、きちんとスーツに着替え、髪も整えて、五分で戻って来た。出撃態勢が整っているのを見て、思わずにやりとしてしまう。何をするにも準備が早いのは、捜査一課の刑事の習性だ。

結局、城田の車で福島中央署へ送ってもらった。「どうせついでだから」という彼の言い分はおかしくはない——県警本部は、福島中央署のすぐ近くなのだ。とはいえ、運転中に何度も欠伸を噛み殺すのを見ると、申し訳なく思ってしまう。昨夜は何だかんだで、午前一時過ぎまで話しこんでしまったのだ。自分たちより早く起きて、朝食の準備をしてくれた由布子に対しては、さらに申し訳なく思う……城田は「いつもこんなものだから」と言ってくれたが、普段より三十分早いだけで、一日のリズムは狂ってしまうだろう。

「これ、捜査自体は楽だったんだろう?」車に乗るなり、城田が切り出した。もう完全に仕事モードに入っている。

「ああ。防犯カメラにばっちり映っていたし、遺留品から身元も判明してるから」

「又聞きしただけだけど、間抜けな犯人だよな。今時、夜中に会社に盗みに入るなんて、阿呆《あほ》だぜ」

「殺された警備員は、本当に運が悪かったとしか言いようがない」一之瀬は溜息をついた。

島田幸也が忍びこんだのは、古い——昭和四十二年の定礎だという——ビルに入る小さな会社だった。ビルは古くても防犯設備はしっかりしており、ドアをこじ開けて侵入した途端に、警備会社に連絡が入った。駆けつけた警備員二人と揉《も》み合いになり、結果、そのうち一人を刺殺してしまった。警備員も無理をしなければよかったのに、と残念に思う。

警察にも連絡が入っていて、警備員が無理をせずとも、すぐに制服警官が何人も現場に駆けつけて制圧できたはずである。一対二だと無理をして暴れ回る人間もいるが、相手が三人以上になると観念してしまうものだ。ましてや相手が、拳銃で武装した制服警官ならば。

　島田幸也の間抜けさ加減は、その後すぐに明らかになった。現場に小さなバッグを落としており、そこから免許証などが見つかったのである。こういう場合——盗みに入る時には身元が分かるものを持たないというのは、窃盗犯にとってはある種の「常識」なのだが、島田にはそういう常識さえなかったようだ。いわば、素人《しろうと》である。

　結果、すぐに指名手配。身柄を確保されたのは事件から一か月後だったが、一之瀬の感覚では「楽勝」の事件だった。その間、島田の生い立ちや交友関係などを調べていたが、それも片手間のような仕事であった。

　午前七時半、福島中央署入り。既に若杉と宮村は到着していた。一之瀬は、若杉の顔が紅潮して、肌も艶々《つやつや》しているのに気づいた。

「お前、まさか今朝も走ったのか？」

「当然だ」若杉が胸を張って言った。「休む理由はないだろう。徹夜したわけじゃないんだし」

「出張に来てまで……」呆れて言葉を途中で飲みこむ。若杉は毎朝、それに昼休みにも走る。休みの日には、二十キロぐらい走りこむことも珍しくないそうだ。加えて筋トレもやっているから、筋骨隆々……刑事のトレーニングは推奨されてはいるものの、若杉の場合は明らかにやり過ぎだ。

「さて、そろそろ出るか」二人のやり取りを無視して宮村が言った。「新幹線での護送には三人。一之瀬と春山はこっちに残って、周辺捜査を進める——昨日話した通りの方針だ」

一之瀬たちの係からは、もう一人刑事が来ており——昨夜遅くに到着した——この三人が島田の護送に当たることになっている。福島に居残っての補充捜査は当然必要だが、何だか本筋の仕事から追いやられた感じがしないでもない。

出発までのわずかな時間を使い、一之瀬は春山に確認した。

「着替えは用意できたか?」

「昨夜、あれこれ買いこんでおきました」そう答える春山の顔色は冴《さ》えなかった。「金がかかってしょうがないです」

「着替えも、普段からロッカーに入れておかないとな……言い忘れて悪かった」

もっともこういうことは、自分も誰かに言われて学んだわけではない。千代田署にいた頃の自分の指導役、藤島《ふじしま》に言わせれば、「何でもマニュアルがあるわけじゃないんだよ」。しかしこういうことこそマニュアル化できるのではないか、と一之瀬は思っていた。刑事の基本的な心得、その一、その二……のような感じで。文字になっていれば、確実に覚えられる。

八時前に署をスタート。八時十四分発の東北新幹線に被疑者を乗せて、東京駅着は九時半の予定だ。本当に近くなったものだと思う。新幹線が動き出せば、一番大変な仕事はもう終わったようなものだ。

福島中央署から福島駅までは、車で五、六分――朝の渋滞が続くこの時間でも、十分はかからないだろう。一之瀬たちも、駅までは護衛として同行することになっていた。

福島中央署が護送車――ワンボックスカーだった――を用意してくれていた。エンジンもかかっていて、出発準備は完了。一之瀬は、自分たちが乗って来た車を、護送車のすぐ後ろにつけた。護送車は福島中央署員が運転し、警備のために警視庁側の三人が同乗することになっている。

穴はない。軽い事件だ。

殺人事件を「軽い」と言ってはいけないが、一之瀬の感覚ではもう終わった事件だった。

春山が息を切らし、助手席に飛びこんで来る。

「まだ緊張してるか？」一之瀬はつい春山をからかった。

「いや、大丈夫ですけど……奴を新幹線に乗せた後、俺たちはどうするんですか？」

「取り敢えず、会津に行くことになると思うよ。周辺捜査は、まず実家からだ」

「一之瀬さん、一回会津へ行ってますよね」

「ああ。でもその時に会えなかった人もいるから、改めてやり直しだね。まず、両親には事情を話さないといけないし」

「気が重い仕事ですよね……あ、出て来ましたよ」

春山の座っている助手席からはよく見えないはずだが、一之瀬は島田の姿をしっかり確認した。背は高い——データでは百八十センチに少し欠けるぐらいだ。しかし背中を丸めてうつむいているので、ずっと小さく見える。朝はまだ息が白いぐらいのこの季節にぴったりのMA‐1にジーンズ、足元はニューバランスのスニーカー。手錠を打たれて自由を奪われ、もはやすっかり観念した様子である。カメラのストロボが瞬き、テレビカメラのライトが周囲を明るくする。大した事件じゃないんだぞ——と思ったが、地元福島のマスコミにとっては、格好の餌食《えじき》かもしれない。少なくとも、地元で逮捕されて東京へ連行される容疑者の様子は「絵」になるはずだ。もっとも、署の正面側に陣取った報道陣からは、若杉のでかい体が邪魔になって島田の姿ははっきりとは見えないだろうが。

島田が車に乗りこんだ途端に、騒ぎは収まった。彼らにすれば、写真だけ撮れればどうでもいいのだろう。この事件の取材自体は警視庁担当——各社の本社社会部が担当する。そもそもこの程度の事件では、続報が出るかどうかも分からないが。事件記事の扱いは、昔に比べて二段も三段も小さくなっている、と藤島が愚痴を零していたことがあった。警察はマスコミを邪魔者にする一方で、事件の扱いについてはやけに気にする。どれだけ大きく記事が出たかで、自分たちの仕事が査定されたような気分になるのだ。

ワンボックスカーが動き出す。一之瀬は慎重に車を出した……途端に、ストロボの明滅に目を潰《つぶ》される。車が出るところまで、写真や映像に収めようとしているわけか。目を伏せたくなったが、それでは車を運転できない。顔はしっかり映ってしまうかもしれないが、その写真がニュースで使われることはないだろう、と勝手に判断した。顔が映るのを嫌がり、マスコミが取材に来そうな家宅捜索の時にはマスクを用意する刑事もいるのだが……それは「刑事のマニュアル」に入れなくてもいいな、と思う。

ワンボックスカーは、署の前の国道一三号線——通称万世大路《ばんせいたいろ》と呼ぶらしい——を走った。途中から立体交差になるところを、左側へ。朝の渋滞で道路は詰まっており、のろのろ運転が続いていた。これで予定の新幹線に間に合うのだろうか。パトランプを回して道を開けさせるべきではないかと、一之瀬はかすかに苛々《いらいら》し始めた。

信号で引っかかる。いつもの癖で、一之瀬は何となく周囲を見回した。ラーメン屋、居酒屋と並んだ横に「横条商会《よこくめ》」の看板がかかった古い三階建ての建物……小さな交差点の先には喫茶店があった。朝はちゃんと由布子が淹れてくれたコーヒーを飲んだのだが、もう二杯目が欲しくなっている。まあ、コーヒーはどこかで飲めるだろう。前に出張で来た時に、駅中にスターバックスがあるのを見つけていた。新幹線で島田を見送った後に、ついエスプレッソを飲むのもいいだろう。とにかく、寝不足できつい……。

　車が動き出した――その瞬間、脇の細い道路から一台の車が飛び出してくる。ブレーキをかけた様子もなく……しかし一之瀬の目には、全てがスローモーションのように映った。横から飛び出してきたのは、普通のセダン――たぶん、マツダのアテンザだ。ナンバーまでは見えない。まったくスピードを緩《ゆる》める気配もなく、ワンボックスカーの横っ腹に衝突する。大きな音が響き、助手席の春山が短く悲鳴を上げた。

　一之瀬は反射的に、車から飛び降りた。事故――まずい。ワンボックスカーは、衝突の勢いで、車線をはみ出すほど横に動かされてしまっている。アテンザは横っ腹に食い込んだままだ。

「春山！」開いたままのドアから、助手席で固まっていた春山に声をかける。それで春山は再起動し、慌てて外へ転がり出て来た。

　アテンザの運転席から男が飛び出す。大柄な中年の男だった。もう一人、助手席からも男が出て来る。こちらは運転していた男よりもさらに大きい――百八十五センチはありそうだ――アフリカ系の男。アフリカ系？　日本にはいくらでもいるが、福島で見かけたことに一之瀬は違和感を覚えた。

　信号無視で飛び出して事故を起こし、慌てて車を降りたのかと思ったが、二人の表情に焦りは見えない。何か様子がおかしい……一之瀬は思わず「おい！」と声をかけた。

　アフリカ系の男が、無表情な黒い顔をこちらに向ける。同時に右腕を上げ、まったく唐突に発砲した。死ぬ――と覚悟したが、一之瀬の生への執着と反射神経が、銃弾のスピードを奇跡的に上回った。尻もちをつく格好で、その場にしゃがみこむ。銃声が聞こえたのと、尻に痛みが走ったのとが同時だった。

クソ、冗談じゃない。

他の車に当たったらどうする。

二人は、ワンボックスカーの前後から回りこみ、運転席側に迫った。後部ドアを引き開け、座っていた宮村を引きずり出す。宮村は抵抗したものの、座ったままでは何もできない。結局、アスファルトの上に放り出された。まずい――島田は後部座席の真ん中に座っていたはずだ。

一之瀬はワンボックスカーに駆け寄ろうとしたものの、また銃口を覗《のぞ》きこむはめになった。発砲こそされなかったものの、足が止まってしまう。

銃声――撃たれたかと思ったが、そうではなかった。くぐもった音を聞いた限り、犯人はワンボックスカーの車内に向けて発砲したようだ。クソ、島田や若杉は大丈夫なのか？　事態を把握《はあく》できぬまま、一之瀬はスマートフォンを取り出した。とにかく応援を呼ばなければ。しかし手が震え、まともに操作できない。

すぐに、島田が車から降りて来た。実際には引っ張り出された格好で、道路に足を着いた瞬間にバランスを崩し、膝《ひざ》をついてしまう。それでも二人に助け起こされると、すぐに走り始めた。両手錠なので走りにくそうだったが、それでも必死のスピードだった。若杉が続いて車から飛び出して来る。血相を変えて三人を追い始めたものの、銃を向けられて動きが止まってしまった。

「撃て！　撃て！」若杉が叫ぶ。助手席には制服警官が乗っていて、当然銃を持っている。銃に対抗するには銃……しかし、ワンボックスカーの左の横腹にはアテンザが食いこんでおり、ドアが開かないだけではなく、窓も下りなくなっているようだった。ガラスなんか叩《たた》き割って、撃てばいい――そう思ったが、この状況に、臨機応変の判断もできなくなっているのだろう。

一之瀬は、自分たちの車の後ろを回って、三人を追った。三人は別の車――アテンザの後ろに、アテンザとは逆向きに停めてあった――にちょうど乗りこんだところで、ドアが閉まり切らないうちに発進する。ナンバーは……と見てみたものの、プレートは隠《かく》されていた。自分たちの覆面パトカーは生きている。あれで追いかけられると思ったが、狭い道路はワンボックスカーとアテンザで完全に塞がれており、他の車が通る余裕はなかった。

一之瀬は全力疾走に切り替えたが、車に追いつけるはずもない。しかも、助手席側のウィンドウが開いて、また発砲された。慌てて横に身を投げ出して転がり、銃弾からは逃れたものの、アスファルトで全身をしたたかに打った。

起き上がると、既に車は遠くへ去っていた。ナンバープレートが隠れているにしても、せめて車種ぐらいは……現行型のプリウスだ。いったい日本に何台あることか。

急に静かになった。一之瀬は呆然《ぼうぜん》とその場に立ち尽くし、プリウスが消えた辺りを見守っていた。若杉の慌てた怒声が響いてくる。

「そうです、襲われました。島田は奪還されて……はい、はい、そうです！　すみません！」

その場で土下座でもしかねない勢いだった。振り返って彼を見ると、虚空に向かって何度も頭を下げている。宮村が渋い表情を浮かべ、左肩を回しながら近づいて来た。

「怪我《けが》した奴は？」

「いないと思いますが……」一之瀬は周囲を見回した。春山が、自分たちの乗って来た覆面パトカーの陰でしゃがみこんでいる——腰が抜けている様子だった。顔面は蒼白だが、取り敢えず怪我はしていないようだった。

「大失敗だ」宮村の顔からも完全に血の気が引いていた。「こいつは、始末書だけじゃ済まないぞ」

分かっている。敢えて指摘して欲しくはなかった。

## 〈3〉

襲撃後の対応にミスはなかった——一之瀬はそう信じたかった。すぐに県警のパトカーが大挙して駆けつけて現場は封鎖され、各地で検問も始まった。ナンバープレートを隠したプリウスは一目見ただけで怪しいから、すぐに発見できるだろう。それに島田の顔も分かっている。さらに、この辺ではあまり見かけないアフリカ系の男が一緒なのも、いい目印になるはずだ。

三十分が経過——何も分からない。車も見つからない。一之瀬は焦りを感じ始めていた。検問のスタートが遅れたのだろうか……防犯カメラのチェックが始まったが、そもそもこの辺にはカメラもあまりないようだった。

現場に残されたアテンザは、すぐに盗難車と判断された。ナンバープレートは外され、車検証の類《たぐい》もない。どうやら犯人は、相当入念に準備していた様子である……本当に？島田が逮捕されたのは昨日。ニュースはすぐに流れたものの、それから二十四時間も経《た》っていない。普通なら、襲撃用と逃走用、二台の車を用意するほどの時間があったかどうか。

もしかしたら島田は、もっと大きな犯罪に関わっていたのかもしれない。殺しはアクシデントか、さらに大きな犯罪につながる端緒に過ぎず、次なる犯行は福島県で準備されていた——それなら、仲間が車まで用意していたことにも説明がつく。

いや、これは説明のための説明だ。「第二の事件」を示唆《しさ》する材料は、今のところ何もない。

「東京から岩下《いわした》さんが来るそうだ」宮村が渋い表情で言った。

「そりゃあ……来ますよね」一之瀬は、自分の顔も歪むのを感じた。係長の岩下がいると、厄介なことになる。とにかくせっかちで、自分だけでなく他人をも急《せ》かす男だから、一緒に仕事をすると焦ってしまう。

「超不機嫌だぞ」

「でしょうね……」岩下の怒りを思い浮かべただけで気が滅入る。

「ところでお前、二人組はどこまでちゃんと見た？」

「いや……一瞬でしたからね」言い訳しながらも、一之瀬は二人の様子を必死に頭の中で再現した。「一人はアフリカ系……本当にアフリカの人間かどうかは分かりませんけど、でかい男でしたね。身長は百八十五センチぐらい、体つきもがっしりしてました」

「もう一人は？」

「こっちも百八十センチぐらいあったと思います。日本人、年齢四十歳ぐらい。顔は……」凶暴そうだった。ただしそれは、銃を持って護送される被疑者を襲撃するというぎりぎりの場面だったから、そうなるのも当然かもしれない。普段の顔までは想像できなかった。何か特徴は――と考えた時に、口元にあった傷を思い浮かべる。

「ここに傷がありました」一之瀬は、唇の左側に触れた。「古傷だと思いますけど、結構目立ちます」

「傷か……それだけじゃ、あまり手がかりにならないな」

「後は車の調査ですね」

「奴らを捕まえたら、道交法違反もつけよう」宮村が真顔で言った。「一方通行の道路を逆走しやがったからな」

「いや、それは……」

冗談を言っている場合ではないと思ったが、宮村は真顔だった。眉間《みけん》の皺《しわ》が深くなっている。

「ちょっとまとめて事情を聴かせてくれないか」二人に近づいて来たのは、福島中央署の刑事課長、鈴木《すずき》だった。髪には白いものが少しだけ交じっているものの、肩と胸にみっしりと肉がついている。現場からの叩き上げで、県内トップの署の刑事課長に成り上がったタイプ――こういう人が一番怖い、と一之瀬は気を引き締めた。冗談は通用せず、自分の仕事にプライドを持っている。足元を荒らされたと思ったら、当然、激怒するに違いない。

既に沸点ぎりぎりか。

二人は、立ったまま鈴木の事情聴取を受けた。傍らには若い刑事が控えて、メモを取っている。鈴木は早口で、メモを取るだけでも大変そうだったが……。

「いきなり、横から車が突っこんできたと聞いている」

「その通りです」宮村が「休め」の姿勢を取ったまま答える。

「つまり、あの交差点へ、信号無視で突っこんできた感じなんだな？」

「はい」

「この件、どこまで情報が漏れている？」

「ええと……」

宮村が言葉に詰まる。鈴木の質問は、途中を三段階ほど飛ばして別のレベルに入ったようだった。しかし一之瀬は、彼の考えを簡単にトレースできた。宮村に代わって答える。

「情報はほとんど漏れていません――特に今朝、どういうルートで福島中央署から福島駅へ移送するかについては、我々警視庁の人間も知りませんでした」

「そういういい加減なことでいいのか？」鈴木の視線が鋭くなった。

「我々は、知る必要もなかったと思います」一之瀬は引かなかった。全部こちらのせいにされたら、たまったものではない。「ルートはそちらにお任せしていたので。我々はついて行っただけです」

鈴木が言葉に詰まったのを見て、一之瀬は逆に畳《たた》みかけた。保身行為だと自分でも分かってはいたが、言わざるを得なかった。

「逆にお聞きします。駅までのルートはどう決まって、県警の中では誰が知っていたんですか」

「被疑者を福島中央署、あるいは県警本部から駅へ移送する時は、いつもこのルートだ」鈴木が一之瀬の言葉を払いのけようとするように腕を振った。「交通状況によっては多少変更があるが」

「だったら襲撃犯は、今までも県警の動きを観察していたんじゃないですか？」

「駅への護送は、そうそうあるものじゃない」

一之瀬と鈴木の間で火花が散ったが、それも一瞬だった。ここで責任のなすり合いをしていても犯人は捕まらない――それは互いによく分かっている。鈴木の方が先に一歩退《ひ》いた。

「それで、犯人に心当たりは？」

「今のところはまったくないです」引き続き一之瀬は答えた。どうも宮村は、すっかり萎縮してしまっている様子で、自ら口を開こうとはしない。

「向こうで起こした事件は、奴の単独犯で間違いないのか」

「それは間違いありません」

「言ってみれば、チンケな窃盗犯だよな」

一之瀬は無言でうなずいた。人が一人死んでいるとはいえ、あれは偶発的な事故のようなものである。

「もちろん、窃盗犯グループもいるだろう。奴は、そういうグループに入っていたんじゃないのか」

「現在までの捜査で、そういう情報は出てきていません」

「仲間を奪還しに来たとか」

「その可能性は高いと思いますが……」一之瀬は言葉を濁《にご》した。実際、あの状況を説明できる自信がない。島田は自分から車を降りたような気もするし、無理矢理引っ張り出されたような感じでもある。一之瀬は思わず、宮村に顔を向けて助けを求めた。宮さんの方が、ずっと近くで見てたじゃないですか——しかし宮村は、首を横に振るだけだった。考えてみれば、彼は真っ先に車から引っ張り出されて尻もちをついていた。車の中で何が起きたか、詳しく知る由もあるまい。

一之瀬は、近くにいた若杉を呼んだ。若杉は怒っている——あるいは怒ったポーズを取っている。誰かに責められないための自衛策かもしれない。

若杉も、島田が「助けられたのか、連れさられたのか」について明確には答えられなかった。島田が思い切り体を引っ張られたのは間違いない——若杉も引っ張り返したのだ

──ものの、島田本人も車から逃げ出そうとしていた形跡があるという。若杉は断言しなかったものの、この状況はやはり、仲間が助けに来たとしか思えない。

いつの間にか、春山が横に立っていた。相変わらず顔面は蒼白で、今にも吐《は》きそうな様子である。何か言いたそうなので、一之瀬は肩を押して後ろを向かせた。

「どうした」

「ヤバいですよね」

「ヤバいよ」何をどう前向きに解釈しても、ヤバい状況であることに変わりはない。

「馘《くび》ですかね」

「まさか。それはないだろう」一之瀬は即座に否定した。「警察は身内に甘いから。よほどのことがない限り、馘にはならないさ」

「そうですかねえ」春山はまったく安心できない様子で、目が泳いでいる。

「そうだよ」言いながら、一之瀬は自分も不安になってきた。福島中央署の刑事課長に話を聴かれているぐらいはまだましで、捜査一課の上司、さらには監察官室の厳しい事情聴取が待っているのは間違いない。監察官室の調べは何かときついという噂《うわさ》だし、人事評定にも大きなマイナスがつく。そう考えると、春山の不安も決して根拠がないものとは言えなかった。

何らかの処分はあるだろう。しかしそれがはっきりするまでに、自分たちにはやることがある――ただし、戦力は大幅ダウンだ。事件発生時には何もなかったような顔をしていた同僚の刑事・柳瀬《やなせ》が、肩の痛みを訴えて病院に運ばれたのだ。犯人たちと格闘になったわけでもないのに、いったいどこで怪我をしたのか……。

「ああ？」

いきなり鈴木が大声を上げた。慌てて振り向くと、無線のイヤフォンを指先で押さえている。耳の中に完全にねじこんでしまおうかという勢いで、手が白くなっていた。犯人たちの身柄を確保したのだろうか……しかしあの顔つきは、失敗をリカバーしたものとは思えない。

「架電しろ！」

言うなり、背広のポケットからスマートフォンを取り出す。すぐに鳴ったスマートフォンを耳に押し当て、相手の声に耳を傾けた。見る間に顔面が蒼白になり、このままだと倒れるのでは、と一之瀬は心配になった。

通話を終えた鈴木が、いきなり覆面パトカーに向かって駆け出した。置いてきぼりにはされない――一之瀬もダッシュして追いつき、「何かあったんですか、課長！」と大声で訊ねた。

「撃たれた！　ついて来い！」

それ以上の説明を拒否し、車に飛びこむ。一之瀬は春山と顔を見合わせ、一瞬固まってしまった。撃たれた？　誰が？　状況はまったく分からないものの、放置しておくわけにはいかない。二人はすぐに、自分たちの覆面パトカーに飛び乗った。

「撃たれた」という言い方は不正確だった。

現場に到着した時には、既に遺体は運び出されていたのだ。死んでいたのは間違いない――至近距離で撃ち合いになり、複数の銃弾を浴びたのだから。

現場はよりによって、北福島署のすぐ側《そば》だった。東北道の福島飯坂《いいざか》インターチェンジの近くということで検問をしていた署員が、ナンバーを隠したまま走行していたプリウスを発見、捕捉しようとしたが、プリウスは検問を強引に突破した。その際、一人が車から飛び降り、署員に向けて発砲。署員も撃ち返し、そのうち少なくとも二発が犯人の胸と頭に当たった。プリウスは逃げ切り、撃たれた犯人は病院へ搬送されたものの、死亡が確認された。

こんな、所轄の目と鼻の先で――と一之瀬は唖然《あぜん》としていた。幹線道路が走る、広々とした郊外の街で、大きな建物と言えば北福島署とJAぐらいしかない。署の裏手には、平屋の住宅が建ち並んでいるのが見えた。どうやら、東日本大震災の被災者用の仮設住宅らしい。そこだけで、一つの小さな街になっているようだった。

車から降り立つと、一際《ひときわ》冷たい風が吹き抜ける。福島駅付近から数キロ離れただけなのに、ずいぶん北へ来てしまった感じがしていた。一之瀬は思わず、コートのボタンを留めた。昨夜コートを手に入れたらしい春山も、改めてコートを着こむ。

現場は騒然としていた。署からはわずか数百メートル離れただけで、国道一三号線に出てすぐの場所だった。ここも万世大路――つまり、市の中心部である駅周辺から直接つながっている。犯人は福島飯坂インターチェンジへ最短距離で逃げて来たということだろうか……高速に乗るなら、福島飯坂ではなく福島西を使った方が早いはずだが、犯人には何らかの意図があったのかもしれない。東京方面ではなく、仙台方面へ逃げるとか。仙台も大都会だから、一時的に逃げこんで姿を隠すには適した街である。

「何でここで捕まえられなかったんですかね」

文句を垂れる春山に向けて、一之瀬は唇の前で人差し指を立ててみせた。すぐ近くに鈴木がいる。県警の連中を相手に、怒鳴り散らしていた。

「鈴木さんがカリカリしてる。刺激するようなことを言うなよ」一之瀬は小声で春山に忠告した。

「すみません……」しょげて、春山がうなだれた。

何だか……数年前の自分を見るような感じだ。一昨年、所轄から捜査一課に上がってきた一之瀬は、最初見るもの聞くもの全てが刺激的過ぎて、一々どぎまぎしていた。最近は少し慣れたと思っていたものの――今は、当時の興奮と恐怖が蘇ってきている。

一番嫌なのは、ここで何ができるか分からないことだ。こういう状況では、とにかく組織的に動くしかない。一人でパトカーを流して犯人を捜そうとしても、非効率の極みで、行き当たる確率は皆無に等しいのだ。幹線道路などに網を張り、大人数で捜索する――そうなると、自分は完全に歯車の一つになる。

鈴木が近づいて来ると、横に立っている宮村が目に見えて緊張した。

「警視庁さんには申し訳ないが――これはうちの事件にもなるからな」

「了解してます」宮村が硬い口調で答える。

「うちとしては大恥をかかされたわけだから、このままでは引き下がれない」

「ごもっともです」宮村はあくまで低姿勢のままだった。

「合同捜査になるかもしれない――詳細は後で上の方が打ち合わせることになると思うが、おたくらもしばらくは残るんでしょう?」

「そうなるでしょうね。まだ指示は受けていませんが」

「当事者としても、しばらくこっちにいてもらわないと困る」

「ええ、その通りです」

宮村がひょこひょこと何度も頭を下げる。普段、一之瀬があまり見ない卑屈な態度で、何だか申し訳なくなった。襲撃は予想できなかったものだが、後ろについていた自分たちなら何とかできたのではないか……一瞬早く飛び出せば、犯人の動きを妨害できたかもしれない。向こうが銃を持っていたことは、この際関係ないとして……というわけにもいかない。もしも誰かが撃たれていたら、今よりも問題は大きくなっていただろう。柳瀬の怪我は、致し方ない。一之瀬が状況を知らないだけで、自分で勝手に転んで怪我したのかもしれないし。

宮村の携帯が鳴った。また鈴木に向かってひょこひょこと二度頭を下げると、申し訳なさそうに背中を向けて電話に出る。一之瀬は、春山に向かって顎をしゃくり、その場を離れた。鈴木に摑《つか》まったらたまらないし、事件現場をしっかり見ておきたい。

路上での発砲事件とあって、現場を完全に封鎖することはできない。お馴染みのブルーシートは見当たらず、交通課の警官が取り敢えず道路を封鎖していた。車を迂回《うかい》させるだけでも一苦労で、国道一三号線は激しく渋滞していた。

道路脇の空き地に、パトカーが三台、停まっている。そのうち一台の周りに、鑑識課員が何人も集まっていた。どうやら銃弾はこの車に当たったらしく、助手席側の窓ガラスが割れている。誰かが中に座っていたら、大怪我――下手《へた》をしたら死んでいた。

歩道のところでも、鑑識課員がしゃがみこんで調べている。血痕があるのが一之瀬にも見えた。どうやらここで、犯人の一人は撃たれたようだ。

「ちょっと聞いてきます」じっとしているのが不安になったのか、春山が一之瀬から離れた。歩道にしゃがみこんで調べている鑑識課員たちに近づき、何事か話しかける。そのうち一人が、鬱陶《うっとう》しそうな表情を浮かべながら反応した。無下にするわけにはいかないと思ったのか、立ち上がって春山と話し始める。

その様子を見守っていた一之瀬に、宮村が近づいて来る。

「岩下さんは、あと二時間ぐらいでこっちに到着する」

「遅いですね」一之瀬は思わず腕時計を見た。

「岩下さんの前では絶対に言うなよ」宮村が忠告する。「これでもぎりぎりの時間なんだから」

「分かりました」一之瀬は唾《つば》を呑んだ。

「それと、水越《みずこし》課長も来ることになった」

「マジですか」一之瀬は思わず目を見開いた。特捜本部になるような大事件が起きれば、捜査一課長は当然、現場に臨場する。ただし今回は、東京都内の事件ではないのだ。基本的に東京を離れることがない一課長が福島に来るというだけでも、かなり異例である。もちろん、捜査の督励だけではなく、福島県警との折衝や謝罪もあるから、トップが来るのが一番効果的ではあるだろうが。

「俺たち、しばらくここへ張りつきでしょうね」

「そうなるだろうな」宮村がうなずく。「お前、嫁さんがドイツにいてよかったな。新婚早々に長期出張だったら、嫌な顔されるだろう」

「それはそうでしょうけど……」

「水越さんには間違いなく雷を落とされる。覚悟しておけよ」

「はい」覚悟しても気持ちが定まるわけではない。捜査一課長は、警視庁の中では叩き上げのトップと言っていい存在だ。普段の水越はそれほどきついタイプではないが、それでも威圧感は相当なものである。

「クソ、何でこんなことになっちまったんだ」

意外な声——若杉だった。いつも能天気、というか何も考えていないように見える若杉の顔に、珍しく苦悩の表情が浮かんでいる。

「お前が一人で悔しがってもしょうがないだろう」一之瀬は宥《なだ》めた。

「いや、島田は守れたんだ。俺がもう少し頑張っていれば……」

「一人でできることには限りがあるよ」そんなつもりはなかったのに、つい慰めの言葉を口にしてしまう。「向こうは銃を持ってたんだから。怪我がなかっただけで、よしとしなくちゃ」

「そういうわけにはいかないんだ！」若杉がいきなり爆発した。「俺は、こんなところでマイナスの札を引く訳にはいかないんだ！」

結局自分のことか……筋肉馬鹿の若杉は、徹底したイエスマンであるが故に上層部の受けはいい。文句の一つも言わず、ひたすらきつい仕事をこなす若手は、使いやすい存在なのだから。とはいえ、いつまでもそんな風に体力勝負をしているわけにいかないのは、分かっているはずだ。若杉は若杉で、出世を目指しているのだろう。それが、こんなつまらないことで――それほど危険性もないはずの仕事でマイナスの評点がつくとは、思ってもいなかったに違いない。

春山が戻って来たものの、一之瀬と若杉の間に流れる緊迫した雰囲気《ふんいき》に気づいたのか、接近できないまま立ち止まってしまう。一之瀬は若杉を無視して、春山に近づいた。若杉が悩むのは勝手……今は、やるべきことがいくらでもあるはずだ。

「どうだった？」

「状況がはっきりしないんですけど、銃弾は見つかったようです。状態は悪くない――潰れていないようです」

「それは、ある程度は手がかりになる」

しかし、実際に銃の「出所」を探るのは、不可能だろう。日本において、犯罪に使われる銃は全て非合法なものと言っていい。銃弾が見つかっていても、せいぜい犯行に使われた銃が見つかった時に、特定するための材料になるぐらいだ。銃それぞれに固有の線条痕――撃った時に銃弾につく痕――を照合できる。

「この件、いったい何なんですかね」春山が首を捻《ひね》った。

「一番簡単な筋書きは、島田の仲間が奴を奪還しに来た、というものだろう」

「だけど島田は、ただの窃盗犯じゃないですか――人は殺したけど、あれは偶発的な事故みたいなものです」

「そうだな。でも、その辺はこれから調べるしかないんじゃないか？　俺たちにも分からないことだらけなんだから」事件が発生してから一か月、島田の背景をもっときちんと調べておくべきだったと悔いる。時間は十分にあったのだ……早々と被疑者が特定できたために、気合いが入っていなかったのは間違いない。

「やりにくいですよね」

「やりやすい事件なんか一つもないよ」

この事件の前半部を除いては。強盗殺人事件の犯人を島田と特定するのは楽勝だった。実際、犯行直後には島田の名前を割り出し、指名手配も完了していたのだ。福島県で身柄が確保されたのは幸運だったとしか言いようがないが、これがなくても、いずれは捕まっていたと思う。

そういう風に気が抜けていたから、こんなことになったのかもしれない。

だとしたら、自分だけの失敗ではなく、岩下の係全員、ひいては捜査一課全体の失敗でもある。

# 〈4〉

昼過ぎ、警視庁側の主だったメンバーが福島県に到着し、第一回の捜査会議——オフィシャルなものではない——が開かれた。襲撃現場の捜査、それに島田の捜索は依然として福島県警が担当していたが、警視庁側でもしっかり状況を把握して、今後の捜査方針を決める必要がある。現場の人間である一之瀬たちは、本来地を這《は》うようにして捜査しているべきだが、水越が直接話を聴きたがった——一之瀬たちからだけでなく、県警からも。これは喧嘩《けんか》になるかもしれない、と一之瀬は修羅場《しゅらば》を覚悟した。そういう場には立ち会いたくないのだが……。

福島中央署ではなく、県警本部に集まる。本部は独立した庁舎ではなく、県庁の建物に入っていて、捜査一課は五階にあった。しかし一之瀬たちは、刑事部長室のある四階へ連れていかれた。こちらに大きな会議室があるようだ。

会議室へ入る前に、「一之瀬」と声をかけられた。振り向くと、城田が廊下の壁に背中を預けて立っている。一之瀬が近づくと、壁から背中を引きはがした。真剣な表情——一之瀬がこれまで見たこともないような顔つきだった。

「ヤバければ泣きつけ。俺が何とかする」

「いや、だけど――」

「それが言いたかっただけだ。じゃあな」

城田は踵《きびす》を返して去って行った。こういう時、友人の一言は強い味方になるはずだが、今回ばかりは駄目だった。どうにも気分が上向かない。これから何が起きるのかと考えると、鼓動が跳ね上がり、喉《のど》が渇くばかりだった。

会議室に入ると、既に全員が勢揃いしていた。自分たちの直接の上司である係長の岩下、一課長の水越だけではなく、課のナンバーツーである理事官の三田《みた》、一之瀬たちの係を統括する管理官の小野沢《おのざわ》と、幹部がずらりと顔を揃えている。小野沢は、別の係が担当する特捜本部事件の面倒を見ていたはずだが、それを放り出してこちらに飛んできたのだろう。全員が揃って腕組みをし、むっつりとした表情……ぴりぴりと緊張した空気は耐えがたいもので、一之瀬はかすかな胃痛と吐き気を感じた。

水越が周囲に目配せし、立ち上がる。すかさずスーツのボタンを留めた。深々と一礼すると、正面――福島県警の幹部が集まっている方へ視線を向けて話し出す。

「今回は、当方の被疑者護送に関して大変ご迷惑をおかけし、申し訳なく思います。改めて謝罪させていただきます」

そこでまた一礼。予《あらかじ》め打ち合わせていたようで、三田以下の管理職も同時に立ち上がって一礼する。一之瀬も慌ててそれに倣《なら》った。屈辱……という感じではない。何しろこっちは、平の刑事なのだ。頭を下げるのには慣れている。もっとも、水越たちにとっては我慢のしどころだろう。

水越が頭を上げると、また合図したように他の幹部も顔を上げた。水越以外の全員が着席したところで、水越が話を再開する。

「今回の件については痛恨の極みですが、警視庁、福島県警が十分協力して、一刻も早い被疑者確保を目指したいと思います」

水越が座ると、今度は向かい側に座った福島県警の幹部が立ち上がって頭を下げた。小柄で髪は半ば白くなっているものの、眼光は鋭い。

「刑事部長の橋本《はしもと》です。この度は、当方の護送が十分でなかったせいで、大変ご迷惑をおかけしました。現在、逃げた被疑者二人を全力で追っていますが、まだ行方を特定するには至っていません。今後は情報共有して、できるだけ早期に身柄を確保していきたいと思います」

もう一度、深々と頭を下げる。何だか痛々しい……福島県警の刑事部長と言えば、地元採用としてはまさにトップである。そういう人が頭を下げるには、それなりの覚悟が必要なはずだ。

双方の謝罪が終わると、水越がいきなり「一之瀬！」と声を張り上げた。

「はい」反射的に、尻を蹴飛ばされたような勢いで立ち上がってしまう。途端に居心地の悪い思いを味わったが、水越はすぐに「今回の状況を説明しろ。一分で」と命じた。

何で自分なんだ……先輩の宮村が説明すべきだろうと思いながら、一之瀬は身柄引き取りに来た状況、今朝の襲撃の様子を簡単に説明した。襲撃からはかなり時間が経っており、今では少しだけ冷静に話せる――とは言え、細部まで全部覚えているかと問われれば、首を横に振らざるを得ない。人間の視野、それに記憶力には限界があるのだ。刑事として観察力は鍛《きた》えているつもりだが、銃を向けられた状況では、そういう能力の大部分は失われてしまうと思う。

「――以上が、襲撃当時の状況です」説明を終えた時には、喉がからからになっていた。

「犯人は何か言ってなかったか」

水越が訊ねる。腰を下ろしかけた一之瀬は、もう一度背筋をしゃんと伸ばした。

「いえ、何も言ってませんでした」

「一言も？」

「一言もありません」

「分かった。もう一人の犯人は日本人か？」

「日本人のようには見えましたが、なにぶん一言も喋《しゃべ》っていなかったので……確証はありません」

「現在の捜査状況をまとめていただけますか」

水越は、「ご苦労様」の一言も言わずに、福島県警側に話を振った。所轄の鈴木課長が立ち上がり、淡々とした口調で説明を始める。

「現場は二か所――駅前と、北福島署の近くですが、両方の鑑識活動は終了しました。銃弾が三つ、発見されています。現在のところ、直接手がかりにはつながりませんが……犯行に使われた車ですが、いずれも盗難車と見られています。現在、状況をチェック中です」

「検問はどうですか」水越が鋭い口調で迫る。

「残念ながら、最後に振り切られてからは手がかりがありません」

「犯人の一人が射殺された状況に関しては？」

「緊急避難です」鈴木が毅然《きぜん》とした口調で返事する。「向こうも発砲していましたし、その様子はパトカーのドライブレコーダーにも記録されていました」

「身元は？」

「今のところ、一切不明です」

「分かりました……福島県警としては、今後どういう捜査方針で臨みますか？」

水越の口調は、まるで尋問のようだった。口調こそ丁寧なものの、実質的には相手の喉元に刃《やいば》を突きつけている。鈴木に代わって、橋本刑事部長が話を引き取った。

「盗難車の捜査から進めます……警視庁さんとしては、この件をどういう枠で捉えていますか？」

「まだはっきりしたことは分かりません」水越が認めた。「島田が何かの犯罪グループの一員だったのか、そうではなかったのか、その辺も含めてまだ分からないことばかりです。ですので、こちらとしても県内での捜査を進めさせていただきます。どうか、ご了承下さい。それと、島田は故郷の会津若松に立ち寄っている可能性がありますから、そちらの警戒も厚くしていただければ」

「承知しました」橋本が重々しくうなずく。

これで「外交的」な話し合いは終わった。後は具体的で細かい捜査の詰め。ぴりぴりした空気は相変わらずだったが、それでも一之瀬は少しだけ気持ちが楽になった。

会議が終わると、水越が橋本に声をかけた。

「ちょっとこの部屋を貸していただけますか？　こちらでも打ち合わせをしておきたいので」

「どうぞ」橋本が短く言ってうなずく。

彼を先頭に、福島県警の幹部が会議室を出て行くと、水越がさっそく切り出した。

「監察官室がやいのやいの言ってるが、こちらで食い止めておくから気にするな。とにかく一刻も早く、島田を確保しろ。長引けば長引くほど、状況が不利になる」

無言。誰に向かって命令しているか分からない……一之瀬は口を引き結んだままうなずいた。

「岩下班は全員、こちらに呼び寄せた。岩下、福島中央署を拠点にして捜査を進めてくれ」

「分かりました」

「一之瀬と春山は、すぐに会津へ向かえ。島田は生まれ故郷に戻っているかもしれないし、まずは周辺を調べ直すんだ」

「分かりました」一之瀬は顎に力を入れて再度うなずいた。

「福島県警よりも先に、島田の身柄を確保する」低い声で水越が言った。「向こうにおんぶに抱っこじゃ、警視庁の名折れだぞ……とにかく、一刻も早く逮捕だ。今は他のことは考えなくていい。よし、行け！」

弾かれたように一之瀬は立ち上がった。やることができただけで、気持ちはぐっと楽になっている。もっとも、会津で手がかりが得られるかどうかはまったく分からないのだが。

春山も同様なようで、会議室を出た後も、顔色はよくないままだった。

「大丈夫ですかね」心配そうにつぶやく。

「何とも言えないな。とにかく、調べてみないと」

「検問でもやってる方がいいんじゃないでしょうか」

「それは刑事の仕事じゃない」一之瀬はぴしりと言った。「刑事には刑事の仕事があるんだから……今からたっぷり味わえるよ」

福島市から会津若松までは、車で一時間ほど。東北道はともかく、磐越《ばんえつ》自動車道に入ると、極端に車が少なくなった。カーブも少なく、基本的には山の中を行く道路なので、見るべきものもほとんどない。

会津若松インターチェンジで高速を降り、そこから市の中心部にある島田の実家までは二十分ほどだった。高速を降りた時に感じるスピード感のギャップに戸惑いながら、一之瀬は先を急いだ。

会津若松の市街地は、広く分散している。交通の中心は、磐越道の会津若松インターチェンジ。それと、JR只見《ただみ》線と磐越西線が乗り入れる会津若松駅だが、本当の中心地は今でも鶴《つる》ヶ城《じょう》付近のようだ。市役所などの官公庁も、その近くに集まっている。

島田の実家は、鶴ヶ城の南側に広がる住宅地の中にある。一之瀬は近くに車を停めると、十分用心するよう春山に忠告した。

「島田が家に戻っているとは思えないけど、気をつけよう。こっちは顔を知られているし」

「……ですね」春山の喉が上下する。「俺たちも銃がないとヤバいんじゃないですか?」

「ないものはしょうがないだろう」言ってはみたものの、一之瀬も緊張してきた。島田が銃を持っている可能性は高い。しかも犯人側の一人は死んでいるのだ。また撃ち合いになったら……唐突に、数時間前の恐怖が脳裏に蘇ってきた。あの時自分は間違いなく、死の淵《ふち》にいた。今頃は撃たれて、解剖台に横たわっていた可能性もある。深雪には誰が連絡することになっただろう、と考えると身震いした。もちろん、福島よりもさらに気温が低い会津の気候のせいもあったのだが。

　コンビニエンスストアやファストフード店さえ見当たらない、ごく普通の田舎の町並み。東京育ちの一之瀬には新鮮な光景である。車は走っているのだが、歩いている人の姿を見かけないのも、いかにも田舎の街という感じだった。ようやく人を見たと思ったら、シニアカーに乗ってゆっくりと走る老婆である。何だか街全体が、普段自分が暮らしている東京とはまったく別の時間の中に存在しているようだった。

　島田の自宅の前では、目つきの悪い男が二人、立って煙草《たばこ》を吸っていた。所轄か県警本部の刑事だとすぐに分かる。自分たちだけでなく、福島県警にとってもこの事件は大変なマイナスなのだ、と一之瀬は不安になった。どんな悪人であろうが、人を一人射殺するのは大変なことである。

「遅いぞ」

声に振り向くと、城田が立っていた。会議の前に会ったばかりなのに……と怪訝《けげん》そうな表情を浮かべると、城田がにやりと笑う。

「うちの一課も総出だよ。俺もこっちへ飛ばされた」

「申し訳ない」

反射的に頭を下げてしまう。顔を上げると、城田は困ったような表情を浮かべていた。

「そういうの、もうやめようぜ。上の人間は責任の押しつけ合いをするかもしれないけど、俺らレベルで考えればどっちもどっち……両方に責任があるだろう」

「ああ」

「責任云々《うんぬん》よりも、この事件は面白い——でかくなるぞ」城田がにやりと笑う。

こいつ、こんなキャラだったかな、と一之瀬は首を捻った。元々外勤警察官としての仕事が長く、市民を直接助けたりするのが性に合っていると思っていたのに、でかい事件を喜ぶ様子は、若杉にも似ている。

「笑ってる場合じゃないだろう」一之瀬はにわかに不安になってきた。城田が言うように「でかい事件」になったら、自分はどんな役目を果たせるか。ミスを犯さず、言われたことをきちんと仕上げるのが本筋だとは思っているが、単なる歯車になってしまうのも嫌だ。何と言うか……自分は今、微妙な立ち位置にいるのだと思う。元々、若杉のように無条件にやる気を出すタイプではないと自認していたのだが、刑事になって何年も経つと、そういうわけにもいかない。

「ちょっと、島田に関する情報を教えてくれないか？　俺たちは、昨日までは蚊帳《かや》の外だったんだから」城田が頼みこんできた。

「実家には誰もいないのか？」

「ああ。それに、さっきから両親の携帯に電話を入れてるんだが、出ない」

「そうか……そっちは何人出てる？」

「俺も含めて三人」

「それなら、全員に同時に説明するよ。その方が面倒がないから」

一之瀬たちは、島田の実家の前で待機している二人の刑事に合流した。一人は四十歳過ぎのベテラン、もう一人は一之瀬たちと同年配に見える若手である。犯人の実家の前で個人情報を開示するのも変な感じだと思いながら、一之瀬は島田に関する情報を話し始めた。

「島田は会津若松生まれで、十八歳までここで過ごしました。高校は、地元の会津中央高校」

「いい学校だ」ベテランの刑事がうなずく。「県内でもベスト5、会津地方だったらトップクラスだな」

「はい……高校を卒業後には、福島平成大学に進学して、福島市内で一人暮らしをしていたようです」

「福島平成大学ね……」ベテラン刑事が顎を撫《な》でた。「高校のランクからすると、かなり格下だな。高校では、勉強をサボっていたのかもしれない」

その辺の事情は分からないままに、一之瀬はうなずいた。これまで周辺から事情聴取した結果、島田がどこかで悪い道に入ってしまったという情報はないのだが……いや、まだまだ情報が足りない。島田の追跡が中途半端だったことは認めざるを得ない。

「大学を卒業してから、東京の不動産屋……ディベロッパーに就職しましたが、二年ほど前に辞めています」

「何かトラブルでも？」城田がぎゅっと目を細める。

「いや、まだそこまでは摑んでいないんだ。これからだな」何だか情けない気分になってくる。分からないことばかり……やはりこの事件の捜査に関しては、気合いが入っていなかったのだと実感する。

「地元とどれだけ関係が残っているかが肝だと思う」ベテラン刑事が言った。

「困った時に頼る人間がいるかどうかですね？」と一之瀬。

「ああ。例えば、実家との関係はどうだったんだろう」ベテラン刑事が、島田の実家に向けて顎をしゃくった。

「両親とも健在ですが、もう五年も会っていないという話でした」

「独身なんだよな？」城田が突っこむ。

「ああ」

「独身、三十三歳か」城田が手帳を開き、素早く何か書きこんだ。「東京で働いていたら、実家とは縁遠くなるんだろうな。結婚して子どもでもいれば、話は別かもしれないけど」

「そうかもしれない。別に、トラブルがあったわけじゃないようだけど……何となく疎遠になる感じはあるだろう？」

「そうだな」

城田が苦笑する。こいつも実家との関係は微妙だからな、と一之瀬は納得した。既に「家業を継がない」宣言をしてしまったも同様で、代々江戸指物の職人だった城田家の伝統は、彼の父親の代で確実に途切れるのだ。

「俺たちは、取り敢えずこの家を監視しようと思う」ベテラン刑事が宣言した。「両親は何をやってるんだ？　まだ働いているのか？」

「ええ、共働きです。父親は地元の会社、母親は市の観光協会ですね」

「今朝の一件は、もう知っているんだろうか」

「どうでしょう」盲点だった。自分で連絡しようと思っていたのだが、ドタバタの中ですっかり忘れていた。誰かが連絡したかもしれないし、ニュースを聞いて知ったかもしれないが……いずれにせよ、知っていたら仕事どころではなく、家に籠っているだろう。

「じゃあ、俺たちがそっちを当たってみていいだろうか」

「ええ」ここは譲るか……島田が両親を頼ってくるとは思えず、仮に会津に逃げこんだにしても接触してくるとは考えられないが、それでも家族をマークするのは基本中の基本である。会津で何をするかは一任されているので、一之瀬はまず、島田の地元の友人たちを当たってみることにした。

「よし、諸々こっちに任せてもらおう」ベテラン刑事が納得したようにうなずく。「そっちは、自由に動いて下さい」

「了解です」

一之瀬は城田にうなずきかけ、覆面パトカーに戻った。これより、本格的に戦闘開始だ。

〈5〉

「島田、いったいどうしちゃったんですか」

最初に会ったのは、以前にも一度事情聴取していた、島田の高校時代の友人、中本啓太《なかもとけいた》だった。島田とはサッカー部のチームメートで、クラスも三年間一緒。当時の親友と言っていい間柄だった。現在は、教育委員会の生涯学習総合センターに勤めている。

図書館や公民館なども入る新しい庁舎で会った中本は、不安そうな表情を隠そうともしなかった。庁舎内で話をするのは気が引けるようで――確かに上司には聞かれたくない内容だ――すぐに一之瀬たちを外へ誘う。建物の脇にある、小さな公園。三人は丸いテーブルを囲む三つの小さな丸椅子《まるいす》に腰を下ろし、すぐに話し始めた。四月も半ばなのに風は冷たく、動かないでいると手がかじかむほどの陽気……しかし、そんなことは気にしていられない。中本はこの寒さにも慣れている様子で、ワイシャツの上に黄色い薄手のカーディガンを引っかけただけだった。長身ですらりとした体形。この季節に似つかわしくなく、よく日焼けしていた。そうそう、今でも地元のサッカーチームでプレーしていると言っていた……前に会った時に聴いた記憶が蘇る。

「ニュースで見たんですけど……逃げたって、どういうことなんですか？」

「ニュースでどこまでやっていたかは分かりませんけど、とにかくそういうことなんです」一之瀬は話を軽くまとめた。自分の口からは、事情を説明しにくい。

「だけど……こっちにすれば、何のことやら、ですよ。この前から、あいつに関してはショックなことばかりです」

「それは分かります」

前回会いに来たのは、島田を被疑者と断定し、指名手配した直後だった。地元の立ち回り先を調べに来たのだが、その時も今と同じように呆気《あっけ》に取られたような表情を浮かべていた。事態の深刻さを認識するというよりも、島田が本当に殺人を犯したかどうか、疑っている様子だった。

「彼から連絡はありましたか？」

「いや、全然ないです」

「ちょっとお願いなんですけど……あなた、彼の携帯の連絡先がまだ残っているって言ってましたよね」

「向こうの番号が変わっていなければ」

「かけてみてもらえませんか？　もしかしたら、あなたからの電話なら出るかもしれない」

「え？　いや、しかし……」中本が躊躇《ためら》った。短く刈《か》り揃えた髪を掌《てのひら》で撫でつけてからワイシャツのポケットに指を突っこみ、スマートフォンを取り出す。

「お願いします」一之瀬は頭を下げた。「事は、緊急を要するんです」

「ええ、まあ……」

中本が島田の携帯電話の番号――一之瀬も覚えていた――を画面に呼び出し、二人に見せてから電話をかけた。テーブルに置くと、風が吹く音に混じって、「おかけになった電話番号は……」のメッセージが聞こえる。それも当然か、と一之瀬は思った。これまでも何度か島田に電話を入れているが、ずっと同じメッセージが流れるだけだった。電源を切ってしまっているか、あるいは電話自体を処分している可能性もある。

「駄目ですね」

むしろほっとした様子で、中本がスマートフォンをポケットに戻した。それはそうだろう……いきなり島田が電話に出ても、何を話していいか分からないはずだ。

「彼から連絡はないんですよね？」一之瀬は念押しした。

「ええ」

「他の友だちはどうですか？　島田のことは、地元でも噂になってるでしょう」

「それはまあ……そうですよ。まさかあいつがって」

「真面目な人だったそうですね」

春山が話に割りこんだ。できるだけ積極的に話を聴くように、と春山には事前に指示してある。

「基本的には」中本が認める。

「いい高校ですよね」春山がにっこりと笑った。邪気のない笑顔……人を安心させるいい表情だ。童顔なのは、こういう時には役に立つ。「サッカー部で一緒だったんですよね。文武両道ってやつですか？」

「サッカー部は……そんなに強いわけじゃないですよ。これまでの最高は、県大会のベスト8ですから」

「中本さんたちの時は？」

「四回戦で負けました」

苦笑しながら中本が首を横に振る。

「それでも、大したものじゃないですか」

「あまりいい想い出じゃないんですよ。延長までやって、ＰＫ戦で負けたんで……最後に俺が外したんです」

「ああ」春山が言葉を切った。表情は暗い。まずい話題に触れてしまった、と後悔したのだろう。しかしなおも話を続ける。サッカーのことなら、まだ転がせると思ったようだ。

「中本さん、ポジションは？」

「私はミッドフィルダーで」

「島田は？」

「右のサイドバックでした。足が速かったし、運動量が豊富でタフな選手でしたよ」

サッカーには疎《うと》い一之瀬でも、「タフな選手」というのは何となく想像できた。試合終盤になってもスピードが落ちず、積極的にボールを奪い、サイドを駆け上がる。時には体を張って強烈なタックル……おそらく「タフ」という形容詞は「献身的」と同じ意味だ。

「勉強の方は？」

「それは、まあまあ……」中本が苦笑した。「サッカー部の人間は概して、勉強は駄目でしたね」

「でも、大学へ進んだじゃないですか」

「何とか引っかかった感じですかね。私も同じだったけど」

「島田が東京へ行かなかったのはどうしてでしょう？　福島県は、大学も少ないですよね」

「いろいろ受けて、引っかかったところへ行ったんでしょうね。本人も特に、特定の大学を希望していたわけじゃなかったので。もちろん、東京へは出たがっていたけど……合格が決まってからも、ずっと機嫌が悪かったですよ。東京へ行く連中に向かって、何度も『羨《うらや》ましい』って言ってました」

「中本さんは、東京の大学ですか」

「ええ」

彼が大学の名前を明かしたので、一之瀬は思わず身を乗り出した。自分と同じ……もちろん、直接中本を知っているわけではない。母校は、日本でも有数のマンモス大学なのだ。一之瀬が、自分は少しだけ後輩だと打ち明けても、中本の反応は薄かった。学部が違えば別の大学も同様……それぐらい学生の数が多いし、キャンパスも首都圏のあちこちに分散している。

この話題は失敗だったと悟り、一之瀬は春山に目配せした。事情聴取、続行。春山がうなずき、両手を組み合わせて小さな丸テーブルに置く。

「その後……大学進学後はどんな様子でしたか？」

「大学の四年間は、ほとんど縁は切れてました。年に一回、夏に会うぐらいでしたね。毎年八月に、サッカー部のOBの集まりがあるんですよ」

「OB会ですか」

「ええ。現役の連中と試合をしたり、後は呑み会です。あいつ、毎回必ず出てきましたけど、いつも元気がなかったですね」

「やっぱり、東京へ行きたかったんでしょうか」

「そうでしょうね。実はその後、東京で会ってるんです」

「その後というと？」春山が手帳を広げた。

「あいつが卒業してからです。向こうで就職したんですよ」

中本がちらりとこちらを見たので、一之瀬はうなずいた。この話は、前回会った時にも出ている。

「私は一浪しているので……こっちが四年生の時に、島田は社会人一年生でした。五月ぐらいだったかな、急に連絡があって、呑んだんですよ」

「東京で就職したから、昔のチームメートにご挨拶っていうことですかね」

「そうだと思います」その時の様子を思い出したのか、中本が急に苦笑した。「あいつ、テンション、高かったですよ。ようやく東京に出て来られたんで……やっぱり大学の四年間は、後悔ばかりだったんでしょうね。『東京は凄《すご》い』って、何度も言ってました。正直なところ、お上《のぼ》りさんみたいだなって思いました」

「夢が叶《かな》ったわけですか」

「あいつにとっては、そうだったんでしょうね。サッカーはしていませんでしたけど、総合格闘技のジムへ通って、体を鍛え始めたりして……あの一年は、よく会いましたよ。あいつ、私の就職にまで口を出してきて」今度は、急に不快そうな表情になる。「そんなこと言っても無駄だったんですけどね。私はこっちへ戻って来ることは決めていたから。教員か公務員……結局、公務員になりましたけどね。安定が一番ですから」

一之瀬は思わず、うつむいて苦笑してしまった。自分と同じような考え……福島と東京という違いこそあれ、出身地で公務員を目指す人間は、まず「安定」を第一に考える。どこにでもこういう方針の人はいるものだ。そもそも、社会に出る時に「野望」を抱いている人は、どれぐらいの割合でいるものだろう。のし上がってやるとか、金持ちになりたいと考える人間は、自分たちの世代では少ないような気がする。堅実に、定年まで働きたい……不景気の中で就職活動をしていると、どうしてもそんな風に考える。自分たちが定年になるまで間違いなくその企業が存続しているかどうか、見極めるのも大変だが。「安定」ではなく「成功」を求める人は、どちらかというと自分で起業してしまうだろう。そして三年以内に、七割が倒産する。

「あいつにとっては、東京に出て来ることの方が大事だったのかもしれませんね」

「大学や仕事の内容ではなく、取り敢えず東京に出ること……」春山が話を引き取った。

「だと思います。そうじゃなければ、ああいう会社には就職しないんじゃないかな」

「そうですか？」

「ブラックですから」中本が真顔で言った。「ブラック企業っていう言葉が出てきたの、いつ頃だったかな……俺たちが就職活動していた頃、そんな言葉、ありましたかね？」中本が一之瀬に話題を振った。

「いや、まだだったんじゃないですかね。そういう実態はあったけど、言葉はなかったと思います」

「でも、ヤバい会社の噂は回ってましたよね？　ネットでも、口コミでも」

「確かにそうでした」一之瀬は苦笑した。最初から公務員狙《ねら》いだった一之瀬はそれほど悩まされたわけではないが、民間企業を希望していた友人たちは、そういう噂に振り回されていた。ある友人が「日本の会社って、全部ブラックじゃないのか」と頭を抱えていたのを思い出す。「実際、倒産してますしね」

「だから、島田もラッキーだったのかどうか……倒産する前に辞めたのは、まだよかったんですかねえ」

「何とも判断しにくいですね」

島田が勤めていた会社は一年前に倒産し、既に会社の清算を終えている。関係者を辿《たど》って話を聴くだけでも一苦労だったが、島田本人が、会社が倒産する一年ほど前、今から二年前に辞めた——実質的には馘にされたことは確認できていた。どうも、何かトラブルがあって、詰め腹を切らされたらしい。ただしこれも本当かどうかは分からなかった。会社の失敗を、一人の人間の責任に帰してしまうのも、いかにもありそうな話である。

「その頃——彼が辞める頃にも、連絡は取っていたんですか」話の流れで、一之瀬は事情聴取を引き取った。春山は大人しく選手交代し、手帳を広げてボールペンを構えた。

「いや、その一年——私が四年生の時の一年間を除いては、ほとんど接点がなくなりました」

「年に一回の夏のOB会は？」

「私は毎年出てました——今でも出てますけど、島田は出てこなくなりましたね。仕事が忙しかったのか、それとも出られないような事情があったのかは分かりませんけど」

やけに皮肉っぽい……三年間、サッカー部で同じ釜《かま》の飯を食った仲間同士といっても、卒業から十五年も経てば、当時の緊密な関係は崩れてしまうのだろうか。

「あなた、島田さんと何かトラブルでもあったんですか？」一之瀬は思わず訊ねた。

「ないですよ」中本が慌てて言った。「ないですけど、いろいろ嫌な噂も耳に入ってくるじゃないですか。不動産の仕事って、問題があったりするでしょう？」

「どんな仕事でも問題はありますけど……そうですね、不動産関係はトラブルも多いと聞いています。具体的に何か、聞いていましたか？」

「そんなにはっきりした話じゃないけど……そういう話なら、俺よりもっと詳しい人がいますよ」

「誰ですか」

「高校の先輩で、地元で不動産屋をやってるんです。島田とは、ちょっと問題があったみたいで……はっきり言わないんですけど、一時はかなり怒ってました」

「その人の名前は？」

「臼井直人《うすいなおと》」

「紹介してもらえますか？」

「いやあ、それはちょっと……そちらで直接訪ねてもらえますか？」中本の眉間にぐっと皺が寄った。「苦手な人なんですよねえ」

　中本が臼井を「苦手」と言った理由はすぐに分かった。見た目、ヤクザ。接客が大事な不動産業の人間が、こんな風に威圧的で大丈夫なのだろうかと、一之瀬は心配になった。

国道一一八号線——市内を南北に貫くこの通りが会津若松のメーンストリートだ——沿いにある自社ビルで面会したのだが、今時こんな服装をしている人がいることに驚く。がっしりした体を包む濃紺のダブルの背広に、やけに幅の広い、赤を基調にした派手なデザインのネクタイ。頭はパンチパーマで、眼鏡には少しだけ色がついている。一昔前の田舎のヤンキー上がりという感じ。

「島田？　奴は下手《へた》打ったね」

言葉も喋り方も、ほとんどヤクザのそれである。普通の人は、こんな表現を使わず、「失敗した」と言うものだ。

「いろいろあったんだと思いますが、まだ本人とはほとんど話せていないので、事情は分かりません」

「まあ、警察の人も大変だね。撃たれそうになったんだって？」臼井は興味津々《きょうみしんしん》の様子だった。

「死ぬところでした」あれが今朝の出来事とは信じられない。はるか昔のことのようだ。

「そんな大変な目に遭《あ》った人を、無下《むげ》に追い返すわけにはいかないな……おい、お茶を頼む！」

怒鳴ると、制服姿の女子社員がすぐにお茶を運んで来た。年の頃、二十代の前半ぐらい……スカートが短く、屈みこんでお茶を出す時に、太腿《ふともも》の大部分が露《あら》わになる。去って行く後ろ姿を、臼井がねっとりとした目で眺めた。この会社こそブラック——社長によるセクハラが日常茶飯事になっているのではないかと一之瀬は疑った。

「おたくら、こっちの署長の水島《みずしま》さん、知ってる？」

「いや、我々は東京——警視庁の人間なので」

「ああ、そうだね」臼井が、テーブルに置いた一之瀬の名刺を確認した。「知ってるなら話が早いんだけど」

人脈の豊かさを誇りたいわけか……警察署長は地域の名士だから、あちこちにつき合いもあるのだろうが。

「で？　島田の話だって？」臼井がいきなり話題を切り替える。せっかちなタイプのようだ、と一之瀬は警戒した。こういう人は、こちらの事情に頓着《とんちゃく》せず自分の都合で話を勝手に打ち切りがちだ。

「ええ。何か、昔問題があったとか」

「警察の手を煩わせるようなことじゃないよ」臼井の表情が強張《こわば》る。

「事件とは言ってませんが……」

「事件じゃないよ」臼井も否定した。「ただ、俺が不快な思いをしただけだ。だからあいつは、この街には足を踏み入れられないはずだけどな」

「何があったんですか？」話が大袈裟《おおげさ》過ぎる——ただ事ではない。

「詳しいことを話すつもりはないね。もう四年前のことだし」

もったいぶっているだけではないか、と一之瀬は疑った。自分を大物に見せたいが故に、大したことのない話をやたらに膨《ふく》らませる人間はいる。頭から叩いて凹《へこ》ませてやってもよかったが、ここは下手《したて》に出ることにした。

「臼井さんの会社は、もう長いんですよね」

「ああ、戦前からだ。ジイサンが始めたんだよ」

「ということは、この辺で一番古い不動産屋ですか」

「そうなるかね」臼井が顎を撫でてから、音を立てて茶を啜った。まんざらでもない様子である。

「それだったら、地元の不動産事情もいろいろご存じでしょう」

「知らなきゃ商売にならないよ」臼井が鼻を鳴らす。

「そういう人とトラブルというのは、島田もいい度胸じゃないですか」

「だから、トラブルじゃないって。トラブルだったら、俺は黙って見過ごさないからな」

「じゃあ、何があったんですか？」

「地震絡み、とだけ言っておこうか。あんたらが知ってるかどうか分からないが、東日本大震災の後で、福島県内の不動産事情は滅茶苦茶になった。そこへ東京から乗りこんで来た連中が一儲《ひともう》けしようとした——そういう構図だよ」

「土地の買い占めですか」

一之瀬は思いついたことを取り敢えず口にしてみた。臼井の表情が微妙に変わり、口から出まかせが当たったのだと分かった。出まかせついでに話を続ける。

「仮設住宅の問題とか、避難所の問題とかいろいろありましたよね。会津の地震被害は沿岸部ほどではなかったから、ここで土地を買い占めておけば、将来的には……そういうことじゃないんですか」

「あんた、甘っちょろい顔をしてる割には鋭いじゃないか」臼井が鼻を鳴らす。

「金儲けがしたいわけじゃないですけど、金儲けをしようとしている人間の考えはよく知ってます」

「ワルともつき合いがあるようだな」

「つき合ってません。逮捕しているだけです」

臼井が突然、声を上げて笑った。事務室の空気を揺るがすような大声で、一之瀬は思わずソファに背中を押しつけた。隣に座る春山は顔を引《ひ》き攣《つ》らせている。

「まあ、いいよ……とにかく、ほぼあんたが言った通りだ。島田たちがこの街に入って来て、あちこちで土地の売買交渉を始めたんだよ。気づいて、俺は向こうの偉い人間と直談判《じかだんぱん》したけどな」

「交渉を止めさせたんですか」

「そんなことはしない——それはこの業界の仁義に反する。ただし向こうも、商売の仁義に反するようなことをしてたわけだから……まあ、話せば分かるよな？」

「ええ」

「というわけで、お引き取り願ったわけだ。それからはもう、そういうことはないが……ひでえ会社だな、あれは。島田という男もひどい。地元の人間が困っている時に、その弱みにつけこむなんていうのは、どうなのかね？　郷土愛がゼロだよな」

「そうかもしれません」

「まあ、島田という男も……俺が言ったことを理解していたかどうか。あれは完全に、ブラック企業に呑みこまれてたね。ブラック企業で生き延びるためには、その色に染まるしかないんだ。自分自身がブラックになるんだよ」

「島田が殺人事件を起こしたのはご存じですか？」

「ああ、もちろん。ろくでもない奴だとは思ってたけど、あんなことまでやらかすとはね。でも、まあ、分かりやすい転落の歴史じゃないか？」

「そうですかね、それで——」

「俺に聞いても奴の居場所は分からねえよ」臼井が、一之瀬の質問を途中で遮《さえぎ》った。

「島田を、直接ご存じなわけではないんですか？　あなたにとっては、高校の後輩でもありますよね」

「五年離れてるから、まったく重なってないな。例の問題があった時に、初めて会った」

「どんな人でした？」

「そりゃあもう、いい加減……というか、この業界では絶対に許されないタイプだよ。人の弱みにつけこむような商売は、絶対にやっちゃいけないんだ。不動産業界は、世間ではいろいろ言われてるけど、ほとんどの人間はまともなんだ。逆に、いろいろ言われるからこそ、まともでいようと頑張る。その基本がない人間は……駄目だね」

「この一件は、彼が主導して行われたんじゃないんですか？　地元ということもあるし」

「知らないけど、もしもそうだとしたら、奴は本物のクソ野郎だな」荒い言葉の通り、臼井の目は凶暴さを増した。「だいたい、地元ではそういう悪さはできないものじゃないか？　顔見知りを騙《だま》すみたいなものだろう。俺はそれを懇々と説いたんだが、奴はニヤニヤ笑うだけでね」

「結局、どうしてその計画は上手くいかなかったんですか？」

「誰も土地を売らなかったからだよ」臼井がにやりと笑った。「東京の変な業者が入って来て、土地を買い漁《あさ》ろうとしている——用心するようにって、情報が回ったんだ。会津の人間は頑固だから、一度用心すると、絶対に話に乗らない」

「その情報を流したのは、あなただったんじゃないですか」

臼井がにやりと笑い、「ノーコメント」と短く締めくくった。両手で腿を叩き、「さあさあ」と続けて立ち上がる。

「俺に話を聴いても、これ以上は何も出てこないよ。島田がクソ野郎だってこと以外はな……あんたらも大変だな。ああいうクソ野郎を相手にしていると、精神状態をちゃんと保つだけでも大変じゃないか？」

否定はできない。だから酒に溺《おぼ》れたり、家族に当たり散らすようになる警察官がいる。自分は絶対そうはならない、と一之瀬は決めていた。


「おっかないオヤジでしたね」車に戻ると、春山が肩をすくめた。

「あれぐらいでびびってるようじゃ、まだまだだ。しかしああいうタイプ、今でも田舎にはいるんだな」

「ああ」納得したように春山がうなずく。「田舎の村長さんタイプ、ですかね」

「見た目は怖いけど、実は面倒見がいい……今や絶滅危惧《きぐ》種かもしれない。東京ではまず見ないね」

「でも、ある程度は役に立ちましたね」春山がシートベルトを引っ張った。

「少なくとも島田が、俺たちが想像しているよりクズ野郎だったことは分かった」

「これからどうします？」

「もちろん、事情聴取続行だ」一之瀬はエンジンを始動させた。「会える人間はまだたくさんいるから」

「そうですね……ここからだと誰が一番近いかな」春山が手帳をめくった。この男はメモ魔で、聞いたことは全部記録しようとする。一度手帳を見せてもらったことがあるが、とにかくやたら細かい字で、びっしりと書き込む癖《くせ》があった。しかも重要事項には必ず赤い下線を引く。そのために、二色ボールペンを愛用しているぐらいだった。「会津若松の駅前に土産物屋《みやげもの》がありますね。そこのご主人の奥さんが、やっぱり島田の高校の同級生です」

「よし、その人に会いに行こう」女性に聞けば、また違う印象が出てくるはずだ。そして今、自分たちが一番知りたいのは、今も島田と連絡を取り合っている人物がいるかどうかである。どうも臼井の話を聞くと、地元への思いはもうまったくないようではあるが……三年間、サッカー部で一緒だった中本が一番親しいのではないかと思っていたが、彼も今は距離を置いているのは間違いない。

「何か出てきますかね」

「それは会ってみないと分からない」

「電話しておきますか？」春山がスマートフォンを取り出した。

「いや、それはやめておこう。心の準備なしで会った方が、上手く話を聞き出せるかもしれない」

「――了解です」

一之瀬は車を出した。現在地から会津若松駅前までは、五分ほど。車の流れがゆっくりなので、周辺の光景がよく見えた。国道一一八号線沿いは、いかにも雪国らしく、雪よけの屋根がついたアーケード街になっている。意外と地元資本の店が多い……高い建物はなく、空は広々としていた。ただし、残念ながら曇天。季節が一か月早ければ、雪が降りそうな天気である。会津若松駅に近づくと、まだ新しいマンションやホテルの姿が目に入る。駅前の交差点を左に折れて駅に近づいても、だだっ広く空間が開いている印象は変わらない。駅前にはそれなりに大きな建物もあるのだが、密集していないせいだろう。

駐車場に車を預け、息が白くなるほどの寒さの中を歩き出す。駅舎の前にはバス乗り場……これがやたらと広いために、駅前はがらんとしている。駅舎自体は和風というか、何となく城をイメージさせるようなデザインだった。ホテルやチェーンの居酒屋、昔ながらの駅前食堂──「創業百年」の看板がかかっていた──の他に、駅のすぐ横にはスーパーもある。観光地であると同時に、生活色が濃い街だと思い知った。ただ、そこに太陽電池で動く線量計があるのを見つけて、気持ちが暗くなる。原発事故は、福島ではまだまったく終わっていないのだ。

目当ての土産物店「ヤマヤ商会」は、バス乗り場を挟んで駅の向かいにあった。昔ながらの土産物屋。「会津観光みやげ」の看板が、店頭でゆっくりと回っている。中を覗きこんでみると、客は一人もいないようだった。観光シーズンではないからこんなものか……

と思いながら、自動ドアの前に立つ。「いらっしゃいませ」という女性の声に迎えられた。レジの奥に視線を向けると、丸顔の女性の姿が見えた。目が合った瞬間、人懐っこい笑みを浮かべ、ひょこりと頭を下げる。釣られて一之瀬も、さっと一礼してしまった。客も他の店員もいないなら都合がいい――彼女が、自分たちが会うべき相手ならば、だが。

「三原陽子《みはらようこ》さんですか？」

いきなり名前を呼ばれ、陽子の笑みが薄れた。

「そうですけど……」

「警視庁捜査一課の一之瀬と言います」

陽子の笑みは一瞬で消えた。

〈6〉

「話しにくいんですけど」

陽子はいきなり、不愛想な表情で文句を言った。アルバイトの店員に仕事を任せ、店の一角にあるテーブルについたものの、居心地悪そうに体をしきりと揺らしている。妊娠中で、丸く膨らんだ腹をしきりに擦《さす》った。警察の相手をするのは胎教によくないだろうな、と一之瀬は申し訳ない気分になった。

「どうもすみません」一之瀬は頭を下げた。「しかし、重要な話なんです」

「それは分かりますけど……島田君には、ずっと会ってませんよ」

「それは分かっています。彼は、地元とは縁が切れてたそうですね」

「そうですか。私は、高校を卒業してからは会ってません」

「四年ほど前に、仕事の関係——不動産の仕事の関係で、頻繁にこちらに来ていたようですけど」

「ああ」陽子の顔が暗くなる。「そういう話は聞いてますけど、私はその時も会ってはいないので」

「だいぶ評判が悪いですよ」

「そういう話は聞いてます」陽子が繰り返した。「あまり褒められたことじゃないとか……でも私は、本当に会っていないので、よく分かりません」

「会っていない」とことさらに強調する意味は何だろう。自分に累《るい》が及ぶのを恐れているのか。一之瀬は、ひとまず彼女を安心させることにした。

「私は、島田とつながっている人を捜しているだけです。そのために、知り合いの方にお話を聴いているだけですから」

「私は、知り合いというほどじゃ……」

「生徒会で一緒だったそうじゃないですか」予め中本から入手しておいた情報をここで出した。

「あれは——」急に陽子が声を張り上げた。慌てて周囲を見回すと、今度は一転して声を低くする。ちょうど、観光客の一団が店に入って来たところだった。「生徒会なんて、仕方なくやるものじゃないですか。やる人がいないから引き受けるだけで」

「あなたもそうだったんですか?」

「もちろんです。生徒会長なんて、面倒なだけで何のメリットもないですよ」

「それで、島田が副会長、でしたね」

「二人いた副会長の一人、です」やけに細かいところにこだわって、陽子が訂正した。

「分かりました——高校時代の彼はどんな感じだったんですか? 希望したわけではないにしろ、生徒会の役員に選ばれるぐらいだから、真面目《まじめ》だったんじゃないですか?」

「文武両道という感じでした。文武の文の方は、ちょっと落ちましたけど」

「人間的には?」

「それは……あの、人の悪口はあまり言いたくないんですけど」

「悪口があるんですか?」一之瀬はすかさず突っこんだ。

「そういうわけじゃないですけど、悪い話を聴きたいんじゃないんですか?」

痛いところを突かれた。できるだけ虚心坦懐《きょしんたんかい》、フラットな状況で話を聴こうとはしているが、島田に関してはそういうわけにはいかない。何しろ殺人者、そして逃亡犯だ。行動も心証も真っ黒。悪い情報を徹底して集めておきたいという気持ちは否定できない。

「悪い話があるんですか?」一之瀬は微妙に表現を変えて繰り返した。

「高校時代は……特にないですよ。ちょっと軽い感じはしましたけど、勉強も部活も頑張ってましたし」

「東京へ出たがっていたようですね」

「ああ、それはそうです」陽子がようやく素直にうなずく。「確かに、大学は東京へ行きたいってよく言ってました。実際に、東京の大学も受けたんです」

「結果的には、福島市の大学にしか合格しなかったんですよね?」

「ええ。それはしょうがないんでしょうけど……受験は水物ですから」

陽子がまた腹を撫でた。だいぶ大きい——七か月か八か月だろうか。あまり無理はさせられないが、今のところ陽子は普通に話しているから、そのまま続けることにする。

「そんなに東京へ行きたければ、浪人すればよかったんじゃないですかね」

「何か、家の事情があったそうですけど……私は、詳しいことは知りません」陽子が顔の前で手を振った。

「お金の問題ですか? でも、ご両親はどちらも働いていますよね。浪人するぐらいのお金がなかったとは思えないんですけど」

「それは……だから、その辺の事情は本当に分からないんですけどね」陽子が唇を尖《とが》らせる。「でも、本人的にはショックだったんじゃないかな」

「彼とは、そういう話をしましたか？」

「いえ……彼が大学へ行ってから、何回か会ったんですけど、何だか暗くなっていて。高校時代の軽さが全然なくなっていたんですよ」

「暗い、ねえ」一之瀬は顎を撫で、春山と顔を見合わせた。春山がかすかに首を傾《かし》げる。一之瀬は陽子に視線を据え直した。「ええと、それはどういう感じの暗さ……大学デビューに失敗した感じですか？」

「いや、そういう感じじゃないですけど」陽子の表情がかすかに緩んだ。「何て言っていいか分からないんですけど、とにかく暗かったんです。それも嫌な感じの暗さで……喋りかけると睨《にら》んでくるみたいな」

「でも、高校時代の友だちとは会ってたんでしょう？　あなたもそういう機会があったから顔を合わせたんですよね」

「ええ」

「本当に暗かったら、そういう集まりには顔を出さないと思いますけど」

「だから私は、そんなに詳しくは事情を知りませんから」陽子が慌てて言い訳した。「とにかく、話しかけにくい感じだったんです。噂では、大学で何かあったっていう話ですけど」

「大学で?」となると、福島市まで戻って話を聴かねばならないだろう。そして一之瀬は、大学での事情聴取が難しいことをよく知っていた。去年の捜査では、人間関係を辿っていくだけで一苦労だったのを思い出した。

「あまり良くない仲間がいたとか」

「ご存じでしたか」

一之瀬が身を乗り出すと、陽子の耳が赤くなった。喋り過ぎたと思ったのかもしれない。

「私はずっと地元なので、何となく話は入ってくるんですよ」言い訳するような口調。

「ああ、地元のハブ空港みたいなものですね」情報――噂の交点。つき合いがよく、友人が多い人は、自分に直接関係ない情報までよく知っているものだ。

陽子はなおも、「よく知らない」「噂を聞いただけだから無責任なことは言えない」と答えを避け続けたが、やがて根負けした――あるいは、実は話したくてうずうずしていたのかもしれない――ようで、島田の「秘密」を明かした。

「確かに、大学で悪い仲間と知り合ったようです」

「それは、犯罪にかかわるようなことですか?」

「そこまでは分かりませんけど……でも、大学にも悪い人はいますからね。そういう連中とつき合いができて、かなり悪いことをやっていたという噂もあります。あ、でも、あくまで噂ですからね」

「ドラッグ関係とかですかねえ」

一之瀬は顎を撫でた。最近のドラッグの蔓延《まんえん》ぶりと言ったら……普通の主婦から中学生まで、覚せい剤に手を出していたりする。大学生なら、そういう誘惑も多いだろう。ただし、島田が大学生だったのはもう十年以上も前のことだ。一之瀬が大学生だった時にも、周りでドラッグに手を出す学生がいる、という話は聞いたことがない。東京のマンモス大学だから、人が多過ぎて噂が伝わらなかったのかもしれないが。

「とにかく、あくまで噂ですから」陽子が繰り返した。

「例えば、それで誰かが被害を受けたなんてことはないですか？　高校時代の友だちとか」

「私は聞いていません」

完全な否定ではないわけか。まだ何か出していない材料があるのではと一之瀬は話を進めたが、さすがにそれ以上は出てこなかった。諦《あきら》めかけた時、スマートフォンが鳴る。

「失礼」と言って確かめると、城田だった。すぐには出られないが、ちょうど事情聴取を打ち切るタイミングではあった。

「お忙しいところ、ありがとうございました」

一之瀬は立ち上がって一礼した。陽子も立ち上がったが難儀そうで、右手で腹を支えるようにしている。

「今、何か月ですか？」

「もう臨月ですよ」

「臨月でも、まだ仕事をするんですね」

「家族経営だから、産休なんかありません」陽子が苦笑した。「ぎりぎりまで仕事すると思います」

「体は大事にして下さい……失礼しました」

店を出て、すぐに城田にコールバックする。城田は待ち構えていたように、すぐに電話に出た。

「両親が家に帰って来た。今日はずっと、親類のところにいたらしい」

「さすがに仕事はできないか……」警察からも逃げ回っていたことになるわけだ。

「ああ。これから家で話を聴くけど、どうする？　別の仕事中か？」

「いや、今一件、話を聴き終わったところだから、すぐに行くよ。待たないでいいから始めていてくれ」

「もちろん」城田が静かに言った。「これは俺たちの事件だから」

城田も縄張り争いに参加するのだろうか。彼の立場なら、警視庁と福島県警の橋渡しを上手くやってくれてもいいはずなのに……と一之瀬は心配になった。

同時に五人を相手に話をするのは大変だ——家に入った瞬間、一之瀬はまず島田の両親に同情した。同時に、こういう雑然としたやり方はまずい、と危惧する。

二人は並んでソファに座り、向かいのソファには、城田ともう一人のベテラン刑事が腰かけている。若い刑事が城田たちの背後……これだけでも三対二で緊張を強いられるのに、さらにもう二人加わったわけだから、両親がプレッシャーを受けないわけがない。一之瀬と春山は、城田たちの横に立った。

「警視庁の一之瀬です。前にお会いしました」まず挨拶から入ったが、両親は二人とも上の空だった。まず、軽い質問から入る。「最近、連絡はありましたか?」

「いえ、全然」

父親が答えると、母親がいきなり泣き出した。嗚咽《おえつ》を漏らしながら、ハンカチを顔に押し当て、背中を丸めてしまう。父親は慰めることもできず、呆然としてスマートフォンを握り締めるだけだった。一之瀬は城田に視線を送った。どうする? 城田は静かに首を横に振るだけだった。落ち着くまで待つしかない——その通りだ。

沈黙の中、しばらくは母親の泣き声だけが響き続けた。心が痛い……この人たちは微妙な立場にあるのだと改めて思う。犯人の家族は、決して犯罪者ではない。しかし警察は、犯人にリーチするために家族を使うし、近所の人たちは犯人と同一視して白い目で見る。大きな事件になれば、マスコミに責められることもあるだろう。最近、犯罪被害者支援課の講座に出席して、被害者やその家族の扱い、人権問題などについて講義を受けてきたが、被疑者の家族についても、もっと手厚いケアが必要だ。

　やがて、城田が静かに切り出した。

「息子さんが行きそうなところに心当たりはありませんか？」

「ないです」父親の声もかすれていた。

「二年前に会社を辞めていますよね？」

「ええ」父親の耳が紅潮する。彼にとっても、体面のいい話ではないのだろう。

「会社でトラブルがあったと聞いていますけど、何かご存じですか？」

「いえ、そういう話は一切しない……電話で話すこともほとんどなかったですから。会社を辞めたことを知ったのも、去年になってからなんです」

「四年ほど前なんですが……」一之瀬は城田に目配せしてから切り出した。ちょっとだけ、俺にも話させてくれよ。「息子さんが、頻繁にこちらに来ていた時期があったはずです。ご実家にも泊まったかと思いますが」

「ええ」今度は父親の顔面が白くなった。

「息子さんの会社が、この辺で土地の買い占めをしようとしていた、と聞いています。ご存じですか？」

「……ええ」

「かなり評判が悪かったようですが、その件については話し合いましたか？」

「いえ。それも後から知ったので……すみません、息子はみっともないことばかりしていたんです。我々の教育が悪かったんです」

母親がまた泣き出した。先ほどよりも激しく、しばらくは止まりそうにない。父親が、丸まった妻の背中に手を当て、ゆっくりと上下させた。しかしそれすら邪魔だと感じたのか、体を揺すって拒もうとする。父親は、かすかに傷ついた表情を浮かべ、そっと手を引いた。

「大学時代に、ずいぶん様子が変わったと聞いています」一之瀬は静かに訊ねた。この件は、いずれは確認しなくてはいけない。どうせ嫌な思いをさせるなら、早い方がいい。

「ええ」父親はあっさり認めた。

「何があったんですか？」

「それは分からないんです。様子が変わったとは言っても、何も悪いことをしたわけではなかったので。話しかけても返事をしなかったり、急に睨みつけてきたり……でも、そもそも家にはほとんど帰って来ませんでしたけどね」

反抗期か……そんなものは、中学生の時に通過するのではないか、と一之瀬は訝《いぶか》った。

「福島市で下宿していたんですよね？」

「そうです」

「東京へ出たがっていた、と聞いています」

「浪人は、よくないですから」父親の顔つきが急に厳しくなった。「特にあの頃は就職難で、一年ロスすると、それだけで就職が不利でしたからね。合格したのは、希望ではなかった地元の大学だけでしたけど、とにかく入学しろと……それが気にくわなかったのかもしれません」

「結局、東京で就職しましたね」

「やはり、向こうに憧れがあったんでしょう」父親が溜息をついた。

「止めなかったんですか？」

「就職難のご時世ですから、決まったら止められませんでしたよ。就職浪人なんかすると、後々大変ですから」

　新卒ばかりが優遇されるのが、日本特有の就職事情だ。もっとも島田にすれば、願ったり叶ったりだっただろう。ようやく憧れの東京へ出られたわけだから……。

「東京で就職してからは、あまり連絡は取ってなかったんですか？」

「そうですね。滅多にこっちへも帰って来なかったので。何をやっているかもよく分かりませんでしたし……まさか、人殺しなんて……想像もできません」

「そんな子には育てていません」

「ないです」父親が即座に否定した。「そんな子には育てていません」

三十歳を過ぎた人間を「子」とは。もしかしたら彼の中では、島田は大学を卒業した二十二歳の時点で——あるいは家を出た十八歳の時で、成長が止まってしまっているのかもしれない。

一之瀬たちは、なおも父親を突《つ》き続けたが——母親からはまったく話を聴けなかった——いい情報は出てこなかった。既に夕方、一度福島市に帰らねばならないだろう。県警との情報交換、さらに自分たちだけの打ち合わせも控えている。果たして、福島市で動いている若杉たちは、何か情報を摑んでいるだろうか……少なくとも、すぐに事件解決につながるような情報はないはずだ。もしもそんな情報があれば、一之瀬たちが会津若松でどんな仕事をしていようが、必ず連絡を入れてくるはずである。

城田の連れの二人の刑事は、一足先に県警へ引き上げる、という。現場へ残ることになった城田は、一之瀬と春山を、少し早い夕食に誘ってくれた。今日はばたばたで昼食を抜いてしまったから、こういう気遣いがありがたい。

先ほど駅前で見かけた食堂へ入った。今時珍しい——東京では絶滅寸前だ——の駅前食堂。こういう店に入ることは滅多にないのに、一之瀬は店内に足を踏み入れた瞬間、妙な懐かしさを覚えた。真っ赤なテーブル。壁にずらりと並んだメニューは、まさに「何でもあり」だ。そばやうどんもあればラーメンもあり、さらに丼《どんぶり》ものも数種類……近所にあったら毎日通うかもしれないな、と思った。今も独身のようなものだし。

　時間が少し早いせいか、他に客はいなかった。

「ここは久しぶりだ」テーブルにつきながら、城田が言った。「半年ぶりかな?」

「こっちの方へも来るんだ」

「県内なら、どこへでも出かけていくさ。お前だってそうだろう?」

「そりゃそうだ。で、お勧めは?」

「会津なら、ソースカツ丼だな」

「会津にもソースカツ丼があるんだ」

「名物だよ」

　卵でとじずにソースなどで味つけするカツ丼は、全国各地にある。一之瀬も知識としては知っていたが、食べたことは一度もない。

「試してみろよ。今日は俺もつき合うから」

「俺も?」城田の言い方が少し気になった。

「いや、最近は食い過ぎに注意って嫁に言われてるから。揚げ物は控えてるんだ」

　一之瀬は壁のメニューを見やった。普通のカツ丼が八百五十円、ソースカツ丼が九百円。具が少ないはずのソースカツ丼の方が高いのはどういうわけだろう。ちなみに他のメニュー——かけそば三百五十円、ラーメン四百五十円に比べると圧倒的に高い。ソースカツ丼より高価なメニューは、カツカレーだけだった。

謎《なぞ》はすぐに解けた。運ばれて来た丼を見た瞬間、春山が気の抜けた笑い声を漏らす。カツがはみ出し、蓋《ふた》が閉まり切っていない。

「これは……」

一之瀬は、丼と城田の顔を交互に見比べた。城田はにやにやしているだけで何も言わない。蓋を開けると、カツは二枚入っていた。要するに、トンカツ定食だったら二人前である。

「まあ、食べてみてくれよ」

城田に促されるまま、一之瀬はカツの一切れを取り上げた。その下にはキャベツの千切りが載っていて、ご飯は見えない。大量——これを全部食べたら、胸焼けしそうだ。

味自体は、懐かしい感じだった。普段トンカツを食べる時は、甘ったるくどろりとしたトンカツソースを使うことが多いのだが、このカツは、さらっとしたウスターソースに浸《ひた》したものらしい。さっぱりしているから食べ切れるかもしれないと思ったが、結局途中でギブアップした。城田と春山は何とか完食。春山は以前からオムライス好きを公言しており、こういうこってりした味は得意なのかもしれない。

城田が胃の辺りを擦りながら、椅子に体重を預けた。

「さすがにきついな……こういうのは二十代までだ」

「会津のソースカツ丼は、こういう大盛りがデフォなのか?」一之瀬は、丼に残ったカツを恨めしく見ながら訊ねた。

「だいたい、量は多いよ。カツは、残して持ち帰る人も少なくない」

春山は比較的平然としていた。一之瀬と城田のやり取りには加わらず、メモ帳を見返している。右手にはいつもの二色ボールペン。眉間に皺を寄せながら、声を出さずに唇を動かしている。

「何か、新しい情報は?」城田が訊ねた。

「いや、今まで聴いたこととほぼ同じです。要するに、島田が——」

「ここでは『S』にしようよ」

城田が素早く訂正を入れた。三人の他に客はいないが、店の人に聞かれていい話ではない。一之瀬としては、店を出る時に、店の人に話を聴いてもいいと思っていたのだが。狭い街ゆえ、人の噂はあれこれ回っているだろう。春山がうなずき、続けた。

「——その『S』が、この街を出て福島市の大学へ入ってから様子が変わってしまったこと、地元とはほぼ縁が切れていること、仕事上の関係で悪い評判が広まっていたこと」春山が次々と情報を挙げたが、大したことはなかったな、と一之瀬はがっかりした。整理してみても、現在の行方につながる情報は一つもない。

か？」

「結局、東京かな」一之瀬は心の中で店員に謝罪しながら、丼の蓋を閉めた。「向こうで何かあった……会社を辞めてから二年ぐらいで、一気に最悪の方へ行ったんじゃないか？」

「ああ」城田が同意する。「それは、お前たちが向こうで調べるしかないだろうな」

「そうだな……取り敢えずしばらくは、こっちで調べられるだけ調べて——そう言えば、福島市の方から情報はないのか？」

「今のところ、何もない」城田がスマートフォンをちらりと見た。「逃げられたかな」

「簡単に言うなよ」

「検問にも意外に穴は多い——それぐらい、お前も知ってるだろう」

「まあな」顔をしかめながら一之瀬は同意した。

しかしここは、東京ではない。

東京だったら、逃走手段はいくらでもある。しかし福島では、警察の網の目をくぐり抜けるのは容易ではないはず……責任のなすり合いをするつもりはなかったが、福島県警の検問に大きな穴があったとしか考えられない。

「今朝の件、深雪ちゃんに話したか？」城田が唐突に切り出した。

「まさか」一之瀬は全力で否定した。「ドイツにいるんだぜ？　余計なことを言って心配させるのはまずいよ」

「いずれ、別のところでバレるかもしれない。ニュースとか、さ。本人の口から聞くより先にニュースで知るのは、ヤバいんじゃないか」

「ニュースには、俺の名前は出ないだろう」

「だけど、調べれば分かる」

「まさか……お前も、余計なこと、言うなよ」

「俺は何も言わないよ」城田が顔の前で手を振った。「ただ、他で知るより、お前が直接白状しておいた方が、ショックが少ないんじゃないか？」

「どっちにしろ、嫌だよ。彼女は心配性だから」

「それは知ってるけど……」

「結婚すると、いろいろ大変なんですねえ」春山が溜息をついた。

「何だよ、情けない声出すなよ」城田が気楽な調子でからかった。彼にとっても、春山は警視庁の後輩である。

「いや、そういうの、分からないので」

「もしかしたら、彼女いない歴イコール年齢か？」

「恥ずかしながら」春山が古臭い表現で自虐的に認めた。

「さっさといい人を見つけて結婚しろよ。人生が豊かになるぞ」

「紹介してもらえれば、いつでも歓迎です」

「福島の人なら紹介できるよ。こっちの人と結婚して、君も福島県警に転籍しないか？」

「いやあ、それは……」苦笑しながら春山が首を横に振る。「東京で、まだやりたいこともあるので」

そこで城田のスマートフォンが鳴った。一之瀬に軽くうなずきかけて立ち上がり、店の外へ出て行く。次の瞬間、一之瀬のスマートフォンも鳴った。ほぼ同時ということは、何か動きがあったのか……外へ出るのももどかしく、その場で耳に押し当てる。

「岩下だが――」

「はい」

「一時間で福島市まで戻れるか」

「ぎりぎりですね」

「七時半から捜査会議――福島県警と合同の打ち合わせをする」

「何とかします」高速を降りてから、福島市内の一般道が心配だ。まだ夕方の渋滞が残っているのではないだろうか。まあ、いざとなったらパトランプを回して緊急走行をすればいい。「何か、動きがあったんですか」

「ない」岩下の口調はぶっきらぼうだった。「こんなクソ事件は、あっという間に解決すると思ってたんだがな」

彼の口調には、福島県警に対する非難のニュアンスがあった。どうして島田を捕まえられないんだ——夜の打ち合わせが荒れるのを、一之瀬は予想した。

〈7〉

一之瀬の予想は外れた。互いに責任を押しつけ合い、怒号が飛び交う中で会議は空中分解してしまうのでは——実際には淡々と報告が進むだけで、むしろ双方とも遠慮している感じだった。

現在のところ唯一の手がかりは、Nシステムによる追跡である。福島市内の何か所かで、ナンバープレートが隠されたプリウスが撮影されたポイントに時間を書き加えた。県警側は地図をプロジェクターで映し出し、プリウスが撮影されたポイントが撮影されていた。駅近くの襲撃現場から、北福島署に近い検問場所……つなげていくと、駅から北の方へ迷わずに向かい、検問を突破した後で行方が分からなくなったのが分かる。

「高速に乗ったとは考えられませんか」岩下が冷たい口調で訊ねる。

「それはない」

福島県警捜査一課長の柳沢《やなぎさわ》が断言する。福島県警も捜査本部を設置し、一課長が直々《じきじき》に指揮を執っているのだ。ハードそうな雰囲気の男……長年現場できつい経験をし、その経験を部下にもしっかり伝えようとするタイプ——逆に言えば、自分が味わった苦労は部下も当然味わうべきだと考えるタイプだろう。

「県内の高速の出入り口は、襲撃の直後に固めた。ナンバープレートを隠したプリウスが通過すればすぐに分かるし、逆に言えば、連中がナンバーをつけ替えるような時間もなかっただろう」

「仰《おっしゃ》る通りです」岩下があっさり同意した。普段は前のめりに、とにかく相手を急かす人間なのだが、それはハードな気配を発している福島県警の捜査一課長には通用しない、と判断したのだろう。「しかし、車も見つかっていないんですよね」

「考えられる可能性は二つだ」柳沢が指を二本立てた。「他の車に乗り継いで、一般道で県外に逃げた。あるいはプリウスは乗り捨てて公共交通機関を使った」

「公共交通機関なんかあるんですか」

岩下の問いかけに、柳沢がむっとした口調で「ある」と答える。上司の機嫌を損ねないようにと思ったのか、横に控えた県警の捜査一課管理官・南田《みなみだ》が口を挟んだ。

「福島駅を起点に考えれば、東北新幹線、山形新幹線の他にも、東北本線、福島交通の飯坂線、阿武隈《あぶくま》急行線が使えます。私鉄の方は本数は少ないですが、阿武隈急行線なら仙台方面に出られますから、その後の逃走にも便利です。もちろん、バスも使えます。今のところ、可能性がないのはタクシーだけですね。手配を回しましたが、当該の人物を乗せたという情報は入ってきていない」

「となると……」岩下が顎を撫でた。「いずれにせよ、車はどこかに隠した可能性が高いですね。明日の捜査は、車の捜索が中心、ということでよろしいですか？」

「その方針です」南田が答える。「警視庁さんは？」

「引き続き、こちらで島田の関係者を当たる予定です。今日は、会津の方で家族や昔の友人たちに事情聴取をしましたが……一之瀬！」

呼ばれるままに一之瀬は立ち上がり、今日の事情聴取の結果を報告した。故郷を出た後、何となく島田の様子がおかしくなっていったとは言えたものの、話が具体的ではないと、我ながら反省せざるを得なかった。話を聞く福島県警側の顔色も冴えない。指名手配後に、もう少しきちんと人間関係を調べておけばよかったと後悔する。

「――以上です。明日は、大学時代の島田の人間関係を探ってみます」

一之瀬が座ると同時に、南田が口を開く。

「こちらは、最大限人手を割いて、今夜もプリウスの捜索を進める」

「こちらもお手伝いしますよ」岩下がさらりと言った。

「それには及びません」南田が緊張した面持ちを浮かべて答える。「これについてはうちの責任ですから」

「いや、それでは警視庁としても申し訳ないです」

「逃げられたことに関しては、福島県警に責任があります」

「こちらも警戒態勢が十分でなかったのは間違いない」

責任の押しつけ合いになるのでは、という一之瀬の予想とは逆に、責任の「引っ張り合い」の様相を呈してきた。警察の面子《メンツ》は、時におかしな方向へ動く。

結局、岩下が折れた。福島県警は、夜を徹してプリウスの捜索を続行。警視庁側は、明朝から島田の周辺捜査を再開――それを確認した後で、他の細々した情報のすり合わせが始まった。

最大のポイントは、撃ち合いの末に射殺されたアフリカ系の男の身元を探ることである。身元が確認できるようなものは何も持っておらず、今のところ、何者なのかまったく分からない。元々日本にいた人間なのか、一時的な滞在者なのかすらはっきりしないので、問い合わせ先すら判然としなかった。身元さえ分かれば、そこから島田たちの「仲間」が割り出せるはずだ。

会議が終わって、一之瀬はほっとして浅く座り直した。立ち上がった城田が視線を送ってきたので、うなずく。そう言えば、今夜はどうしたらいいのだろう。昨夜《ゆうべ》は呑気《のんき》な気持ちで城田の家に泊めてもらえたが、いくら何でも二日続けてというわけにはいくまい。

「ちょっと集まってくれ」岩下が声をかけた。

何となく彼を取り囲むように立つと、岩下は周囲を慎重に見回した。福島県警の連中は姿を消している。

「上手くいったな。俺たちが車の捜索をしても、効率が悪過ぎる」

「どういう意味ですか？」一之瀬は思わず訊ねた。

「ああいう風に言っておけば、向こうも『手伝ってくれ』とは言えなくなるだろう」

岩下もなかなか狡猾《こうかつ》だ……決して、ただ勢いだけの男ではない。

「今日は宿を確保した。取り敢えず休んで、明日は八時スタート……事情聴取の担当を割り振る」

いつも通りの簡単な捜査会議。岩下は、打ち合わせが嫌いな男である。いくら重要な案件の打ち合わせでも、できるだけ短時間で終わらせようとする。それは、こういう非常事態でも変わらないのだろう。

一之瀬は、春山と共に、大学関係者への事情聴取を割り振られた。これは予定通り……やりにくい場所だが、致し方ない。それに一之瀬自身、大学時代の島田に何があったのかは知りたかった。

「一之瀬、隠していたことは何だ？」岩下が唐突に話を振った。

「何も隠してませんよ」

「じゃあ、全部喋ったのか」岩下の表情が険しくなる。

「ええ……まずかったですか？」いったい何のミスをしたのだろう、と一之瀬は訝った。

「福島県警に、情報を全部明かす必要はないんだよ」

「しかし、情報共有は基本──」

「これはあくまでうちの事件だぞ」岩下の目つきが鋭くなる。「最終的には、警視庁で島田と共犯者を捕まえないと、面子が丸潰れだ。福島県警に持っていかれるわけにはいかない。そんなことになったら、監察のチェックがさらに厳しくなるぞ……それと、お前も監察から呼ばれているから、覚悟しておけ」

「事情聴取ですか？」

「ああ。捜査優先の方針で一課長が何とか食い止めているが、いつまでも抵抗はできない。近いうちに、全員まとめて事情聴取を受けることになる。まとめてというか、同じ日に、だろうな。監察は、こっちが口裏合わせができないようにするだろう」

嫌な感じだ……自分たちが、複数の被疑者を取り調べる時と同じやり方である。タイムラグが生じると、一人の被疑者から別の被疑者へ警察の狙いが伝わってしまうから同時に事情聴取、というのは鉄則だ。

「俺たちは犯罪者じゃないですよ」一之瀬は思わず反発した。

「意図的な犯罪じゃないが、重大な過失があったのは間違いない。これは、警察内部では犯罪と同じなんだ……とにかく今は、一課長が頑張ってくれている。迷惑をかけないように、できるだけ早く島田を捕まえるんだな」

普段の捜査会議と違い、何となく気合いが入らない。いや、気合いは十分なのだが、間違った場所にいる感覚は消えなかった。


ようやくホテルに入っても、気は休まらなかった。若杉と同室になってしまったのが運の尽き……一之瀬はさっさとシャワーを浴びて寝たかったのだが、若杉は唐突に上半身裸になって、筋トレを始めたのだ。とはいっても、ダンベルもバーベルもないので、自分の体重のみを利用した自重トレーニングだ。まず、腕立て伏せから始める。しかもより負荷をかけるために、椅子を足に乗せてだ。深くゆっくりと腕を曲げ、曲げた時以上に時間をかけて戻す。筋骨隆々の背中や腕が緊張し、すぐに汗が噴き出してくる。

馬鹿馬鹿しい……何も出張中にまで、こんなことをしなくてもいいのに。もしかしたら、明日も五時起きで走るつもりかもしれない。そんな時間にごそごそされたら目が覚めてしまう。迷惑だ――しかし、やめろといってやめるような人間ではない。明日は土砂降りになってくれないかと願いながら、一之瀬はスマートフォンで天気予報をチェックした。快晴。晴れるのがこんなに恨めしいことはない。

若杉の筋トレを黙って眺めているぐらい馬鹿馬鹿しいことはない。一之瀬はさっさとシャワーを浴びた。こういう時、習慣的に烏《からす》の行水で済ませてしまうのが情けない。時間をかけて入浴すれば、若杉の筋トレは終わっているかもしれないのに。不安に思った通り、一之瀬が髪をタオルでこすりながら浴室を出た時には、若杉は今度は腹筋をやっていた。床に寝転がり、足を固定せずに膝を曲げた状態で、延々と……しかも後頭部で手を組んでいない。あのやり方では腕の力で上半身を起こしてしまうから、腹筋運動の意味がないのだ、と聞いたことがある。

結局若杉は、三十分ほども筋トレを続けていただろうか。その間、一言も発しない。普段の喋り過ぎる態度からすると奇妙な感じだが、若杉は若杉なりに怒り、悔いているのだろう。そういう個人的な感情を封じこめるために、ひたすら自分の体を苛《いじ》めているに違いない。まあ、ストレス解消になって体を鍛えられれば、一挙両得だ。

日付が変わるずっと前にベッドに潜りこんだものの、全く眠れなかった。足がじんじんする……思ったよりも疲れているのに、目は冴えている。目を閉じるとすぐに、自分を狙った銃口の記憶が蘇る。

今こうやって、生きてはいる。しかし十数時間前には、間違いなく死にかけたのだ。痛みも何もなかったが、それ故恐怖は後になってじりじりと迫ってくる。

ほんのわずかな差で死を逃れた……この記憶は、これから先何年も時に蘇って、自分を苦しめるだろう。

若杉は全く平気な様子で、横になった途端に寝息を立て始めた。まったくこの男は、豪胆というか神経が一本抜けているというか……一之瀬は無理に寝るのを諦め、後頭部に両手を当てがった。真っ暗な中、天井を見上げ、自然に眠気《ねむけ》が訪れるのを待つ――無理だった。今夜はこのまま横になっているだけでいいと思っていたら――いつの間にか意識がなくなっていた。

だがそれは一瞬のことで、すぐに目が覚めてしまう。若杉の奴、本当に走るつもりじゃないだろうな……いくら何でも無神経過ぎると、本気で喧嘩しようと思ったが、上体を起こすと、彼が電話で話しているのが分かった。眠気も感じさせず、昼間とまったく同じ口調。若杉は、目を開けた瞬間に意識が全開になるタイプかもしれない。それもまた、迷惑な話だ。

「はい、ええ、分かりました。すぐに出ます」

一之瀬は、ベッドサイドテーブルに組みこまれたデジタル時計を見た。午前四時四十五分――最悪だ。普段より二時間ほど早い起床。今日一日は、間違いなくリズムが滅茶苦茶になる。いわば軽い時差ぼけだ。

通話を終えた若杉が、ベッドから抜け出す。一之瀬は「どうした」と声をかけながら、床に足をつけた。

「プリウスが見つかった」

「場所は？」

「飯坂線の平野《ひらの》駅近く」

「それは——」

「俺に聞くなよ。どこだか分からないんだから」無愛想な声で言って、若杉が椅子の背に引っかけていたワイシャツを羽織った。「とにかく、現場に出よう。岩下さんも行くそうだ」

「係長自ら出陣か」

「誰が行っても同じ……お前も急げよ。まさか、行かないつもりじゃないだろうな」

「いや、行くけどさ」

「だったらさっさと着替えろ」

若杉に仕切られるのは気が進まない。しかし現場に行かなくてはならないのは事実だ。せっかく福島県警が見つけてくれたプリウスを見ておかない手はない。もちろん、鑑識のように緻密《ちみつ》な目で見られるわけではないが、刑事には刑事の観察眼がある。

慌ててホテルの駐車場へ行くと、既に岩下が来ていた。現場へは三人か……春山は夢の中かと思うと、少し恨めしい気持ちになる。

「急げ」

岩下は不機嫌だった。当然のことながら髭《ひげ》も剃《そ》っておらず、ネクタイもしていない。一之瀬はすぐに覆面パトカーのドアロックを解除し、運転席に乗りこんだ。若杉が助手席に、岩下が後部座席に乗りこむ。岩下がタブレット端末を取り出すのが、ルームミラーに映った。すぐに道順を指示し始める。

「分かりやすいルートで行こう……この時間ならどうせ空いてるだろうし。国道一三号をずっと北上しろ。東北道を越えた付近で左折すれば、平野駅に近づける」

「車はどんな風に隠してあったんですか？」車を出しながら一之瀬は訊ねた。

「隠してあったというか、空き地に放置されていた」

「空き地って……」

呆れて、一之瀬は言葉を継げなくなった。空き地に放置してあるのが、どうして今まで見つからなかったのか。その疑問をぶつけると、岩下は「空き地としか聞いていない。とにかく、見つかったんだからいいじゃないか」と不機嫌そうに言った。

夜明け前の道路はがらがらで、一之瀬は現場まで十五分で走り切った。外へ出た瞬間、冬を彷彿《ほうふつ》させる寒風に身を叩かれ、思わず首をすくめてしまった。

確かに空き地だった。東京では——特に二十三区内では、今や空き地を見つけるのはほぼ不可能だが、福島ではそれほど珍しくないということか。福島県警の鑑識活動は既に始まっており、南田が陣頭指揮を執っている様子だった。

岩下が「お疲れ様です」と声をかけると、南田が疲れた顔に笑みを浮かべる。

「見つけましたよ」

「執念ですね。お見それしました」

　岩下が頭を下げる。表向きだけのお愛想のやり取り、と一之瀬には見えた。

「手錠が発見されている」南田が表情を引き締めた。「切断したようだな」

「こんな場所で？」岩下が首を傾げる。

「あるいは、ここへ来るまでに何とかしたのかもしれない。いずれにせよ、島田は両手が自由になっている」

「車の中を見てみていいですか？」一之瀬は遠慮がちに申し出た。

「鑑識の邪魔をしないように」南田が釘《くぎ》を刺した。

　車はブルーシートで覆われている。こんな時間に野次馬が集まるはずもないが――実際、誰もいなかった――念のためにということだろう。一之瀬は「失礼します」と声をかけてブルーシートの中に入りこみ、開いたままの後部ドアから中を覗きこんだ。一見しただけではおかしなものはない。結局、あまり詳細には見られなかった。この時点では、あくまで鑑識の活動優先で、邪魔はできないのだ。

　ブルーシートを出ると、いつの間にか額に汗が浮かんでいた。風は相変わらず冷たいものの、ブルーシートの中は空気が淀《よど》んでいるうえに人が大勢詰めかけているから、気温が上がっているのだ。一之瀬は手の甲で額の汗を拭《ぬぐ》い、南田の許へ戻った。

「何か分かったかな」南田の声はどこか皮肉っぽかった。

「いえ」一之瀬は正直に答えた。

「だったらそろそろ、近所の聞き込みを始めよう」

「今からですか？」一之瀬は思わず腕時計を見た。早朝、五時三十分。いくら何でも、聞き込みをするには早過ぎる。

「灯りがついている家を狙い撃ちすればいい。この辺の人は朝が早いから、迷惑にならないだろう」それが当然とでも言いたげな軽い口調で南田が言った。

「ここはそもそも、何なんですか？」一之瀬は目の前の空き地を見た。二十メートル四方ほどだろうか。広い家がすっぽり入りそうな面積である。雑草などは生えていないので、誰かが手入れしているのかもしれない。

「それはまだ分からない。それも聞き込みで調べるんだ」

「分かりました」

　空き地の両側には一軒家。この二つの家がポイントだと一之瀬は思った。空き地に見慣れない車が停まっていれば、どちらかの家の人が気づいていた可能性が高い。もしかしたら、ここで車を降りる島田たちを目撃したかもしれない。

　一之瀬は覆面パトカーに戻り、スマートフォンで周辺の地図を確認した。最寄り駅の「平野」は、ここから三百メートルほど西側。基本的に周辺は住宅地なので、防犯カメラは当てにできないだろう。

次いで、島田たちが逃亡に電車を利用した可能性を考え、時刻表をチェックした。閑散としたローカル線だろうと想像していたのだが、案外本数は多い。通勤・通学の時間帯である午前七時、八時台の福島行きは、一時間に四本ずつあった。夕方の六時、七時台も同様。島田たちが、いつ頃ここに車を停めたかは分からない。昨日の午前中の可能性が高いが、朝のラッシュが終わってからもそれほど本数は少なくならない。十時台が二本、十一時台が三本、十二時台が二本……逆方向へ行ったとは考えられないだろうか。終点は飯坂温泉で、こちらへもある程度の本数はある。ただ、飯坂温泉まで行ってしまうと、その先の逃走が難しいかもしれない。駅周辺で車を確保していないと、逃げる「足」がなくなる。飯坂温泉方向なら、島田の仲間は逃走用に車を三台以上用意していたことになる。島田は、それほどの手間をかけて奪還しなければならないほどの重要人物だったのだろうか。

いきなりドアが開き、岩下が助手席に乗りこんで来た。

「出せ」

「どこへ行きます？」

「駅を見てみよう。平野駅だったか？」

「ええ……若杉はいいんですか？」

「奴は放置しておいていい。必要なら、走って来るさ」

あながち冗談とも思えない……一之瀬は苦笑を嚙み殺しながら車を出した。少し走ると、すぐに単線の線路を越える。そこを右折すると、右側に駅が見えてきた。何とも小さな駅で、普通の鉄道というよりは、路面電車の停留場のようだった。一之瀬は、駅のすぐ前にあるJAの駐車場に車を停めた。先に車を降りた岩下を追いかける。

基本的には住宅街だった。これはあまり目立たない……先ほどの空き地に車を放置した後、ここまでは歩いて来たのだろうが、男の二人連れはさほど目立つ存在ではなかっただろう。島田が手錠を外していなければ、話はまた別だが。

昨日射殺されたアフリカ系の男の身元が分かれば、と改めて思う。異様な事件……犯人の奪還、そして銃撃戦。まるで日本の事件ではないようだ。

「福島県警の連中を信用するなよ」昨日に続き、岩下が厳しく言った。

「いや、そう頭から決めてかからなくてもいいんじゃないですか」一之瀬は反発した。まるでかつての同僚、城田まで疑われているように思える。

「お前、この件はどこから情報が漏れたと思う？」

「それは――」一之瀬は絶句した。確かにそれが一番の謎《なぞ》で、一之瀬も昨日からずっと引っかかっていた。犯人は、護送ルートをどうして知ったのだろう。

「俺は、昨夜この件を考え始めて眠れなくなったよ」

大袈裟だと思ったが、岩下は意外に神経質な男だったと考え直す。いつも前のめりで部下を急かすのは、そういう細かさの裏返しだろう。いつも焦って心配しているから、気持ちが前のめりになるに違いない。

電車が近づく音がした。そろそろ始発の時刻だった、と一之瀬は先ほど見た時刻表を頭の中で再生する。シルバーの二両編成の電車がホームに入ってきた。さすがにこの時間だと、乗る人はほとんどいない……車内もがらがらだった。

「ちょっとホームの様子を見ておこう」

岩下に促されるまま、一之瀬は線路を渡った。その先がホームへの短い階段。改札も見当たらないが、車内で料金を払うタイプかもしれない。PASMOは使えるのだろうか、とぼんやりと考えた。いや、これは結構なポイントではないか？　PASMOなら記録が残る。目撃証言などと合わせて、そこから島田たちの足取りが分かるかもしれないのだ。

岩下は勝手にホームの中ほどまで進み、自動販売機を見つけて缶コーヒーを二本買った。一本を一之瀬に渡すと、すぐに自動販売機の脇にある待合室に入る。冷たい風から逃れられて、一之瀬はほっとした。岩下がベンチに腰かけたので、少し離れて座る。

「さっきの話の続きだが」

「情報漏れの件ですか？」一之瀬は低い声で言った。

「所轄から駅まで犯人を護送するケースは、それほどないはずだ」

「ええ」

「襲撃者は直前に、確実な情報を知ったはずだ。適当に待ち構えていて、まんまと成功したとは考えにくい」

「……ですね」

実際、逃走用の車をもう一台用意していたのだから。それを指摘すると、岩下が無言でうなずく。コーヒーを一口飲んで吐息をつくと、横を向いて一之瀬の顔を凝視した。

「お前たちも、どういうルートを通って駅へ行くかまでは、聞かされていなかっただろう」

「ええ」

「護送車に同乗していた若杉たちも、特に聞いていない。福島県警にお任せだったわけだ。つまり、福島県警側から情報が漏れていたとしか考えられないんだよ」

「そうか……」反射的に一之瀬はうなずいた。「確かに、我々は何も知らなかったですからね」

「お前も後ろから、車でついていっただけだろう」

「そうです」

「どうも、怪しいんだよな……」岩下が、髭の浮いた顎を撫でた。「もちろん、この件をすぐに調べるわけにはいかない。俺たちは、鯨《くじら》の腹の中に入っているようなものだからな。ちょっとでも暴れると、すぐに気づかれる」

「じゃあ、どうするんですか?」

「覚悟しておこう」コーヒーの缶を握る岩下の手に力が入った。

「何をですか？」一之瀬は嫌な予感を覚えながら聞き返した。

「島田は捕まらない。この件は解決しない。何も分からない」

「いや、それじゃあ……」

「そもそも、島田はどうしてここで捕まったんだろう。奴は基本的に、今は福島に関係ないはずだよな——お前の調査によれば」

「今のところはそうですね」

「何かがおかしいんだよ。とにかく、足元に気をつけろ。城田にも気を許すな」

まさか、同期の友だちが裏切り者だというのか？　緊張が突起物だらけの塊になり、胃の中をごろごろと刺激するような不快感がこみ上げてくる。


〈8〉

手がかりが一つ出てきたものの、捜査は一気には進まなかった。
二台の車——昨日ワンボックスカーに突っこんだアテンザとプリウスは、福島県内で盗難被害に遭ったものと判明した。盗まれたのは、いずれも一昨日の夜。ということは、犯人は相当大急ぎで動いたことが分かる。島田逮捕の一報が流れたのは一昨日の昼。それから数時間後には、奪還用の車を二台用意したわけだ。あまりにも用意周到で、まるで島田が逮捕されることまで予期していたようだ。あるいは、犯行チームはもっと大勢いた可能性もある。それなら分担制で、車の調達もスムーズだっただろう。いったいこの一件の背後で何が動いているのか、分からないことばかりだが……。

午前十時。一之瀬は春山と一緒に、島田の出身大学に向かった。昨日決めた予定通りの捜査。気持ちは張っているのに、欠伸が止まらない。

「すみませんでした」ハンドルを握る春山がいきなり謝った。

「何が？」

「朝、寝てましたから……」

「こういう時、真っ先に呼ばれるようにならないと」また欠伸。「まあ、ちゃんと寝た分、いっぱい仕事してくれればいいよ」

そう言いながら、一之瀬は事情聴取では自分が前に出ようと決めていた。喋っていないと、寝てしまいそうである。

「当ては……あるんですよね」大学の駐車場に車を停めると、春山が例によって手帳を取り出した。「高校の同級生が大学にいるんですよね」

ている。

「佐原修介《さはらしゅうすけ》さん」

「ああ。一緒に同じ大学へ行って、卒業後に職員として残った」名前は……記憶から抜けている。

「そうそう、佐原」砂漠みたいな名前だ、と考えたのを思い出した。「学生課に勤務、だな」これも中本啓太からの情報である。彼自身からはあまり情報は出てこなかったものの、人脈を把握するためには会っておいてよかった。やはり地元に残っている人は、かつての同級生の動向をよく知っている。

「連絡しておかなくて大丈夫ですかね？」

「それは問題ないだろう。学生課の職員が、そんなに出張しているとは思えない。それに今は、入学式の直後だから、大学内でいろいろやることがあるはずだ」一之瀬はドアを押し開けた。今日はよく晴れているのだが、気温は上がってこない。しかし今は、その寒さがありがたかった。眠気が一気に吹っ飛んでしまう。

大学の敷地はやたらと広かった。やはり福島市は土地が安いのだろうな、とぼんやりと考える。学生用の駐車場まであるのが驚きだった。しかもその駐車場が、車やバイクではぼ埋《う》まっている。

駐車場からキャンパス本体まで行くには、県道をまたぐ陸橋《りっきょう》を渡って行かねばならない。陸橋の上は吹きさらしで、先ほどまで「目が覚めていい」と考えていたことなどあっさり忘れ、震えを抑えるのに必死になった。

だだっ広いキャンパスは、学生で溢《あふ》れている。一之瀬は、微妙な不快感を味わっていた。ほぼ一年前にも、バラバラ殺人事件の捜査で大学を訪れている。しかも自分の母校だった……微妙なやりにくさに辟易《へきえき》したのを思い出す。今日はどうなることか。

案外スムーズにいった。

学生課に顔を出した瞬間に、一之瀬は成功を確信した。カウンターの一番近くに座っていた一人が、佐原だったのである。「佐原さんをお願いします」とお願いした相手が本人だったのにはびっくりしたが、向こうはもっと驚いていた。バッジを示して話を聴きたいと頼んだものの、さすがにすぐにというわけにはいかない。まず学生課長に話を通し、そこでOKが出たところで、やっと佐原本人から事情聴取できることになった。

学生課の隣にある会議室はガラス張りで、廊下からは丸見えだった。わざわざ覗く人もいないだろうが、何となく落ち着かない。一之瀬は、廊下側の椅子に座るよう、佐原に頼んだ。外が気になるのは佐原も同じはずで、集中してもらうために、廊下には背中を向けていて欲しかった。改めて向き合うと、小柄な男だと意識される。身長は百六十五センチほど。しかもガリガリで、ワイシャツの生地が余っている。

「島田幸也さんですが……あなたは高校、大学と一緒でしたよね」

「ええ」佐原の喉仏《のどぼとけ》が上下する。

「彼が殺人事件の被疑者であることはご存じですね？」確認ではなく念押し。

「ええ」佐原は「ええ」以外の言葉を失ってしまったようだった。

「逮捕された後、逃走したことも？」

「ニュースで見ました」

「現在、全力で彼の行方を探しています。手がかりが必要なので、彼の知り合いに話を聴いています」

「あいつがどこにいるかは知りませんよ」佐原の声は上ずっていた。顔も紅潮している。侮辱されたと思っているのかもしれない。

「彼は、大学でずいぶん様子が変わったと聞いています」

「え？」いきなり話が変わって、佐原の目に戸惑いの色が浮かんだ。

「高校時代と比べてどうでしたか？　高校時代の島田さんは、文武両道で、部活動も生徒会活動もやっていた……模範的な高校生だったと言っていいんじゃないですか？」

「それはまあ、そうですね」

「それが大学に入ってから、急に雰囲気が変わったとか」

「ああ、それは確かに……」佐原がうなずく。

「具体的に、何かあったんですか？　悪い仲間とつき合いがあったとか」

「どうですかねえ」

曖昧な答え。そこに一之瀬は、佐原の戸惑いを感じた。知っているが言いたくない——そういう時、人は明確に否定しない。否定すれば嘘《うそ》がばれてしまうと、本能的に察するのだ。

「どんな風に変わったんですか？」

「人づき合いが悪くなった……そういう感じですかね」

「でも、高校のサッカー部の集まりには顔を出していたそうですよ」

「ああ、そうなんですか。私はサッカー部じゃなかったので、そういうことは知りませんけどね」

「大学時代には、結構つき合いがあったんですか？」

「ええ、同じアパートに住んでいて……たまたまですよ、たまたま」言い訳するような口調だった。「島田は、一年ぐらいで引っ越しましたけど」

「何か理由があったんですか」

「さあ」佐原が首を傾げる。「ただ、その頃……入学して一年ぐらいしてから、ちょっと様子が変わってきたんですけどね」

「人づき合いが悪い感じに？」

「そうです」

「何か犯罪にかかわっていた可能性はありますか？」

「いや……ええと、こういうことを言っていいのかどうか……島田を悪く言うつもりはないんですけどね」急に佐原が開き直ったように話し始めた。

「何でも言って下さい」一之瀬はうなずいた。「些細《ささい》なことでも参考になりますから」これが島田の行方につながるかどうかは分からなかったが。

「女です」声を潜めて佐原が言った。

「女？」

「高校時代の彼女なんですけど、あいつとは大学が別々になって」

「彼女はどこへ？」

「東京の大学です」

「なるほど……」一之瀬はつぶやくように言ってうなずいた。これで少しつながったと思う。島田が東京に固執していた原因は、おそらくこれだ。恋人と一緒に東京の大学へ進学するつもりでいたのに、自分だけが地元に取り残されたら、鬱屈《うっくつ》しないわけがない。しかも両親は、おそらくこういう事情を知らない。「浪人は駄目」と最初から決めつけられ、両親への反発も相当なものだっただろう。

たかが女の問題とは言えない。十八歳の男にとって、女は全人生を賭けるべき価値のある存在だ。

「名前、分かりますか？」

「ええ、まあ」佐原がまた曖昧な口調に戻った。

「教えて下さい」

「大井《おおい》美羽《みう》さん、です」

春山がすかさず「どういう字ですか」と訊ね、メモ帳に書きつけた。ボールペンの動きが止まるのを待って、一之瀬は質問を再開した。

「今、何しているか、分かりますか」

「いえ、大学へ進学した後のことまでは分かりません」

まあ、いいだろう。名前さえ分かっていれば、足跡を辿って、現在何をしているかまで割り出せる可能性は高い。人はいろいろな場所に痕跡を残しているものだ。

「ずっとつき合っているんですかね？」

「そうかもしれません。結婚したとは聞いてませんけど」

「誰か、大井美羽さんと親しかった人はいませんか？　女性同士で、仲のいい人はいたでしょう」

「いたと思いますけど、なにぶんにも古い話なので……はっきりしたことは言えません」

「調べてもらえますか？　高校時代の友だちに何本か電話をかければ、すぐに分かるでしょう」

「いや、しかし……」佐原が渋った。どうして自分がそんな面倒なことをしなければならないのか、とでも思っているようだった。

「お願いします」

一之瀬は頭を下げた。しかし顔を上げた瞬間に、意識して極めて厳しい表情を作った。丁寧に頼んでいるのだから、市民の義務として警察に協力して欲しい……佐原の喉仏がまた上下した。ごり押しだ、と自分でも分かっている。ちょっと前までの自分なら、こんな風に強引には出られなかっただろう。

これが刑事としての成長なのだろうか。一之瀬は心の中で首を捻りながら、佐原への事情聴取を終わりにした。

強引に出たのは正解だった、と一之瀬は顔を綻《ほころ》ばせた。岩下に状況を報告するために福島中央署に戻った瞬間、スマートフォンが鳴ったのだ。見覚えのない番号だったが、佐原だと確信する。

予感は当たった。

佐原はあれからすぐ、かつての同級生に連絡を回し、美羽の住所を確認してくれたのだ。東京。しかも、二人はやはり今もつき合っているらしいという情報まで手に入った。

「ただし、あくまで噂ですからね」

佐原は慎重に念押ししたが、一之瀬としては、この話に食いつかざるを得なかった。階段を駆け上がる足取りも軽くなる。福島中央署に設置された捜査本部に陣取っていた岩下は暗い表情を浮かべていたが、一之瀬が部屋へ飛びこんできたのを見て、目に光が宿った。

「何か摑んだか?」

一之瀬は手早く状況を説明した。見る間に、岩下の顔に赤みが射す。

「女の線は強いぞ。お前には、東京へ戻ってもらうか」

「他の係に対応してもらった方が早いんじゃないですか? うちの係は全員、こっちに来てますし……タイムラグはない方がいいと思います」

「自分の手柄にならないかもしれないぞ」

「それは……取り敢えず、今はいいです。所在を確認するのが先でしょう。でも一応、俺も東京へ向かいます」

「そうしてくれ」岩下がスマートフォンを取り上げた。「小野沢さんに調整を頼む。当面は、機捜か所轄に動いてもらうことになるかもしれない」

「はい」一之瀬は休めの姿勢を取った。

「本当にいいんだな? 今から頼んでも、数時間早く分かるだけだ。自分で直接確認したいんじゃないか?」

「俺は若杉じゃないですから」

一之瀬が本音を吐くと、岩下が吹き出した。久しぶりに見る明るい表情……岩下を笑わせることができたから、取り敢えずそれだけでもよかった、と一之瀬はほっとした。

「まあ、あいつなら、俺に報告もしないで勝手に東京へ帰ったかもしれないな」

「それで、向こうから『確認できました』って自慢しながら電話してくるんでしょう？」

岩下がにやりと笑ってうなずき、手を振って一之瀬を追い払った。電話で話し始めた岩下から離れ、一之瀬は捜査本部の置かれた会議室の一角にあるコーヒーメーカーの方へぶらぶらと歩いて行く。大きなポットには、二センチほどコーヒーが残っている。コーヒーは欲しいが、これは危険だ。相当煮詰まって、苦くなっているだろう。

「美味いコーヒーが飲みたいな」一之瀬はついてきている春山に向かって言った。

「だいたい、ここのコーヒーを飲むのは、ちょっと気が引けませんか？　俺たち、居候みたいなものでしょう」春山が小声で言う。

「まあな」居候はひどい、と苦笑しながらも一之瀬は同意した。

「ここで飲まなくても大丈夫ですよ。東京へ戻る時、福島駅で美味いコーヒーが飲めますから」

そうそう、駅のスターバックスだ……今はどこへ行っても、スターバックスは必ず見つかる。確か来月には、日本で唯一スターバックスがない鳥取県にも一号店ができるはずだ。これで四十七都道府県の地図全部に、スターバックスのロゴが張りつく。

「一之瀬！」岩下の怒鳴り声が響く。立ち上がって手招きしている。どうやら、いつもの

「前のめりの岩下」が蘇ったようだ。

一之瀬はダッシュで岩下の前に戻った。今度は直立不動。岩下が、頭突きせんばかりの勢いで身を乗り出す。

「今すぐ東京へ戻れ。小野沢管理官が手の空いた人間を回してくれたが、向こうでさらに人手が必要になる可能性もある」

「大丈夫ですかね……」いきなりノックして、隠れていた島田に逃げ出されたらどうする。

「阿呆、小野沢さんがそういうことでヘマするはずがないだろう。ちゃんと手は打つよ」

「分かりました」

「よし、行って来い」岩下がうなずき、福島県警の刑事たちに聞こえないようにするためか、囁《ささや》くように指示した。「絶対にお前が島田を確保しろよ。これはあくまで、うちの係の事件なんだからな。福島県警に負けたら、夏のボーナスはなくなるぞ」

## 〈9〉

小山《おやま》を通過……と新幹線の電光掲示板に出たところで、スマートフォンが鳴った。岩下。

一之瀬はすぐに立ち上がり、隣席で居眠りから目覚めた春山に目配せしてデッキに向かった。

「一之瀬です」

「いないそうだ」

岩下の声は暗かった。前のめりが過ぎると、失敗した時に一気に落ちこむ。この人は、非常に疲れる人生を送ってきたのではないか、と一之瀬は思った。

「家はあったんですよね？」

「間違いない。吉祥寺《きちじょうじ》のマンションだ。ただし、ここ何日か、家には寄りついていないようだ」

「ということは……」

「島田と一緒に逃げている可能性もある」

「ですね」

「取り敢えず、吉祥寺のマンションに直行してくれ。念のために今、何人か張りついている。そいつらと合流して、大井美羽について調べるんだ」

「分かりました」

「諦めるな。まだ尻尾《しっぽ》は摑んでいるぞ」

「了解です」

席に戻り、春山に状況を説明する。話し終えると、春山は深々と溜息をついた。

「そう簡単にはいきませんね」

「しょうがない。でも、向こうでやるべきことはいくらでもあるよ」

「ええ」春山は、カフェラテのグランデカップを手の中でぐるりと回した。勢いで大きいカップを買ったものの、持て余している様子だった。「まず、どうするんですか?」

「このまま吉祥寺に直行だ」

「夕方になりますね」春山が腕時計をちらりと見た。もう一度……妙に時間を気にしている。

「何かあるのか?」

「いや、別にないんですけど、ちょっと疲れたかな、と思って」

「右に同じくだ」昨夜はあまり眠れなかったし……これから東京駅まで一時間弱。少しでも寝ておくべきところだが、気持ちが昂《たかぶ》っている。こういう時は、取り敢えず倒れるまで突っ走ってしまうのも手だ。意識をほとんど失って、服を着たまま自宅のベッドに倒れこむ快感を、一之瀬は刑事になって初めて覚えた。

それでも今はとにかく、目を閉じておこう。後ろを確認してからシートを少し倒し、体の力を抜く。途端に眠気が襲ってきたが、メッセージの着信を告げる「ピン」という音ですぐ現実に引き戻された。「針が落ちても目が覚める」という表現があったと思うが、今の自分はまさにそういう感じだ……寝るのは諦めてメッセージを確認すると、深雪からだった。向こうは朝。出勤前にメッセージを送ってきたのだろう——いつの間にか、ドイツとの時差を無意識のうちに計算できるようになっている。

『おはよう。お昼はちゃんと食べた？　こっちはそろそろ、ドイツのごはんにも飽きてきました』

ああ、確かに……深雪は基本的に和食派だ。ドイツにいる時はドイツの料理に舌を合わせるつもりと言っていたが、朝食はだいたいパンにソーセージ、ゆで卵にチーズという感じで、野菜がほとんどないと嘆いていた。確かに、以前送られてきた写真を見たら、食卓一面が茶色……パンの種類が豊富なのが救いだと言ってはいたが、そろそろ美味い米が恋しくなっている頃だろう。それに、ドイツに行ってからいきなり太ったとも零していた。どうやら仕事場に行って、午前十時頃に二度目の軽い朝食を食べる習慣があるようなのだ。それは確かに太るよな……気になるなら、二度目の朝食は食べなければいいと思うのだが、彼女は基本的に「郷に入っては郷に従え」のタイプである。仕事とはいえ、ドイツで暮らすことなどまったく想像もしていなかったはずだが、馴染もうと努力している。いや、努力せずとも、もう馴染んでいるに違いない。

いずれにせよ、一年だけの限定だ。年が改まったら彼女は帰国する。

しばし考えた末、一之瀬はメッセージを返した。銃口を向けられた事実は、あくまで伏せておく。

『福島出張から戻る途中。城田の家で一日お世話になったよ。由布子さんも元気』

すぐにまた返信。時間に余裕がある……朝食を終えて、二杯目のお茶を飲んでいるのだろうか。何だか、ドイツに行ってからは、気持ちがゆったりしているようである。

『福島寒くなかった？　風邪引いてない？』

風邪は引いていない。もっと悪いこと――死にかけたのは間違いないが、やはりこの件は明かせない。一之瀬はぐっと顎を引き、また返信した。

『コート着用。でも、そんなに寒くなかった。桜はもう少し後みたいだね』

他愛のないやり取りが続く。細かい字を見ているると目がしばしばしてくるのだが、それでも気持ちが休まるのだからいい……離れて暮らしているのも悪くないな、と思う。四六時中顔を合わせていたら喧嘩になることも多いだろうが、メッセンジャーでのやり取り中心のコミュニケーションでは、ぶつかることもない。

そう考えると、本格的に一緒に住む日が来るのが怖くもある。しかし、夫婦の形は様々だ。「これが定番」というのはないはずだから、どうにかなるだろう。自分たちの形を、自然に作っていけばいい。

一つだけ避けなければならないのは、ギャンブルだ。文字通りのギャンブルではなく、人生における「賭け」。一か八かで勝負に出て、勤めていた会社に大きな損害を与えた一之瀬の父親は、家族も仕事も捨て、姿を消さざるを得なかった。以来、一度も会っていない……母親は時々連絡を取っていたようだが、一之瀬は完全に連絡を絶っていた。今更どうでもいい話だが、とにかく反面教師にしよう、とだけは決めていた。

自分の勝手で深雪を泣かせない。

そのためには、絶対に無理をしない。

今回はぎりぎりだったが……もしも撃たれていたら、深雪はどんな反応を示しただろう。考えるだけで怖い。

吉祥寺に来るのは久しぶりだった。学生時代には馴染みだった街……当時バンド活動に打ちこんでいた一之瀬は、この街にあるライブハウスによく出ていたのだ。久しぶりに顔を見せようか——顔見知りのオーナーが当時と変わっていないことは、店のホームページなどで確認していた。

もちろん、そんな時間はないだろう。

吉祥寺は、「住みたい街ナンバーワン」と高評価を受けることが多い街だが、一之瀬は、特に住みたいと思ったことはない。この街は、ほとんどここだけで完結してしまうからだ。デパートも本屋も、ライブハウスも楽器屋もあって、吉祥寺の外へ出ていく必要がない。世田谷《せたがや》の外れ、普通の家以外には何もないような街で生まれ育った一之瀬にすれば、東京はあちこちを歩き回ってこそ面白さがある。引きこもりを助長するような吉祥寺には、さほど魅力を感じなかった。

もっとも、春山はこの街——井《い》の頭《かしら》公園へのアプローチの南口ではなく、繁華街が広がる北口を歩くことになって、上機嫌だった。捜査一課に上がってくる前は江東署にいたから、東京の西の方にはほとんど縁がなかったはずである。休みの日に、渋谷《しぶや》や新宿《しんじゅく》ぐらいまでは遊びに行っていたかもしれないが、江東区から見れば吉祥寺はかなり遠い。

巨大なアーケード街「サンロード」に入って、周辺をきょろきょろと見回し始めた。このサンロードは、庶民的な賑《にぎ》やかさと明るさを封じこめたような通りで、いつ来ても人で溢れている。歩いている人の平均年齢はぐっと低めだ。この時間だと、学校帰りの中学生や高校生が多い。

「吉祥寺って、やっぱり賑やかなんですねえ」

「お上りさんみたいなこと、言うなよ」

「実際、山形からのお上りさんですから」春山が自虐的に言った。「でも、便利そうな街ですよね。何でもここで済ませられそうだ」

「実際、そうなんだよ」だから好きになれないのだが、そんなことを春山に言ってもしょうがない。「そうだ、遅くまでここにいることになったら、飯でも食おうか」

「お勧めの店とか、あるんですか?」春山の目が輝く。

「洋食屋。オムライスが絶品だ」

「素晴らしいです」春山の声が弾む。オムライスが大好物なのだ。「じゃあ、今日はそれをご褒美にするため頑張ります」

「そうだな」そもそもあの店がまだあるかどうかは分からないが。何しろ、一之瀬がよく通っていたのは十年も前である。吉祥寺は、それほど店の入れ替わりが激しい街ではないが、それでもどうなっているかは分からない。そもそも、ゆっくり夕飯を摂《と》っている暇があるかどうか。

サンロードを抜けると、賑やかな雰囲気は途端に失せる。五日市《いつかいち》街道を越えた辺りからは、もう完全な住宅街だった。静か……サンロードの賑わいから数百メートルしか離れていないのが信じられない静けさだった。

「この先……左へ曲がるとすぐです」スマートフォンを見ながら春山が言った。

うなずき、一之瀬は周囲を見回した。パトカーもなく、制服警官の姿も見当たらない。まだ何かの被疑者と決まったわけではないから、おおっぴらに警戒はできないのだろう。

美羽のマンションは五階建ての、まだ新しい建物だった。ホールの前に、背広姿の男が二人――私服の刑事だとすぐに分かった。殺気立った雰囲気は、隠そうとしても隠しきれるものではない。

一人は、隣の係の田川《たがわ》だった。もう一人は知らない顔――機動捜査隊か所轄の刑事だろう。田川が一之瀬に気づいて、素早くうなずきかける。そのまま近づいて来たので、一之瀬は立ち止まった。マンションの近くでは話しこまない方がいい。もう一人の刑事は、警戒続行ということか、持ち場から離れようとしない。

「ここでバトンタッチだな」田川がにやりと笑って言った。三十五歳にしては童顔で、笑顔は高校生のようだ。「こういう面倒臭いこと、押しつけるなよ」

「すみません」自分が謝ることではないと思いながら、一之瀬は頭を下げた。先輩だから、一応下手に出ておいた方がいいだろう。

「しかしお前、引きがいいよなあ」感心したように田川が言った。

「引き？」

「事件づいてるじゃないか。いく先々で、ろくでもない事件が起きる」

「ああ……ろくでもない事件が多いのは確かですね」

「監察に呼ばれてるそうじゃないか」

唐突に嫌なところを突いてくる。苦笑しながら一之瀬はうなずいた。

「事情聴取はこれからですけど……何とかします」

「福島県警がヘマしただけだろう？　それでこっちに責任を押しつけるなんて、冗談じゃないよな」

「いや、こっちにも責任はありますけどね」

「あんまり真面目に考えてると、パンクしちまうぜ。だいたい、福島県警の方が大変じゃないか。緊急避難とはいえ、被疑者を射殺したんだから。相当焦ってるんじゃないか？」

「それは間違いないですね」

「まったく、田舎警察がろくでもないことを……それで、大井美羽だけど、行方不明だ」

「家にはいないんですよね」

「ここ二日間ほど帰ってないみたいだな。新聞も郵便も溜まってる」

「防犯カメラは？」

「あるけど、どうするかは指示待ちだ」田川が顎を掻《か》いた。「マンション内に三か所……それで、ホールと駐車場の出入りは確認できる」

「必要になるかもしれませんね」

「ビデオの確認作業は勘弁して欲しいね」田川が首を横に振る。「あれは、目が疲れるんだ。最近、ああいう作業が多いだろう？　視力が一気に落ちてきたよ」

「俺もですよ」言っているそばから、目がしばしばしてくるようだった。「このマンション、ずっと監視しておく必要はありますかね」

「あるけど、ここにずっと張りついていたら、捜査ができない……取り敢えず、管理人がいるから話を聴いてみたらどうだ？」

「田川さんも聴いたんでしょう？」聴いているなら、そのまま話してくれればいいのに。二度手間は、相手にも嫌われる。

「自分で直接聴いた方がいいんじゃないか？　俺からの又聞きだと、漏れもあるかもしれないだろう」

「……ですね」一応、正論だ。

「俺たちは警戒を続けておく。管理人は日勤で、夕方五時半までらしいから、時間がないぞ」田川がわざとらしく左腕を持ち上げた。

「分かりました」

一之瀬は、春山を引き連れてマンションに入った。ホールの左側に窓口があり、そこに作業着姿の初老の男性が座っているのが見える。一之瀬は屈みこんで、窓口のガラスを開けた。管理人が、びくりと体を震わせる。

「警視庁捜査一課の一之瀬です」バッジを示したが、管理人の目はどんよりと曇ったままだった。

「先ほども話をしたんですけど……」

「念のため、もう一回お願いします。お時間いただいて申し訳ないんですが」

「じゃあ……」管理人が立ち上がる。ごく狭い部屋だが、中にはテーブルに椅子——奥は一面が操作盤になっていた。ここで、マンションのあれこれを集中的にコントロールできるということか。一之瀬が住むマンションの管理人室も、こんな感じだ。

管理人が部屋を出て来た。だいぶ小柄で、頭の天辺《てっぺん》が一之瀬の顎の辺りまでしかない。しかし上半身にはみっちり肉がついていて、長年力仕事に従事してきたのが分かる。

オートロックのドアの向こうには、簡単な応接セットがある。そちらで座った方が話しやすいのだが、どうやら管理人は立ち話で済ませるつもりらしい。二度目となると面倒で、できるだけ手短に終わらせようと思うのも当然だろう。

とはいえ、こちらは手抜きをするわけにはいかない。管理人が干からびるまで、情報を搾《しぼ》り出してやるつもりだった。

「こちらに住んでいる、大井美羽さんについて調べています」

「はいはい」管理人はあくまで軽い調子だった。「さっきもその話をしましたよ」

「改めて伺《うかが》います……大井さんは、何をしている人だったんですか」

「普通の勤め人だと思いますよ。勤務先は分かりませんが」一之瀬の質問の先回りをするように、管理人が言った。

「普通、ですか？」

「ええ。いつも午前九時ぐらいに家を出て……ちゃんとした格好をしてます。お洒落《しゃれ》なスーツを着てね」管理人が、作業服の胸元を両手で撫でつけた。

「帰りは？」

「見たことはないですね。私は毎日五時半までなので」管理人が壁の時計を見上げながら言った。現在、五時十五分。あと十五分で勤務時間は終わりだ、と無言で圧力をかけてくるようだった。

九時過ぎに出勤ということは、始業時刻は九時半か十時だろうか……公務員である一之瀬の感覚ではずいぶんゆっくりだが、民間企業はそういうものだろう。終業時刻も五時半か六時ぐらいだろうか。それから帰宅すれば、日勤の管理人が姿を見かけないのも当然だ。

「勤務先は分からないんですか？」

「私の仕事は、このマンションを快適な状態に保つことなので。それ以外は余計なことです」

言い訳を無視して、一之瀬は話を進めた。管理人は、無駄話でタイムアップを狙おうとしているのかもしれない。

「挨拶はしてましたか？」

「まあ、軽くは……このマンションに住んでいる人は皆、礼儀正しいですし」

「一般論ではなく、大井さんのことです」一之瀬は話の向きを修正した。「どんな人ですか？」

「どんな、と言われてもねえ」管理人が首を傾げる。

一之瀬はスマートフォンを取り出し、美羽の顔写真を示した。免許証のもので、既に捜査員全員が共有している。

「この人ですよね」

「ああ」管理人が苦笑する。「免許証の写真って、どうしてこう写りが悪いんですかね」

「実際の大井さんは、こんな感じじゃないんですか？」

「もっとずっと美人ですよ。髪型もこの写真とは違うな……今はショートカットです」

免許証の写真は顔しか写らないが、髪が途中で切れているので、美羽がロングヘアなのは分かる。

「ショートカットって、どんな感じですか？」

「女性の髪型のことはよく分かりませんよ」管理人がまた苦笑した。「とにかく、この写真より短いというだけで」

「なるほど……男関係とかはどうですか」

「はい？」管理人の表情がいきなり歪んだ。「どういう意味ですか、それ」

「よく訪ねて来る男の人がいるとか」

「そんなの、分かりませんよ」管理人の表情が強張る。

「鍵はどうなってますか？」

「オートロックです」

「それは分かりますが……鍵の種類は？」

「ああ」管理人が腰に吊るしていた鍵束を取り上げた。「こういう感じです」

「普通の鍵ですね」最近はICチップ内蔵で、触れるだけで開錠できる鍵もあるのだが。

「ちょっと開けてみてもらえますか？」

「ああ……はい」

管理人がインタフォンに近づき、鍵穴に鍵を差しこんだ。軽く回すと、ドアがゆっくりと開く。一之瀬はそのまま、ロビーに足を踏み入れた。半円形のロビーで、その形に合わせたように湾曲したソファが両側に置いてある。座って話をした方がいいのだが、この感じでは普通に向き合って話はできない。仕方なく、ロビーの中で立ったまま話を続けた。

「この鍵、コピーできますね」

「そうですね。その辺の鍵屋でできると思います」

「コピーされたかどうかは分からないですよね」

「それはもちろん——そういうことまでは分かりません」

「コピーしていいんですか？」

「そこまでは、禁止されていませんよ。合鍵を作るのは普通でしょう」

一之瀬はなおもしばらく事情聴取を続けたが、結局ろくな情報は出てこなかった。隠しているわけではなく、本当に美羽の個人的な情報については知らないのだと一之瀬は確信した。それはそうだろう。管理人が、住人の個人情報にやたらと詳しかったら、それはそれで問題である。

最後に、このマンションのオーナー、そして管理している地元の不動産屋の名前を教えてくれた。賃貸物件なので複数の不動産屋が担当しているものの、地元の業者経由で借りる人が圧倒的に多いのだという。美羽がその業者を通じて部屋を借りたかどうかは分からないが、可能性は高いだろう。

マンションを出ると、田川たちがまだ待っていた。

「どうだった？」

「ほとんど何も分かりませんね」

「どうする」

「田川さん、何か指示を受けました？」

「張り込め、とだけだ」田川は露骨に不機嫌そうだった。「お前ねえ、この貸しはでかいよ」

「すみません……どこかで美味い飯でも奢《おご》ります」別に自分が頼んだわけではないのだが……こういう「じゃれ合い」は、きつい仕事のストレスを和らげるための、お約束の戯《たわむ》れだ。

「高い飯になるぞ。で、お前ら、どうする？」

「これから指示を受けますけど、不動産屋に行ってみようかと思います。そちらの方が、大井美羽に関する情報も集まるはずです。現段階で、勧めている会社も分からないのは痛いですよねえ……」

「たぶん、あのおっさんは知ってると思うけどな」田川が、ホールに向けて顎をしゃくった。「そういうリストは、管理人も持ってるはずだぜ。何かあった時のために、連絡先のリストは当然必要だろう。でも、あのおっさんは、簡単には喋りそうにないからな。不動産屋に当たった方が早い」

一之瀬は岩下に連絡を取った。他の係も出動しているから、本来は複数の係を束ねる小野沢に指示を仰ぐ方が早いのだが、「二段飛ばし」はルール違反である。面倒臭い限りで、もっと柔軟にやる方がいいといつも思うのだが、これが昔からの警察のやり方だから仕方がない。一之瀬一人が騒いでどうなるものでもないのだ。

しかし今回は、すぐに話が通った。岩下に報告、相談すると、不動産屋への事情聴取に回るよう、即座に指示される。その後も、今晩調べられることがあれば、調査続行。何か分かった時に連絡すればいい――フリーハンドを与えられたようなものだと、一之瀬はほっとした。

ちょっと前の一之瀬なら、「まずホウレンソウ」と考えていた。報告・連絡・相談は、ヘマをしない、怒られないための防壁のようなものだ。しかし最近は、それだけではどこか物足りないと感じている。

これが刑事としての成長かもしれないと確信した。多少、自画自賛の気があるにしても。

〈10〉

不動産屋では、それなりの情報が手に入った。大井美羽の勤務先、携帯電話の番号……これだけ分かれば、必ず連絡が取れる。

そろそろ夕飯を食べていい時間になっていたが、一之瀬はさらに調査を進めることにした。オムライスはお預けだと宣言すると、春山は本気で悔しそうな表情を浮かべたが、そこは仕事だからしょうがない。美羽を調べている限り、吉祥寺にはまた来る機会があるだろうから、一之瀬お勧めのオムライスに春山がありつくチャンスはまだある。

美羽の勤務先は、新宿にある小さな広告代理店だった。聞いたこともない名前……予備知識なしで電話をかけたのだが、調べてからにすればよかった。もしかしたら怪しい会社かもしれない。それが分かっていれば、事前の準備もできる。

一之瀬は、美羽の同僚か上司に会えないかと交渉を続けた。電話に出た人間は要領を得なかったので、取り敢えず美羽の上司を出してくれ、と頼みこむ。

「萩沼《はぎぬま》です」

「警視庁捜査一課の一之瀬です。大井美羽さんを捜しています」ついつい前のめりになり過ぎて、早口になってしまう。

「大井がどうかしたんですか？」萩沼の口調が揺らぐ。警察とは縁のない毎日を送っているのだろう。

「話をしたいだけです」

「今、東京にいないんですが」

「というと？」

「出張中です。一昨日から静岡に行っています」

「あ……そうなんですね」どこかに逃避行かと思っていたら、出張中か。いきなり気合いが抜けた。「戻りはいつの予定ですか？」

「明日です」

「分かりました。それでも、ちょっと話を伺いたいんですが、お邪魔してもいいですか？」

「これからですか？」迷惑そうだった。

「今、吉祥寺にいます。二十分ぐらいでそちらに行けますから、お願いします」

渋る萩沼を説得し続け、一之瀬は何とか面会の約束を取りつけた。今からなら、七時前には会社につける。変な形で残業させてしまうが、それは仕方がないだろう。

中央線の、帰宅ラッシュと逆方向へ向かう電車……空いた車内で腰かけていると、ついうつらうつらしてしまう。座ったと思った次の瞬間に、春山に肩を突《つつ》かれた。

「もう新宿ですよ」

「マジか」慌てて跳ね起きる。いつの間に、そんなに時間が経ってしまったのだろう。

ホームに降り立ち、巨大な駅を抜け出て、美羽が勤める会社の入ったビルまで歩いて三分ほど……道路一本渡れば高層ビル街という場所にある、典型的なオフィスビルだった。目的のビルに辿り着いて上を見上げると、ほとんどの窓にまだ灯りが灯っている。日本人は、実によく働くんだよな……。

「七階ですね」エレベーターのボタンを押して春山が言った。

「ああ」

「ウェブ系の広告代理店って、どういう仕事をするんでしょう？」

「よくは知らないけど、要するにバナー広告なんかを作ってる会社だろう？　あとはそのための営業と」

「媒体が違うだけで、やってることは普通の広告代理店と同じですかね」

「たぶん」

　エレベーターが到着して、人がどっと溢れ出して来る。乗ったのは一之瀬たち二人だけだった。春山が素早く七階のボタンを押す。エレベーターを降りると、一人の男が立っていた。もしかしたらと思って声をかけると、予想した通り萩沼だった。彼の背後にあるドア、その奥が会社なのだろうが、一之瀬たちを中に入れるつもりはないようだった。まるで自分が防波堤になるとでもいうように……。

「立ち話でもいいんですか？」一之瀬は、相手の決意を崩そうと、わざと間の抜けた声で言った。「長くなるかもしれませんけど」

「それは……」萩沼が眉根《まゆね》を寄せる。濃い眉毛《まゆげ》がぎゅっと真ん中に寄ると、一本につながってしまったように見えた。顔立ちが濃いうえに、捲《まく》り上げたワイシャツの袖《そで》から覗く腕の毛も濃い。南の方の出身だろうか、と一之瀬は想像した。「薩摩隼人《さつまはやと》」といえばこんな感じではないか？

「私はどこでも構いませんけど」一之瀬はペースを崩さなかった。

「じゃあ……ええと、会議室が空いてます」

「助かります」一之瀬はにこりと笑った。たまには愛嬌《あいきょう》も大事だ。

萩沼がIDカードをセンサーに当てて、ロックを解除する。ドアを広く開け放ち、中に入るよう促した。

ごく狭い会議室。ドアが閉まると、出入り口のすぐ横にある会議室に二人を誘った。

四人がけのテーブルが入っているが、実際に四人が座ったら、空気が足りなくなるかもしれない。

一之瀬と春山を前にして、萩沼は明らかに緊張していた。三人でも、狭苦しい感じは否定できなかった。

のだが、と一之瀬は名刺交換から始めた。しかしこれが逆効果で、萩沼は一之瀬の名刺を見た瞬間、さらに緊張して顔を強張らせた。そこまで緊張する話ではない
「警視庁、ですか……」

「ええ」

「こういう名刺をもらうのは初めてですよ」

「もらわない方がいいでしょうね。警察に縁がない方が、人生は幸せです」

冗談のつもりだったのに、萩沼の頬が引き攣った。余計なことは言わない方がいいようだと、一之瀬は言葉を切って、萩沼の名刺に視線を落とした。営業第二部長。部長という割に若いが、IT系企業はこんなものだろう。自分より五、六歳は年上だろうと読んだ。

そういえばここのところ、若い人——自分と同世代の人に会う機会が多い。それもIT

系。残念ながら事件の関係者ばかりで、刑事の仕事として会うだけなのだが、自分たちの世代が社会の中心に入りつつある証拠なのかもしれない。いろいろ言われているが、自分たちの世代もやる時はやる。もっとも、まともな仕事ばかりでなく、犯罪行為に足を踏み入れる人間がいるのも事実だが。

「大井さんも、営業二部にお勤めなんですね」一之瀬は確認作業から始めた。

「ええ」

「あなたの直接の部下ということですね？」

「そうです」

「静岡へ出張中と聞きましたが、どういう仕事ですか？」

「もちろん広告営業——あの辺のクライアントを集中的に回っています」

「こういうIT系の仕事でも、会社回りをするんですか？」何だかイメージに合わない。

「当たり前ですよ」呆れたように萩沼が言った。「まさか、メールで商談するわけにはいかないでしょう」

「じゃあ、クライアントを回って、直接営業をかけるわけですね」

「そういうことです」

「ちなみに、向こうから連絡はありましたか？」

「ありましたよ」萩沼があっさり認める。

「今日は？」

「今日ですか？　いや、今日はまだかな……営業で出張中には、一日の成果をまとめて、夕方か夜に連絡が入りますけどね」

「電話ですか？」

「だいたい電話です。必要があればメールでレポートも来ます」

「でも今日はまだ、連絡がないんですね」

「ないと思いますけど、それが何か問題なんですか？」

「いえ……」

ここでもう一歩踏み出すかどうか。一之瀬はしばし言葉を切り、唇をきつく引き結んだ。隣に座る春山をちらりと見たが、彼も困ったような表情を浮かべている。春山に助けを求めてもしょうがないと思い、一之瀬は萩沼の顔に再び視線を据えた。

「彼女に電話してもらえますか？」

「今ですか？」

「ええ。私も携帯の番号は知ってますけど、私がかけても出ないでしょう。彼女はあなたの番号を登録してありますよね？」

「もちろん」

「だったら、ちょっとかけてみて下さい。できれば、そのまま大井さんと話したいんです」

「しかし、そういうのは……」

「騙し討ちじゃないですよ。連絡が取れる人にお願いしているだけですからね」

一之瀬の粘り勝ち——結局、萩沼は折れた。テーブルに置いておいたスマートフォンを取り上げると、素早く操作する。しかし、すぐに耳に押し当てたものの、顔をしかめてテーブルに戻してしまった。

「どうかしましたか？」

「いや、出ないですね」

「もう一度かけて、メッセージを残してもらえますか？　電話を取り損なうこともあるでしょう」言いながら、一之瀬は嫌な予感を覚え始めていた。美羽はわざと電話に出ないのではないか……出ないのには、ちゃんと理由がある。

例えば、島田と一緒だから。

萩沼はなんとなく反発するような表情を浮かべていたが、もう一度スマートフォンを手にした。その瞬間鳴り出し、びくりと身を震わせる。美羽からのコールバックだろうか……だとしたら、島田と一緒かもしれないという推理が完全に崩れてしまう、と一之瀬は少しだけがっくりした。

「はい、もしもし——あ、お世話になっております」

立ち上がり、一之瀬に目配せして、萩沼が会議室を出て行く。話しぶりから、相手は美羽ではないと分かった。

「得意先ですかね」春山が囁くように言った。

「たぶん」

「え？」少し開いたドアの向こうから、萩沼の慌てたような声が聞こえてきた。「いや、そんなはずはないですけど……そうなんですか？　いや、それは大変失礼しました。いえ、実はこちらも連絡が取れなくて困っているんですけど……はい、こちらで連絡を取りますので。ええ、今回の件は改めて、ということでよろしいですか？　私の方で責任を持ってご連絡いたしますので。はい、はい、申し訳ございません。まことにご迷惑をおかけします」

通話は終わったようだが、萩沼は会議室に戻って来なかった。小走りの足音が響く。

「トラブルだな」一之瀬は春山に囁いた。

「大井美羽が行方不明、じゃないですか？」

「俺もそう思う」

「本格的にまずいかもしれませんね」

「ああ……取り敢えず、まずは本当に彼女が行方不明かどうか、確認しないと」

「どうします？　萩沼さんを引っ張ってきますか？」

「いや、戻って来るだろう」

しかし萩沼は、なかなか帰って来なかった。席を立った春山が、開いたドアの隙間《すきま》から外を覗く。急に首を引っこめると、飛びこむように慌てて椅子に腰を下ろした。戻って来た萩沼の顔面は蒼白で、目が血走っている。

「どうしました？」一之瀬は敢えて呑気な口調で訊ねてみた。

「いや、彼女が……」

「大井美羽さんが、本当に行方不明なんですか？　さっきの電話、取引先からですよね？　アポの時間に現れなくて、こちらに電話してきた——そういうことじゃないですか？」

萩沼がぽかんと口を開ける。どうしてそんなことまで分かったんだ、と訝っている様子だったが、一之瀬にすれば基本中の基本だ。ちょっとした一言から真相を探り出す。

「電話の内容が聞こえました。それで何となく、状況が分かったんです」一之瀬は背筋を伸ばした。行方不明となったら、それはそれで警察沙汰《ざた》になる。別の視点からの捜査が必要になってくるかもしれない。

「そういうことなんですけど……ええと、警察の人には……」

「行方不明ということなら、我々もお手伝いできるかもしれません」

「いえ、あの、大袈裟にはしたくないんです」萩沼の顔つきは真剣だった。「いきなり警察が捜しているとなったら、いろいろ問題も出てくるでしょう」

「否定はできません。でも、警察ならちゃんと捜せますよ。それとも、御社で調べられますか？」

「それは……でも今は、大袈裟にしたくないんです。ちょっとだけ時間を貰《もら》えませんか？」

「後から警察に泣きついてもらっても構いませんけど、動き出すのは早い方がいいですよ。警視庁には、失踪事件を専門に調べる部署もありますから」

とはいえ、人捜しのプロである失踪人捜査課がこの件に乗り出すのは、現実的には難しいのではないだろうか。「現場」はおそらく静岡で、管轄権がどうなるのか、一之瀬には分からなかった。

「とにかく、しばらくは自分たちで何とかします」萩沼はいきなり窮地に追いこまれたようだった。実際には、捜索は難しい……警察は、失踪人の行方を捜すノウハウをいくらでも持っているが、一般の人にはそういうテクニックはない。

「もしも見つかったら、私にも連絡をいただけますか？　気になりますし、話を聴きたいですから」

「ええ……そんなこと言われても、困るけど……」

「大井さんは、普段からこういう問題を起こす人なんですか？」

「まさか」

「今まで、一度でも問題を起こしたことは？」

「ないですよ。だから、事件かもしれない」

「だったらますます、警察に任せて欲しいものですね」

一之瀬はしばし、萩沼と押し引きをしたが、結局萩沼は折れなかった。行方不明者届は会社の関係者でも出せるはずだが、必ず受理されるとは限らない。この件はやはり、密《ひそ》かに失踪課の知り合いに耳打ちしておこう。非公式な情報でも、彼らの勘が発動すれば、独自に動き出すかもしれない。

会社を辞して、エレベーターで一階に降りたところで、一之瀬はスマートフォンを取り出した。まずは岩下に連絡……岩下は、いつも通りに前のめりで食いついてきた。もうダメージは消えているらしい。

「かなり怪しいな」

「ええ」

「よし、明日以降も大井美羽の捜索は続行だ」

「失踪課に応援をもらった方がいいかもしれませんが……」

「手抜きを考えないで、自分で何とかしろ！」唐突に岩下が激昂《げっこう》する。

手抜きではなく、専門的な事案はその道のプロに任せた方がいいと思っただけだが……言い合いになるのも面倒で、一之瀬はすぐに「分かりました」と折れた。

「ちなみにそちらはどうなんですか？」

いる。

「大きな動きはない」言った途端に岩下の声が不機嫌になった。

「福島県警の方は……」

「その話は電話ではするな」

盗聴を恐れているのだろうか、と一之瀬は訝った。岩下は、いくら何でも用心し過ぎている。

「必要があると思ったら、静岡へ飛べ」

「分かりました」

電話を切り、これからどうするかを考える。動きは自分たちに任されているとはいえ、一度吉祥寺に戻った方がいいのではないだろうか。現場の監視を任されている田川には、一言挨拶しておくべきだろう。小野沢管理官の方針も知っておきたい。しかし、一之瀬の立場では管理官に直に電話するわけにはいかないから、この辺は田川から聞くしかないのだが。

「吉祥寺にオムライスを食べに戻ろうか」

「いいんですか?」

春山の表情が綻ぶ。そんなにオムライスに執着していたのか、と一之瀬は驚いた。

「ああ。田川さんと打ち合わせだけでもしておこう。電話じゃなくて顔を出した方が、田川さんも悪い気はしないだろうから」

面倒臭いことこの上ない……こういうことは電話で済ませてしまっていいのだが、警察とはこういう無駄の多い組織なのだと、最近は納得している。何でもかんでも効率化すればいいというものでもないだろうし。

自分も、警察という古めかしい組織に染まりつつあるのだな、と実感した。


深雪との新居——住んでいるのは一之瀬一人だが——は、阿佐谷にある。独身時代にずっと下北沢《しもきたざわ》に住んでいた一之瀬にすれば、小田急《おだきゅう》線の方が馴染み深いのだが、深雪の勤務先は日野《ひの》なのだ。小田急線沿線からはアクセスが悪いので、中央線一本で通える阿佐谷で新居を探した。一之瀬自身も、警視庁本部からそんなに遠く離れた感覚はない。

久しぶりに自宅へ帰り、洗濯などの家事を済ませる。掃除は……さすがに夜中はまずい。狭いマンションだから、隣の部屋に迷惑をかけてしまうだろう。そもそもそんなに汚れていないのだから、こんなものでいいのだ、と自分を納得させた。

本当は、日課のギターの練習をしたいところだが、今日はそれもやめにした。早く休んで体力を回復しておくのも仕事の内である。我ながら生真面目だよな……と思ったが、その心構えは他人によってぶち破られた。

スマートフォンが鳴って起こされたのは、午前三時だった。冗談じゃない……喚《わめ》きたくもなったが、一人で騒いでも仕方ない。しかも電話をかけてきたのは、小野沢だった。極めて重要な事件だ、と緊迫する。管理官自ら、平の刑事に電話をかけてくることなど、まずないのだ。

「殺しだ」

それはそうだろう……強行班の仕事は殺人事件の捜査。他の用事で電話がかかってくることなどない。

「ええと……今、福島の件で動いているんですが」まさか、部下の動きを把握していないわけではあるまいと思いながら、一之瀬はやんわりと反論した。

「分かってる」小野沢の声は冷ややかだった。「その件に関連した事件だ。島田がまたやった」

「え？」

「聞こえなかったのか？　島田がまた人を殺したんだ」

「すぐ行きます」一之瀬はベッドから抜け出した。既に眠気は吹っ飛んでいた。いったい何なんだ……島田は逃げたと思ったら別の事件を起こした？　あり得ない。

「春山もこっちに戻っていたな」

「ええ」

「お前が連絡しろ。取り敢えずこの件は、待機中の宮路《みやじ》班に任せるが、お前たちも現場を見ておいた方がいい」

「分かりました」

一之瀬はいつもサイドテーブルに置いてあるメモ帳を引き寄せ、小野沢が告げた被害者の名前と住所を書き留めた。書き終え、ボールペンで点を打った直後に思い出す。

「管理官、この被害者は……」

「気づくのが遅い」小野沢の声は、いっそう冷ややかになっていた。

「島田が盗みに入った会社の社長ですよね」

浜中悠《はまなかゆう》。あろうことか、一之瀬も一度会っている男だ。あの事件では、会社はあくまで「現場」でしかなかったのだが、それでも会社側に話を聴く必要があり……その時に、浜中とは名刺も交換していた。ただし、事情聴取は宮村が仕切ったので、一之瀬は顔を合わせただけである。

「分かったか？　これで、最初の事件も単純な窃盗絡みとは限らなくなったぞ」

「ええ」

「島田は、会社そのものをターゲットにしていたのかもしれない」

「だとしたら、相当強い動機ですよ」

「お前に言われなくても分かっている……社長には、誰か事情聴取していたな」

「宮村さんです」

「現場に行く前に、宮村に状況を聞いておけ。どういう人間だったか、事情聴取したなら分かっているだろう」
春山に電話をかけるのは構わない。これも、一課に来たばかりの若手に対する洗礼だ。しかしこの時間に先輩に電話をかけるのは……自分だって、未だに洗礼を受け続けているのだ、と一之瀬は悟った。

〈11〉

犯行現場になった浜中の自宅は、京王《けいおう》線の代田橋《だいたばし》近くで、一之瀬が住む阿佐谷からはさほど遠くない。とはいえ、電車が動いていないこの時間には、タクシーを使うしかなかった。春山は板橋《いたばし》の方に住んでいるから、現着はずっと後になるだろう。そもそも事情を把握できていたかどうかも疑わしい。電話で状況を告げた後、「ちゃんとメモしたか」と念押ししたのだが、「はい」と答える声が寝ぼけていたのだ。春山のマメな性格からして、メモを書き損ねるとは思えなかったが。
まあ、遅れたなら遅れたで仕方がない。あいつだって疲れているんだし……ガミガミ言われ続けたら、辞めてしまうかもしれない。それだけは避けないと。

浜中の家は京王線の北側、首都高四号線の高架を越えた付近の、典型的な杉並の住宅街が広がる中にあった。区画整理がほとんどされておらず、道路は狭くて狭小な住宅同士がくっつくように建てられている。いったん火災が発生したら、消防車も入れずに、一区画が全部燃え尽きそうだった。

一軒家ではなくマンション。ホールの前にブルーシートが張られ、既に鑑識の活動が始まっている。一之瀬は、すぐに田川を見つけた。数時間前に話した時はまだそれほど機嫌は悪くなかったのだが、今は少しでも扱いを間違えると爆発しそうなほど苛立《いらだ》っている。一之瀬と目が合ったのは、ちょうど煙草のパッケージをワイシャツの胸ポケットに戻した時だった。まさか現場を煙草で汚染するつもりはないだろうが、取り敢えず香りでも嗅《か》いでいたのかもしれない。一之瀬には理解できないが、煙草を吸わずに香りだけで安心する人もいるようだ。

「何なんだよ、おい」田川の方から声をかけてきた。「お前、本当に事件づき過ぎじゃないか？」

「俺は別に……」

「そのうち、お祓《はら》いした方がいいぞ。俺たちが暇な方が、世の中は平穏なんだから」

「——概要、教えて下さい」いつまでも軽口を叩き合っているわけにはいかない。一之瀬は手帳を広げた。

「被害者が帰宅した瞬間、玄関ホール脇に隠れていた犯人に刺された」

「マジですか?」一之瀬は手帳から顔を上げて目を見開いた。

「ああ」真剣な表情で田川がうなずく。「ちょっと見てみるか?」

促されるまま、一之瀬はブルーシートの中に入った。ホールの真上、二階部分のベランダを使ってぶら下げられたブルーシートが、ホール全体を巨大なテントのように覆っている。二階の人はいい迷惑だな、と一之瀬は同情した。警察の動きが気になって、徹夜は確定だろう。

「その、左側の植え込み……」田川が顎をしゃくる。「その陰に隠れていたみたいだ」

見ると、植え込みから玄関ホールに至る三段の階段のところに、血が点々と散っている。大した出血量には見えないが、近づいてみると、先ほどの位置からは見えなかった植え込みの陰に、かなり大きな血溜まりが残っているのが分かった。死因は出血多量だろうか。

「防犯カメラで分かったんですか?」

「見ろよ」田川が斜め上を指さした。防犯カメラが、ホールを横から写す格好で設置されている。「植え込みはカメラの死角になるけど、襲う場面ははっきり映っていた。犯人は――」

「島田、ですね」

「意味が分からないんだ」田川が首を捻った。「この、島田っていう男は阿呆なのか?

前の事件の時もパニックになって警備員を刺し殺したわけだし、今回は防犯カメラがある場所で堂々の犯行だ。今時、あちこちに防犯カメラがあることぐらい、誰でも知ってるだろう」

「逃げることは、あまり考えていなかったのかもしれませんね」

「どういう意味だ？」

「逃げることより殺すこと優先で」

「殺し屋みたいじゃねえか。そんな奴、日本にはいないぞ」

もちろんそうだ、と一之瀬は心の中で同意した。むしろ島田は、浜中の会社に対して何か恨みを持っていたのではないだろうか。二つの事件はつながっていると考えるのが自然だ。

一之瀬はその後、防犯カメラの映像を見せてもらった。既に映像をコピーして、パソコン上で見られるようにしてあったのだ。立ったままノートパソコンを左手で支え、画面を凝視するのは疲れるものだが、緊迫感のせいかそれもない。

映像は午前一時五分からスタートしている。この時間ということは、浜中は終電で帰って来たぐらいだろうか。いや、仮にも会社社長だから、タクシーかハイヤーかもしれない。

右手から浜中が歩いて来る。うつむきがちだが、足取りはしっかりしていて、酔っている気配はない。階段に足をかけたところで立ち止まり、ショルダーバッグに手を突っこんで何か探り始めた。鍵だろうか……なかなか出てこない。

そこへ、左側から男が突進して来た。映像は斜め上から捉えられているが、島田だということは一目で分かる。服装も、逮捕された時とまったく同じ、MA-1にジーンズ、ニューバランスのスニーカー。島田に気づいたのか、浜中の顔が上がったが、反応が一瞬遅れる。島田が中腰の姿勢で体当たりし、浜中を押し倒した。動きに無駄がなく、総合格闘技のジムへ通っていたのも納得できる。そのまま馬乗りになり、何度も首に刃物を突き立てる。それほど大きなものではなく、刃渡り十五センチぐらいのナイフのように見えた。

一之瀬は、小さな画面左上の時計を注視した。突進してから三十秒——島田が立ち上がる。肩を上下させて呼吸を整えながら、倒れたままの浜中を見下ろす。浜中の体は痙攣《けいれん》していた。もう、瀕死《ひんし》の状態。しかし島田はそれでは納得せず、もう一度浜中に跨《また》ってナイフを振るった。ちょうど防犯カメラの死角になっていたのではっきりとは見えないが、腕の動きなどから、喉を切り裂いたように見える。

島田が全力疾走で立ち去る。夜間の暗い映像なので表情までは窺《うかが》えないものの、さほどショックを受けている様子ではなかった。一番安易な方法で確実に殺す——まさに殺し屋の手口だ。日本にプロの殺し屋はいないはずだが、もしいれば複雑な手口を避けるであろうことは容易に想像できる。策を弄《ろう》すると、かえって証拠が残りやすくなるし、逃げ遅れることもある。

一之瀬は映像を最初からもう一度見た。一回目で見落としたことは……ない。デスクに座って落ち着いた状況で見れば、また違うものが見えてくるかもしれないが。

画面から顔を上げた瞬間、「遅くなりました！」と春山の声が響いた。振り向くと、きちんとスーツを着てネクタイも締めている……よくそんな時間があったものだと思ったが、考えてみればここへ来るまでの間の時間があったのだ。ネクタイをしなかった一之瀬の方が怠慢である。

「本当に島田なんですか？」額の汗を掌で拭いながら春山が訊ねた。

「間違いない。ちょっとこれを見ておいてくれないか」一之瀬はノートパソコンを春山に渡した。「防犯ビデオの映像だ。ばっちり映っている」

首を突き出すようにしてパソコンの画面に集中し始めた春山を残して、一之瀬は田川に歩み寄った。

「どうだった？」ブルーシートの方に視線を向けたまま、田川が訊ねる。

「間違いなく島田ですね。これからどうします？」

「方針を決めるのは俺じゃないけど、たぶん、そっちの係と一緒にやることになるだろうな」

「そうですね」

「まず、このマンションの住人に事情聴取だ。その後は、会社の方の詳しい調査だな。お前、あの会社は調べているんだろう？」

「ええ。でも、調査は中途半端でした」言い訳してもしょうがないと思い、一之瀬は認めた。「あの事件では、会社は単なる現場だと考えられていましたから」

「状況的にはそう考えざるを得なかっただろうな」うなずき、田川も同意する。「それにしても、一歩踏みこんで、疑って考えてみるべきだったぞ」

改めて気の緩みを実感する。犯人さえ割り出せれば一課の仕事は終わり――自分ばかりではなく、係全体の気が抜けていたのは間違いない。

「お前の方の係、まだ福島にいるんだよな？」

「ええ」

「全員、こっちへ戻って来ることになるだろうな。福島にいるのは、島田が向こうに隠れているという前提での話だろう？」

「そうですね」

「奴は東京にいたわけだ――少なくとも何時間か前までは。主戦場は、これからは東京に変更だよ」

夜明けが近い午前四時。こんな時間には、普通は聞き込みはできないものだが、今日ばかりはそれなりに動けた。深夜から警察官が集まり、大騒ぎになっていたために、マンシヨンの住人の多くが起き出してしまったのである。一応、「灯りが点いている部屋」だけをターゲットにして聞き込みを始めた。特に、犯行現場のすぐ上の二階の住人。

多くの人が悲鳴を聞いていた。これは浜中のものと思われる。逆に、襲いかかる人間の声を聞いた住人はいなかった。島田は声も上げずに忍び寄り、浜中に襲いかかったのだろうか……目撃者はなし。犯行時刻は午前一時過ぎで、まだそれほど遅かったわけではない。実際、犯行後にマンションへ戻って来て、現場に駆けつけていた警察官——建物を封鎖しようとしていた——とトラブルを起こした住人もいたほどである。

悲鳴を聞いた人間、多数。しかし犯人の島田を直接見た人はいない。犯人は確認できているのだからよしとするか——と考え、一之瀬は慌てて首を横に振って自分を戒めた。島田を早く捕まえないと、第三の事件が起きそうな予感がする。

それからは、馬力をかけて聞き込みを再開した。被害者の浜中の普段の様子は、すぐに分かってきた。浜中は朝が早く夜も遅い毎日を送っていたようで、つき合いのあった住人はいない。都内のマンションだからこんなものだろうが……土日には基本的に家にいたようだ。両手一杯に買い物をしてきたり、朝からジョギングする姿を何度も目撃されている。独身、三十六歳——そういう姿から想像されるのは、エネルギッシュかつ自分の体に気を遣う、若き経営者である。

エネルギッシュな男なのは間違いない。一之瀬は名刺を交換した時に少し喋っただけだったが、とにかく早口で、興奮しやすい性質《たち》だったのだ。自分の会社に泥棒が入り、しかも警備員が殺されたとあって、やたらとテンションの高い口調で、一刻も早い犯人逮捕を訴えたのである。

「うちに泥棒が入る意味が分かりません。現金は置いてないですから。それに警備員の方が亡くなったのは、うちには関係ない。早く犯人を逮捕してくれないと、社員の士気にも影響が出ます」

台詞が全て、一気に脳裏に蘇った。まさに立て板に水の喋り方。強面《こわもて》の表情。いかにもやり手の若手社長という感じだった。ということは、人に恨みを買っていた可能性も大いにあるだろう。強引に仕事を進めていると、どこかに軋《きし》みが生じるものだ。

朝が来た。

既にエネルギーが尽きかけている。砂糖とミルクをたっぷり入れたコーヒーで、エネルギー補給をしたかった。

取り敢えず、小野沢管理官に集合をかけられる。無愛想な表情が本来の顔つきになってしまったようで、機嫌が悪い。ワイシャツは新品で皺一つなかったが、本人の顔には苦悩の皺が深く刻まれている。

その場で情報を交換し合う。これもやりにくい……オープンスペースなので大声で話し合うわけにはいかないし、通勤客の目も気になる。それでも、初動捜査に必要な情報は手に入った。一之瀬は、会社を調べるように命じられた。午前七時——軽く朝食を食べて、新橋《しんばし》にある会社まで移動すれば、ちょうど始業時刻ぐらいになるのではないだろうか。そう思った次の瞬間、今すぐ連絡が取れる人がいるのを思い出した。

名刺をひっくり返し、目当ての人物を見つけ出す。会社の名刺で、固定電話の番号しか印刷されていないが、携帯電話の番号も聞き出し、自分で書き加えておいたのだ。携帯の方に電話を入れ、相手が出るのを待つ。呼び出し音が五回、六回……留守電に切り替わる直前に、相手が出た。口調がはっきりしない。名乗ると、「ひょっほまっへ」と意味不明の言葉を発する——すぐに「ちょっと待って」だと気づいた。朝食の最中か、歯磨きをしていたのかもしれない。

すぐに、相手の声が電話に戻ってきた。

「お待たせしました」

「警視庁の一之瀬です。その節はお世話になりまして」

「いえ……何か動きがあったんですか？」相手——総務担当役員の三輪《みわ》が慎重に切り出す。若手が多いあの会社にあってはベテラン。会社を興《おこ》す時に、浜中がかつての取り引き先から三顧の礼で迎えたのだという。会社の「背骨」に当たる総務部門にはベテランを置きたい、ということか。

「今、ご自宅ですか？」浜中の死を告げる役目も兼ねているのだと自覚し、一之瀬は少し慎重に話を進めることにした。被害者支援課での研修でも言われた——第一声が一番大事。最初に言う必要はないが、重要な情報をいつまでも隠しておくわけにはいかない。挨拶を終えたらすぐ切り出そう。

「ええ」

「重要な話があります。今立っているなら、座っていただけますか」

「は？」三輪が怪訝そうに声を上げる。「座ってますけど、何なんですか？」

「浜中社長が亡くなりました」

「亡くなったって？　死んだ？」三輪の声のトーンが一段上がる。

「殺されたんです」

沈黙。一之瀬はしばらく待った。支援課の研修ではこんな話も出た——被害者の関係者に、無理に声をかけてはいけない。相手が話し出すまで待て。一分待っても何も言わなければ、「大丈夫ですか」とだけ訊ねろ……細かい話ばかりだ、と聞いた時にはうんざりしたが、同時に普段、自分が被害者の関係者にいかに無神経に接していたかも意識した。

「……どういうことですか？」

「昨夜——日付が変わってからですが、自宅で襲われたんです」

「マンションで？　部屋の中ですか？」

「いえ、帰って来た時に、ホールの前で。犯人は待ち伏せしていたんです」

「犯人は……分かってるんですか？」

「島田幸也」

三輪がまたも沈黙する。今度の沈黙は長く、一之瀬は「一分ルール」を適用する必要があるかもしれないと思った。が、睨みつけた腕時計の秒針が一回りする前に、三輪の声が戻ってきた。

「そちらへ——社長の自宅へ行った方がいいですね？」

会社で事情聴取をと考えていたのだが、社長が殺されたとなれば、総務担当役員にはやることがたくさんあるだろう。それこそ家族への連絡や、葬儀の手配など……そう言えば、浜中の家族への通告は済んだのだろうか。独身だから、まずは実家へ電話を入れねばならないのだが、その連絡先が分かっているかどうか——それはともかく、三輪がここに来ても、混乱するだけだろう。

「取り敢えず、警察に来ていただけますか？　近くの所轄で、こちらも事情を説明しますから。現場の方はまだ調査中なので、部屋には入れません」

「分かりました。総務の人間を何人か連れていきますけど、構いませんか？」

「もちろんです。それと、もう一つ——浜中さんのご家族のことなんですが」

「実家は金沢《かなざわ》です。ご両親が向こうにいらっしゃるはずですが」

「連絡先、分かりますか？」

「ええ、何とか……今は分かりませんが、会社にはデータがあります」

「そちらからご家族に連絡を入れる必要はありません」一之瀬は釘を刺した。三輪はだいぶ慌てている様子で、家族への連絡も自分の役割だと思っているかもしれないが、それは荷が重過ぎる。「警察の仕事ですから、お任せ願えますか」

「分かりました……取り敢えず、どちらへ行けばいいですか？」

所轄の杉並南署の住所と、大まかな行きかたを教える。最寄り駅は、井の頭線の高井戸《たかいど》か富士見ヶ丘《ふじみおか》。しかしどちらの駅からもそこそこ歩く。場合によっては、JR荻窪《おぎくぼ》駅からタクシーを使ってもらった方がいいぐらいだ。

「まず、その近くに住んでいる若い社員を一人、先に行かせます。私、家が遠いんですよ」

「どちらからいらっしゃるんですか？」

「小岩《こいわ》です」

「ああ……なるほど」確かに、杉並方面へ来るにはかなりの時間がかかる。「取り敢えず、できるだけ早くお願いします。ご家族の連絡先も」一之瀬は念押しした。

「分かりました」

三輪は慌てて電話を切ってしまった。ここから先、会社に対する事情聴取が軌道に乗るまでは時間がかかりそうだ。浜中の会社はそれほど大きいわけではなく、社員も少ない。

やるべきことは山積みで、一人がいくつもの仕事をこなさねばならないだろう。警察への協力など後回し、と考えてもおかしくない。いや、自分なら絶対にそうする。

電話を終えて、小野沢に報告する。小野沢は、金沢にあるという浜中の実家に着目した。

「それはすぐに分かるのか？」

「一時間以内……ぐらいでしょうか」一之瀬は適当に予想して言った。

「お前に連絡が入るんだな？」

「会社関係の情報は、まとめて俺のところに来ると思います」

「だったら、家族への通告はお前がやれ」

「自分がですか？」一之瀬は思わず自分の鼻を指さした。「しかし……金沢ですよ？　電話で説明するんですか？」

「他にどうする」小野沢は不機嫌だった。「このためだけに、わざわざ金沢に行くわけにはいかないだろう。時間もかかる。遅くなったら、被害者遺族に失礼だし、地元の県警に任せるわけにはいかないぞ」

「……ですね」それこそ被害者支援課に頼めないだろうか、と考えた。連中は、そういうことが専門なのだから。

「遅滞なくやれよ。向こうから来るには時間がかかるだろう。飛行機だって何本もあるわけじゃない。時間が大事だ」

「先月、北陸新幹線が開業したばかりじゃないですか」一之瀬は少しだけ呆れながら言った。あれだけニュースで取り上げられていたのに、小野沢は知らなかったのだろうか。「新聞を読め」と上司から散々言われていたのだが、肝心の「上司」である小野沢は新聞をチェックしていないのか。
「ああ、そうか」事も無げに小野沢が言った。「いずれにせよ、早い方がいい。ひとまず必要最小限のことだけ伝えて、すぐに東京へ来てもらえ」
自分にはどうして、こんな面倒な仕事ばかりが回ってくるのか。仕方ないこととはいえ、一之瀬は早くも一日分のエネルギーを使い果たしたように感じていた。

〈12〉

実際、疲れた……午前八時半、三輪からの情報で浜中の実家を把握した一之瀬は、すぐにそちらに連絡を入れた。電話に出た父親は最初、冗談か悪戯《いたずら》ではないかと怒り始めたのだが、事情を呑みこむと慌てふためいた。一之瀬が話している途中で電話を切られてしまい、急いでかけ直してみたものの、今度は何を言っているのかまったく分からなくなった。

トータルで二十分以上話しただろうか……ようやく電話を切った時には額にびっしょり汗をかいていた。

小野沢に報告した後は、杉並南署へ移動するだけ……途中で食事ができる。同道する春山がすぐに、「明大前がいいですよ」と提案した。確かに……あそこは東京における定食の聖地の一つだ。どうせあの駅で井の頭線へ乗り換えねばならないし、一度外へ出ても大したタイムロスにはならない。

それにしても、ごちゃごちゃしている——渋谷《しぶや》の一角をぎゅっと圧縮して放り出したような店の密集度だった。しかも原色の嵐。そういう意味では、歌舞伎町《かぶきちょう》辺りに似た雰囲気とも言える。

朝から開いている定食屋を見つけて飛びこむ。店内はほぼ満員だった。学校へ行く前に腹ごしらえしようという学生たちばかり。活気に溢れてはいるが、一之瀬は少しだけけしんどさを覚えていた。このノリについていくのが、少しだけ辛《つら》い。もうすぐ三十歳だからな、としみじみ思った。

二人ともハムエッグ定食に納豆をつける。これで五百円というのは、いかにも学生街らしい良心価格だ。ご飯にハム、半熟の卵という組み合わせは最強で、それに納豆まであるのだから、朝食として完璧だ。

がつがつと飯をかきこみ、お茶を飲んで一息ついているところでスマートフォンが鳴る。

サボっているのを小野沢に気づかれたのだろうかと不安になったが、食事まで監視されているはずもない。それに、「時間がある時にちゃんと食事をしておけ」というのは、警察官の基本だ。誰かに文句を言われる筋合いもない。

心配しながら着信を確認すると、宮村だった。島田が起こした第二の事件を知らされ、遠い福島で切歯扼腕《せっしやくわん》しているのだろう。狭い道路には学生たちが溢れていて、立ち話もしにくい雰囲気なのだが、仕方がない。

「何なんだ、いったい」宮村は第一声から不満そうだった。

「何なんだもクソも、宮さんがもう知っている通りですよ」

「俺が何を知っていると思う？」

「宮さん……」一之瀬は溜息をついた。「冗談言ってる余裕はないです。こっちへ戻って来るんですか？」

「ああ。さっき、小野沢管理官から連絡があった。これからすぐに撤収するよ。合同捜査本部になるんだろうな」

「ええ」そこでふと思いついた。「これから三輪さんに会うんですけど、何か気をつけておくことはないですか」

「総務担当の役員だな？」

「ええ」

「あの人はまともな人だ。事情聴取には支障はないと思うよ」

先ほどの電話での慌てぶりは、致し方ないだろう。社長が死んだと聞かされた直後に、冷静に対応できる社員などいるはずがない。葬儀や家族への対応以外にも、これから会社をどうしていくかという大きな問題に直面することになるわけだから。有り体《ありてい》に言えば、会社存続の危機だ。

「ええと……ちょっと待てよ」急に宮村の声が揺らぐ。

「何ですか?」

「だから、ちょっと待て。何か思い出しかけているんだ」

そう言われると黙らざるを得ない。一之瀬は、目の前を騒ぎながら歩いていく学生の一団を眺めながら、宮村の言葉を待った。ああ、学生時代は遠くなるばかりだ……就職して、すっかり刑事の色に染まり、結婚もした。学生時代の象徴であるギターにも、以前ほど熱心には取り組んでいない。

「曖昧な情報なんだが」遠慮がちに宮村が切り出した。

「何でもいいです。参考になれば」

「三輪じゃなくて、社長の浜中だ」

「ええ」

「俺は、島田を指名手配した後で一度話をしたんだけど、今考えると、その時の様子がちょっとおかしかったんだ」

「何がどういう風におかしかったんですか？」少し苛々しながら一之瀬は訊ねた。宮村はもったいぶるタイプではないものの、考えがまとまらないうちに情報を口に出してしまう癖がある。

「はっきり言わなかったんだけど、俺の感触では、島田と知り合いだったんじゃないかと思う」

「それはあり得る話です」一之瀬は食いついた。「今回殺され——」慌てて言葉を切る。こんなところで大きな声で話していると、誰に聞かれるか分かったものではない。「直接狙ってきたわけですから」

「ということは、島田はあの会社に対して何らかの恨みを持っていたのかな」

「その可能性もあります。突っこんでみますよ」

「俺が戻るまでには割り出しておけよ」

「そんなの、保証できませんよ」一之瀬は苦笑した。刑事ドラマ好きの悪い癖……どんな難事件でも、一時間で解決すると思っている。

「俺たちがそっちの捜査に加わるまでに、地均《じなら》しぐらいは済ませておいてもらわないとな」

一方的に言って、宮村は電話を切ってしまった。勝手な……と思ったが、宮村はこういう人なのだから仕方がない。それに捜査では、初動が何より大事だ。事件が熱いうちに動けば、必ず何がしかの手がかりが見つかる。

春山が店から出て来た。一之瀬のバッグも持っている。

「金、払っておきました」

「ああ、悪い……」尻ポケットから財布を引き抜き、五百円玉を渡す。それと引き換えのように、バッグを受け取った。「そこまで慌てることはないと思うけど」

「でも、ゆっくりしている暇もないでしょう」

「それもそうだ」うなずき、駅に向かって歩き出す。腹は一杯になったものの、心には穴が開いたような感じ。これを埋《う》めるのが刑事の仕事だと思う。「謎」という穴を、「真相」で満たすのだ。


結局、三輪の事情聴取が始まったのは十時過ぎだった。最初に電話連絡を入れてから三時間でのスタートは、まあまあ好調な出だしと言っていいだろう。

場所は、杉並南署の小さな会議室。社員は他にも何人か署に来ているのだが、一之瀬は三輪を他の社員から引き離すことにした。一対一——こちらには春山もつくが——できちんと情報を引き出したい。

三輪は小柄な男で、一之瀬は俊敏そうな印象を受けた。五十歳、髪には白いものが交じり始めているが、顔には皺もなく艶々だった。グレーのスーツに、レジメンタルタイ——若く見えるのはそのせいかもしれない。レジメンタルタイは、どちらかと言えば若向きだ。

「今回は、こういう事態になって非常に残念です」一之瀬は切り出した。「会社の方も大変だと思いますが、捜査のためにご協力お願いします」

「はい」三輪が、ワイシャツの襟元に指を突っこみ、少しだけネクタイを緩めた。さすがに緊張している様子である。

「まず、昨日の様子からお伺いします。浜中さんは、何時まで会社に？」

「八時ですね。夕方からの営業会議が長引いたので」

「自宅に戻ったのが午前一時頃ですが、それまで何をしていたかは分かりますか？」

「先ほど確認したんですが、会議の後で、営業の連中を連れて食事に出かけました。場所は新橋。それが……十時頃までですか」手帳を開いて確認し、三輪がうなずく。

「ずいぶんはっきりしてますね」

「先ほどまで、情報収集していました。正確を期したかったので」

「お手数をおかけします」一之瀬はさっと頭を下げた。

「いえ……ただ、その後は分かりません」

「社員の方とは別れたんですね？」

「おそらく、一人で呑みに行ったと思いますが、昨夜一緒だった営業部員は、誰も行き先を聞いていないので……」

「よく呑みに行くんですか？」

「毎晩とは言いませんけど……そうですね、多いです」

「行きつけの店は分かりますか？」

「社員と一緒に行く店もありましたが、自分専用の店もあったようですね」

「社員にも教えない店ですか」

「ええ。そういう店までは分かりません」三輪がうなずく。「一人になる時間も必要なんでしょうね」

「いずれにせよ、昨夜自宅へ戻られたのは、終電近くだったと思います」

三輪が手帳に何か書きつけた。そうすることで、自分なりに情報を整理しようとしているのだろう。顔を上げると、一之瀬に向かってうなずきかける。

「前の事件との関連なんですが……浜中さんと島田は、昔から知り合いですか？」

話題を変えると、三輪の顔がにわかに緊張する。宮村の情報は、この事件の核心かもしれないと一之瀬は想像した。

「そういうニュアンスの話を、うちの刑事が聞いているんです」

「この件は……口止めされていたんですが」

「口止め？」穏やかな話ではない。「誰からですか？　浜中さん？」

「ええ……」

「浜中さんは亡くなったんですよ」

指摘すると、三輪がびくりと体を震わせる。ゆっくりと肩を上下させ始めたのは、気持ちを落ち着かせようとしているからか……一之瀬は、彼の方で口を開くのを待った。ややあって、三輪が大きく一度、肩を上下させて、一之瀬の顔を見た。

「本人が亡くなっているんですから、もう口止めは無効でしょう」一之瀬は粘り強く詰め寄った。

「――そうですね」三輪が唇を引き結び、もう一度肩を上下させる。「あの……今回の事件に関係あるかどうかは、私にも分からないんですが」

「何でもいいので教えて下さい」

「社長と島田は、以前同じ会社にいたそうです」

「え?」一之瀬は思わず、ぼんやりと口を開けてしまった。すぐに頭を激しく横に振り、意識をはっきりさせる。「それは、不動産ディベロッパーのNKサービスですか?」

「そうです」

まさか……一之瀬は、横に座った春山に視線を向けた。春山も口を開け、目も見開いている。こんな簡単な事実――人間関係が、どうして今まで分からなかったのか。

「あそこはもう、倒産しています」一之瀬は話を続けた。

「そうです、その会社です」

「浜中さんは、いつ辞めたんですか？」

「二年半前です。その直後に、うちの会社を立ち上げています」

島田が辞めたのは、その半年後というところか……島田はそれからの二年で転落し、浜中は自分の会社を育て上げた。この差は大きいが、むしろこの「差」が二人の間に確執を生んだのかもしれない。

「何故NKサービスを辞めたかは、ご存じですか？」

「それは、今の会社を作るためですよ」

「何かトラブルがあったとか……」

「さあ」三輪が首を傾げる。「私は、この会社を立ち上げるために呼ばれただけで、NKサービスの頃のことは何も知りません」

「でもそれまでも、仕事上のおつき合いはあったんでしょう」

「それはあくまで、仕事ですから。通常のビジネスです。相手の会社の中のことまでは分かりませんよ」

そんなものだろうか……一之瀬は小さく首を傾げた。深くつき合うようになれば、相手の事情を聴くこともあるはずだ。会社に対する不満など、一番多く出る話題だろう。だが、一度否定した三輪の言葉をひっくり返すのは難しそうだった。こちらには、これ以上追及する材料もない。

「御社——ハマナカパートナーズは、不動産とはまったく関係ない業態ですよね」

「そうです」三輪がうなずく。

「アフリカをターゲットにしたビジネス……いまいちピンとこないんですけど」

「アフリカは、今や世界でたった一つ残された未開発のビジネスターゲットですよ。実際、中国はアフリカに目をつけて、もう大量の人と金を投入している。これを、現代の帝国主義と言う人もいますけど、まあ、ビジネスはビジネスですよね……我々は、何とかアフリカに市場を開拓しようとしているんです。中国に独占させておくのは、危険でもありますからね」

「具体的には……商社ということは、何かを売買しているわけですよね」商社に関する自分の知識はこの程度か、と情けなくなりつつも訊ねる。

「それもありますが、それはあくまできっかけと言いますか……現地にコネクションを作って、将来のビジネスに備えたいんです」

「先行投資としては曖昧に思えますけど」

「先行投資しないと、未知のジャンルでは成功できませんよ」三輪の喋り方は、ビジネス書をそのまま読み上げるような感じだった。ビジネス書がどこまで当てになるのだろう……常に正しいことが書いてあるなら、世の中は成功者だらけになるはずだ。

「浜中さんは、どうしてアフリカなんかに目をつけたんでしょうね。大きな商社でも、アフリカにはなかなか伝手《つて》がないでしょう」

「その辺の事情はよく分かりませんが、実際、社長はナイジェリアの企業とつき合いがありましたし」

「ナイジェリア？」

これまたピンとこない話だ。いったいナイジェリアに、どんな会社があるのだろう。馬鹿にされるのを承知の上で訊ねてみた。

「主な輸出品はまず石油、カカオや天然ゴムなどを扱う会社もありますよ」

「将来的には、開発にもかかわる予定なんですか」それなら、不動産業で培《つちか》ったノウハウも生きるのだろうか。日本とナイジェリアではだいぶ事情が違うだろうが。

「そういうことです。最大の都市ラゴスは、人口一千万人を超える大都市ですが、インフラ整備は進んでいるとは言えません。開発の余地がいくらでもあるんです。だからこそ、早めに食いこんでおく必要があるんですよ」

分かったような分からないような説明だ。一之瀬は一度この話題から離れ、島田について説明を求めた。

「前の事件——御社に島田が盗みに入った時、浜中さんは何か言っていましたか？　殺人犯として指名手配された時点で、かつての同僚だということは分かったはずですよね？」

「ええ」三輪の表情が暗くなる。

「何か聞きませんでしたか？」

「知っている男だ、と」

「他には？」

「いや……それ以上のことは話してくれませんでした。確認したんですけどね……気になるでしょう？」

「何か隠している様子でしたか？」

「そうかもしれません。もしかしたら、何か心当たりがあったのかも……だいたい、そうでなければ、今回のようなことにはならないんじゃないですか」

「その可能性はありますね」

三輪のスマートフォンが鳴った。この部屋に入ってから三回目だろうか……判断を求める部下たちから、続々電話が入っているのだろう。三輪は画面にちらりと視線を向けて、呼び出しを無視したが、目に見えて集中力が落ちていた。

「一度、ストップしましょうか」一之瀬は提案した。「会社の方も大変じゃないですか？」

「それはそうですけど……いいんですか？」上目遣いに三輪が訊ねる。

「落ち着くまで待ちます。ただ、再開したら……会社の取り引きについても教えてもらうことになりますので」ナイジェリア、というのが引っかかっていた。確か、かつてインターネット詐欺《さぎ》の舞台になっていたのではないだろうか。在日ナイジェリア人の犯罪が、一時問題になったこともある。

「会社と何か関係あるんですか？」

「社長個人の問題なんですか？」一之瀬は逆に聞き返した。

答えはない。

分かっていれば、彼の態度はもう少しはっきりしていただろう。

「ナイジェリアって、あまり治安のいい国じゃないみたいですね」

三輪の仕事のために休憩している時間を利用して、春山がナイジェリアについてざっと調べた。

「ラゴスは、都市型犯罪も多い街みたいですよ。元々は港湾都市です」

「港町は荒っぽいって言うからな」

「ええ……あと、在日ナイジェリア人の犯罪についても、結構データがありますよ。一時期、いろいろあったみたいですね」

「そうなんだよ。それは後で確認しよう」

目の端に岩下たちの姿を捉え、一之瀬はこの話題を打ち切った。宮村と若杉も一緒だ。げっそり疲れ、明らかに寝不足の様子。向こうからは、自分も同じように見えているだろうと一之瀬は思った。睡眠時間は自分の方が短いはずだ。

「お疲れ」不機嫌な顔で言って、岩下が荷物をテーブルに置く。特捜本部は例によって所轄の会議室に置かれているが、今回はこのスペースでは足りないかもしれない。捜査一課の二つの係が合同で捜査するのだ。近隣署からの応援も含めて、いつもの特捜本部よりも人数が膨れ上がるだろう。

宮村が欠伸を嚙み殺しながら、椅子にだらしなく座り、両足を投げ出す。若杉は疲れているというより、苛ついた感じ……当然、今朝は走れなかったのだろう。要するに運動不足のストレスだ。

「状況を説明してくれ」

岩下に求められるまま、一之瀬は把握している限りの情報を提供した。ナイジェリアの話が肝になると思ったが、岩下は食いついてこない。

「ナイジェリアねえ……現段階ではあまり気にしない方がいいだろう」

「ポイントになるかもしれませんよ」

「だけど、調べようがないだろうが。お前、ナイジェリアに出張して、向こうで捜査できるか？」

「それは――」言葉に詰まった一之瀬は、気持ちを持ち直してさらに言った。「在日のナイジェリア人が絡んでいる可能性もあります」

「そいつらを割り出すのは難しくはない。日本にいるナイジェリア人は、確か、三千人ぐらいだぞ。必要なら、一日で全員の動向を摑める」

それは言い過ぎではないかと思ったが、難しくないのは事実だろう。

「悪さをしているのは、主に繁華街にいる連中だ。やけにごつい連中が、渋谷や六本木《ろっぽんぎ》で客引きをしてるだろう。そういう連中を調べればいい——だけど今は、まだそういう必要もないだろう」

そこまで言われると、これ以上の提案はできない。一之瀬は顎を引くようにうなずいた。

「それより、島田と浜中の関係がポイントじゃないか。不動産屋——NKサービスの方は誰か調べているのか」

「まだです」

「仕事が遅い」岩下がぴしりと言った。事件が起きた時、自分たちは遥か遠い福島にいたので、焦燥感があるのだろう。「NKサービスを調べるのは基本だ。お前の方で、ちゃんと提案してやるべきだった」

「今、ハマナカパートナーズの人に話を聴いているんですが……」

「そんなものは、他の人間に任せておけ。前の事件で、NKサービスについても少し調べただろうが。俺たちにはそのアドバンテージがあるんだぞ。管理官には俺から言っておくから、さっさとそっちへ移れ」

岩下の指示はもっとも……ただ、糸は途切れている。何しろＮＫサービスは、去年倒産して、会社自体既に解散しているのだ。何人かは摑まえて話を聴くことができたが、糸が完全につながったわけではない。

「だいたい、浜中の情報は事前に出ていて然《しか》るべきだったんだ」極めて不機嫌な口調で岩下が指摘する。「島田と同僚だったということが分かっていれば、この事件は防げたかもしれない」

「島田と浜中の個人的なトラブルが原因だったと思うんですか？」

「ナイジェリア人がどうこうよりは、確率は高いだろう。さっさとその重いケツを上げて、調べに行け」

〈13〉

「善意の第三者」が、常に善意を持って接してくれるとは限らない。最初は警察に対して丁寧に応対しても、二回目となると、面倒臭くなるものだ。

ＮＫサービスの元営業第二部長、小野《おの》も同様だった。会社が解散した後、かつての仕事の伝手で大手の不動産会社に就職した……という身の振り方は、前回の事情聴取の時に聴いていた。その時は、ごく普通に身の上話を教えてくれたものの、今日はいきなり喧嘩腰——というより、不安を紛《まぎ》らすためにでかい声を上げているのではないかと一之瀬は想像した。

しかも、でかい声を張り上げるような場所ではない。JR田町《たまち》駅にある、会社近くの喫茶店なのだ。昼過ぎなので、昼食の後に一服しようとするサラリーマンで賑わっていて、声がでかい小野は自然と注目を集めてしまう。もしかしたらこれが作戦か、と一之瀬は想像した。衆人環視の中で大声で話していれば、嫌でも人目を引く。そんな中で事情聴取はやりにくい——警察の追及を逃れるために、わざとやっているのではないだろうか。

そう考え、一之瀬は一度質問を打ち切った。喫煙ルームなので、煙草を吸わない一之瀬には地獄のような環境だったが、コーヒーを飲みながらひたすら耐える。質問が飛んでこなくなったせいか、小野が急に不安そうな表情を浮かべた。もしかしたら警察は重要な秘密を握っていて、それをぶつけるタイミングを狙っているのではないか——小野がそんな風に疑心暗鬼になっていてもおかしくはない。

「島田さんと浜中さんの関係は？」一之瀬はおもむろに訊ねた。

「関係と言われても……同じ会社にいただけでしょう」

「その二人が、数年後に被害者と被疑者になったんですが」

「それは、こっちには分かりません」小野がまた声を張り上げる。

小野が、顔の前に漂った煙を、手を振って追い払った。彼自身、普段はそれほどのヘビースモーカーではないのだろう。ただ場つなぎのために、煙草を吸い続けているとか……灰皿には、既に三本の吸殻が転がっている。

「NKサービスで、二人の間に何かあったんですか？」

「ないですよ。一緒に仕事をしていたこともないはずだ」

「部署が違ったんですか？」

「そう。浜中は私の下で営業第二部、島田は第一部です」

「しかし、NKサービスはそれほど大きい会社ではなかったですよね？　社員全員が顔見知りぐらいじゃないですか」

「第一部は個人担当、第二部は法人担当……仕事の種類が全然違うんだから、接点がないのは当然でしょう」

「私だって、他の部署の人間とはつき合いがありますよ」

「公務員と民間は事情が違う」

無理やりな言い訳だ、と一之瀬は呆れた。明らかに、何か隠している様子である。

「だったら二人は、まったく面識がなかったんですか」

「在籍中はね」

その一言に、一之瀬は引っかかった。

「辞めてから何かあったんですか？」

「それは——そういう話は聞いたことがある」

「誰からですか？」

「うちの会社の人間から」

「誰ですか？」一之瀬は手帳を広げた。

「誰だったかな」小野が首を傾げる。「覚えていない……」

「思い出して下さい」一之瀬は手帳を閉じて身を乗り出した。「だいたい、島田の一件で最初に話を聴きに来た時、どうして浜中さんと同僚だったと教えてくれなかったんですか？」

「そっちが聞かなかったからでしょう」小野が強弁《きょうべん》した。「会社の名前を言われても、浜中が社長だなんて思わないし」

「浜中というのは、そんなに多い苗字じゃないですけどね」

「とにかく、その時は分からなかったから」

「浜中さんが殺されたことについてはどう思いますか？」

小野がすっと背筋を正した。顔色は悪く、気分もよくなさそうだ——不調を抑えつけようとするように、自分の上半身を両腕できつく抱く。

「浜中さんは、どんな人だったんですか」

「それは、第二部ではエースでしたよ」

「やり手、ですか」

「そう」

「それでトラブルを起こすようなことはなかったんですか？」

「在籍中は、特には」

「辞めてからは？」

「その後は会ってないので、分からないな。だいたい私は、浜中とはそれほど親しくはなかった」

「直接の部下なのに、ですか？」

「あいつは、いずれ辞めるだろうと思っていたんです」小野が打ち明けた。「仕事はできるけど、身を入れていない感じで……やりたいことが他にあるんだろうと思ってましたよ」

「それが商社の仕事ですか？　不動産とは、ずいぶん方向性が違いますね」

「その辺の事情は知らない」

本当だろうか……「エース」と言われる社員が辞めると言い出せば、当然理由を確かめるだろう。本当にエース級なら、引き止め工作もするはずだ。その中で、辞めた後にどうするかという話も、当然出てくるだろう。小野は、自分に累が及ぶのを恐れて話を誤魔化《ごまか》しているのだと一之瀬は判断した。

ちょっと嫌な思いをさせてやろう。

「分かりました。今日のところはこれで……またすぐに話を聴きに来ますから、東京から離れないで下さい」

「またって……」小野が眉をひそめる。「そんなに何度も来られても、話すことはありませんよ」

「他から情報が入れば、また改めて確認させていただくこともあります。こちらは、そういうやり方をしますので」

うんざりしたように、小野が唇を捩《ね》じ曲げる。そこで一之瀬は、もう一押しした。

「先ほどの話ですが——浜中さんと島田さんの関係です。二人の関係について話してくれる人、思い出しました？」

いい加減にしてくれと言わんばかりに、小野は両手を前に投げ出した。

今度は池袋《いけぶくろ》へ。一之瀬は将棋《しょうぎ》の駒にでもなったような気分だった。情報によって、西へ行ったり東へ行ったり。池袋へ向かう途中では、山手線《やまのて》の中で居眠りしないようにするので精一杯だった。一度寝たら、そのまま山手線を一周してしまう。

新たな情報源――NKサービスの元社員、花澤美佳《はなざわみか》という女性は、今は池袋のホテルで働いているという。不動産業からホテルへの転職は、またずいぶん極端な感じがしたが、年齢を考えればそれほどおかしくはないかもしれない。二十五歳――ほとんど新卒のようなものである。NKサービスが倒産した一年前には、まだ二十四歳だったわけだから、勤め始めてから間も無く、丸裸で路上に放り出されたような感じだっただろう。

丸顔でショートカットのせいもあるだろうか、美佳は年齢より幼く見えた。高校生とは言わないが、大学生のインターンのような感じ。制服も、何だかコスプレのようだ。仕事の途中に無理矢理割りこんだせいもあり、明らかに不機嫌で不安そうである。バックヤードの会議室が、何だか落ち着かないせいもあるのだろう。ざわざわとした気配が、ここにも忍びこんでしまうのだ。

この事情聴取は春山に任せる――童顔の彼の方が相手に不安を抱かせないだろうと思ったが、一之瀬はまず、軽い話題で彼女の気持ちを解すことにした。

「ホテルへの就職は大変だったんじゃないですか?」

「え? いえ……」美佳の戸惑いはさらに加速した。

「NKサービスが倒産した後、改めて就職先を探したんでしょう?」

「ああ」美佳が困ったような笑みを浮かべる。「それは、確かに大変でした」

「倒産のショックもあったでしょう?」

「三年ぐらいしか会社にいなかったんですよ。何だか騙されたような気分でした」

「倒産するかしないかなんて、就活している人間には分からないですよねえ」同情たっぷりに見えるように表情を作り、一之瀬はうなずいた。

「リサーチ不足、なんて言われて、友だちにも全然同情してもらえませんでしたけど」

「こちらへは？」

「友だちの伝手を頼って……ホテルで働くなんて、想像もしてなかったですけど、結構面白いですよ」

ということは、最初は嫌々だったのだろう。職を失ってぶらぶらしているわけにもいかず、取り敢えずしがみついた仕事が意外に性に合った――そんなところではないか。美佳は愛想が良さそうだから、こういうサービス業には向いているのだろう。

一之瀬は春山に目配せした。春山が緊張した面持ちでうなずき、両手を組んでテーブルに置いた。

「浜中さんが亡くなったことはご存じですか？」

「はい……あの、小野さんから連絡があって」

「小野さん、余計なことは言ってないですよね？」一之瀬は思わず訊ねた。

「はい？　余計なことって……」

「失礼。先ほどまで小野さんと会っていたんです」

「そうなんですか？　メールには、そんなことは書いてありませんでしたけど」

「私が小野さんと会ったのは、あなたがメールを受け取った後だと思います。失礼しました」

　さっと頭を下げて、一之瀬は椅子に体重を預けた。念のために手帳を開き――まだ書くべき話は出ていない――ボールペンを構える。間髪《かんはつ》入れず、春山が話を引き継いだ。珍しく積極的だ。

「浜中さんと島田は、顔見知りだったんですか？」春山が、いきなり本題に入った。「二人が会っているのを見た人がいる、という情報を聴きました。その情報源はあなたじゃないですか？」

「ああ、はい……」美佳が曖昧な表情を浮かべてうなずいた。「でも、二人とも会社を辞めた後ですよ」

「いつ頃ですか？」

「半年ぐらい前です」

「場所は？」

「新宿――新宿駅の構内です。喫茶店があるんですけど」

「改札の内側ですね？」

「ええ。帰りに、乗り換えの途中でお茶を飲んでいたら、二人が一緒に入って来たんです」

いいペースじゃないか、と一之瀬は感心した。春山は多少鈍重なところがあり、事情聴取は必ずしも得意ではないのだが、今日は上手く話が転がっている。こういうのも相性なんだろうな、とふと思った。変な言葉だが、この二人は「いいコンビ」なのだ。

「声はかけなかったんですか？」

「私、浜中さんがちょっと苦手で」

「同じ職場だったんですか？」

「ずっと一緒でした」

「そうでしたか」春山が拳《こぶし》を固め、そこに咳をする。話の腰を折ってしまったかもしれない、と後悔している様子だった。「どうして苦手だったんですか？」

「激しい人なので」美佳が苦笑した。「何と言うか、何をするにもエネルギッシュなんです。そういう人を見ると、ちょっと引いちゃいます」

「分かりますよ」

春山ががくがくと頭を上下させる。一之瀬も内心で激しく同意していた。その時脳裏に浮かんだのは、若杉の顔である。あの男の暑苦しさは、周囲の温度を上げてしまう感じなのだ。

「二人はどんな様子でした？」

「普通でした」

「普通っていうのは……」春山が自分の両手をこねくり回した。「普通に、サラリーマン同士が話している感じ？　商談とか？」美佳が、自分の言葉を疑うような口調で言って、首を傾げる。

「ちょっと待って下さい」一之瀬は声を上げながら、頭の中で時間軸を整理した。島田が会社を辞めたのは二年前。一年前には会社が倒産している。美佳と島田の間に接点はあったのだろうか。「島田のことは、知っていたんですか」

「ええ、少しだけ。NKサービスは小さい会社だったので、入社の時に、全社員に引き合わされて……それでも何十人もいたから、覚えるのは大変でしたけどね。島田さんのことは、辞めた人の一人として覚えています」

「離職率は高かったんじゃないですか？」

「そうだと思います。考えてみれば、私がいた三年間だけでも、十人ぐらい辞めているんですよ」

完璧にブラック企業ではないか、と一之瀬は思った。島田が会津でやっていたことを考えると、さもありなんという感じではある。春山は特に何とも思わないようで、平然と話を続けた。

「とにかく二人は会っていた、と。でもあなたは、声はかけなかったんですね？　向こうが気づいた様子もなかったですか？」

「ないです……何か、変な感じでした」

「というと？」

「私が先に店を出る時に、二人が並んで座っていた後ろを通ったんですけど、『百億』なんていう声が聞こえてきて……ちょっとありえない額ですよね。浜中さんの会社がどういう仕事をしているかも知らなかったし、島田さんは働いているかどうかも分からなかったんですけど」

ナイジェリア、と頭に浮かんだ。

ナイジェリアには、百億円規模のビジネス資源が埋まっているのだろうか——あるいは百億ドル？


〈14〉

浜中と島田が何らかの形で関係していたという情報は、岩下を不機嫌にした。とうに気づいているべきなのに、今まで分からなかったのだから……一之瀬は居場所に困り、報告を終えた後も、彼の前で「休め」の姿勢を取り続けた。岩下は組んだ両手の上に顎を乗せ、仏頂面を崩さない。いつもの前のめりの姿勢は影を潜め、その場で固まってしまったようだった。

「もう少し詰めるか」

ようやく言葉を発したものの、一之瀬も既に辿り着いていた結論だった。頭の動きが止まってしまうほどショックが大きかったのか、と同情する。

「NKサービスの関係者を何人か把握していますから、話を聴いてみます」

「そうしてくれ」ようやく岩下が顔を上げた。

「ハマナカパートナーズの方、どうですか？　何か新しい情報――」

「ない」一之瀬の質問に被《かぶ》せるように、岩下が断言した。

「福島の方は？」

「ない」

これは、余計なことは言わない方がいい……一之瀬は一礼して、その場を立ち去った。とにかく今日は、動き回ろう。眠気を吹き飛ばすためにも、とにかく動いていなければならない。

幸い、岩下はそれ以上何も言わなかった。

特捜本部を出ると、廊下の向こうから宮村が近づいて来たので思わず呼び止め、「係長、だいぶ参ってるみたいですけど、大丈夫ですか？」と訊ねた。

「夕方から監察の事情聴取なんだ」声を潜めて宮村が答える。

「ああ……」それなら元気一杯というわけにはいくまい。

「向こうも待ち構えていて、帰って来たその日にいきなりだから。係長だって強気じゃいられないよ」

「ですね……取り敢えず、NKサービスの方の事情聴取を続行します」

「ああ。俺はハマナカパートナーズの連中から話を聴く。お互い、何か思い出したら連絡を取り合おう――密かに、な」

「分かってます」

島田の最初の事件に対する、気の抜けた捜査。メモも取らずに、記憶から抜け落ちてしまった情報もあると思う。二年目のジンクスみたいなものだな、と一之瀬は反省した。捜査一課に来てから一年半、難しい事件の捜査も経験し、確実にキャリアアップしているはずだが、そういう時こそ落とし穴に陥りがちなのだ。

春山を従えて署を出る。ただし、正面入り口は避けた。事件が起きたばかりなので、記者たちが集まっている。平の刑事である一之瀬たちが捕まることはないだろうが、何となく鬱陶しい。一度裏へ出て、大回りして井の頭線の富士見ヶ丘駅へ出ることにした。

おっと……まずい。庁舎の裏に出た途端、知った顔に出くわした。東日新聞の吉崎《よしざき》。警視庁クラブの捜査一課担当だからここにいてもおかしくはないにしても、ばったり出くわす可能性は高くないはずだ。まさか、俺を待ち伏せしていたのか？　一之瀬が千代田《ちよだ》署、吉崎が一方面の警察《サツ》回りだった頃からの顔見知りだが、ネタのやり取りをしたことは一度もない。それでも向こうは、妙にこちらに親しみを持っているようで、目が合うと、にやにやしながら話しかけてくるのだ。

今は、ちょうど携帯での通話を終えたところ。にやりと笑って、すっと近づいて来た。相変わらずだらしない格好——スーツのサイズが合っておらず、肩が落ちている。一方で腹の辺りは、生地が足りていない。しばらく会わないうちに、ずいぶん太ったようだった。美味いものばかり食べて、運動とは無縁の生活なのだろう。

「どうも、ご無沙汰」

「話しているところを見つかるとまずいんですけど」一之瀬は小声で忠告した。

「別に、誰もいないでしょう」吉崎が周囲をぐるりと見回した。それで済むはずもない……署の裏手の窓から、誰かが見下ろしているかもしれないのに。

さっさと歩き出したが、吉崎もついて来る。振り向き、「困りますよ」と釘を刺したが、向こうは意に介する様子もない。

「駅へ行くんで。同じ方向でしょう？」

「記者さんはいつも車かと思ってましたよ」

「経費削減の折り、車にも乗れなくてね」

マジか。何となく、事件記者というと、いつもハイヤーの後部座席にふんぞり返って、事件現場を渡り歩いているようなイメージがあるのに。もっとも彼の場合、少しは歩いた方がいいだろう。このまま運動不足が続くと、程なく生活習慣病に悩まされることになりそうだ。

「一之瀬さん……」隣を歩く春山が、心配そうに囁く。

「無視だ、無視」前を向いたまま、一之瀬は答えた。

オートバックスの脇の細い道を抜け、井の頭通りへ。宮前《みやまえ》四丁目の交差点に出て左へ折れ、後は駅までひたすら歩くだけ。一戸建ての家や小さなマンションなどが建ち並ぶ住宅街は、歩いていてもまったく楽しくない。結婚前に一之瀬が住んでいた下北沢は、駅を中心に繁華街が広がっていたので、見るものには事欠かなかった——もっとも、ほとんどすべての飲食店が閉まっている朝の時間帯の惨状には、目を覆いたくなったが。夜の賑わいの名残《なごり》で、とにかく道路が汚い。

「島田には女がいたらしいね」

後ろを歩く吉崎が小さな声で言った。一之瀬は思わずびくりとしたが、歩を緩めなかった——むしろ早足になってしまい、慌てて少しだけスピードを落とす。まるで、真相を突き止められて逃げるようなものではないか。

それにしても、吉崎もそこまでは摑んでいるわけか。警察内部にしっかりした情報源がいるのか、他の取材によるものかは、この話だけでは判断できないが。

吉崎がさっと前に出て、一之瀬の左側に割りこんだ。朝日でえんじ色に染められた歩道は狭いので、右側を歩いていた春山が車道に押し出されてしまう。

「三人並んで歩くのは危ないですよ」

一之瀬はすかさず忠告したが、吉崎はまったく気にしていない様子だった。

「内縁の妻だそうじゃない」

「え?」一之瀬は思わず立ち止まった。

「あれ、ご存じない?」いかにも不思議そうに吉崎が言った。「ずいぶん長い——福島の高校時代からつき合っている女がいたそうだけど。何で結婚しなかったかは分からないけど、後ろめたいことでもあったのかな」

「さあ、何のことですかね」大井美羽だ、とすぐにピンときた。「福島の高校時代」がキーワードになる。

「まあまあ、隠さないで……その女、行方不明じゃないの?」

それも摑んでいるのか、と一之瀬は内心舌を巻いた。だらしない体形と服装を見る限り、とても仕事ができそうには見えないのだが、この記者は意外に切れる。こういう男には、こちらからは決して情報を与えず、一方的にネタを引き出して上手く利用しないと。

一之瀬はちらりと吉崎を見た。無精髭《ぶしょうひげ》も伸びていて、背中がわずかに丸まっている。俺が女だったら、絶対に願いさげのタイプだな……彼が独身なのか、つき合っている女性がいるのかも知らないが。一之瀬はふと、左手薬指の指輪を回した。まったく考えてもいないことだったが、結婚指輪はギターを引くのに邪魔になると、はめてみて初めて気づいた。

これ以上話していると危険だ……取り敢えず歩き出す。意識して歩調を速めた。

「被疑者に関することは言えませんね」

「言えない、ね。否定はしないわけですか」吉崎が皮肉っぽく言った。

「揚げ足取りはしないで下さい」

「まあまあ……」吉崎は相変わらず馴れ馴れしかった。歩道が狭いせいか、肩が触れてしまいそうになり、一之瀬は右側へ避《よ》けた。完全に車道に出てしまっている春山は、仕方なく一之瀬の背後に回る。援軍がいなくなってしまったようで、にわかに不安になった。

「で、どうなんですか？　島田は女と一緒に逃げてるんじゃないの？」

「そんなこと、書かないで下さいよ」

「あなたが認めない限り、書けないなあ」

「俺は何も認めませんよ――そもそも、取材は受けないので。こんな真昼間から記者の人と話しているところを誰かに見られたら、えらいことになります」

「福島の一件に足されると、処分が重くなるとか?」

一之瀬は慌てて立ち止まった。二歩先で吉崎も足を止め、半身になって振り返る。

「福島で、島田に逃げられたんでしょう?」

吉崎が指摘した。特に悪意はないようだが、それでも記者にばれていると思うと不快になった。この連中を舐《な》めることはできない。もちろん、福島の一件は、広報課を通じてマスコミには発表されている。しかし、現場にいた刑事の名前は明かされていないはずだ。広報課に頼らずとも、俺の名前を割り出すルートがあるのかと考えると、背筋がぞっとした。もしかしたら吉崎は、取り引きを考えているのだろうか。島田を逃した責任は追及しない代わりに、美羽に関する情報を流せとか。

冗談じゃない。

「話すことは何もありませんよ」

「あなたはいつも素っ気ないなあ」

「こんなことでヘマしたくないので」

「出世を気にしてるんですか? 将来、一課長にでもなるつもりですか」

「それもいいですね」一之瀬は厳しい口調で言った。「誰かがトップに立たないといけないわけだし……もういいですか? 話しているのを見つかると本当にまずいし、仕事中なので」

「相変わらずですね」

「あなたも、ですよ。当たる相手を間違えています」

一之瀬は大きく一歩を踏み出し、すぐに吉崎を追い越した。追いかけて来る気配はない。

一方春山は、すぐに横に並んだ。ちらりと春山を見てうなずきかけ、しばらく喋るなとメッセージを送る。理解したらしく、春山が素早くうなずき返した。

しばらく歩くと、ようやく街は住宅街から商店街に変わる。とはいえささやかな街で、あまり魅力は感じられなかった。不動産屋を見つけると、つい店頭の広告を見てしまうのは、最近の癖だ。しばらくは今の部屋に住むにしても、いずれ家を買う話も出てくるだろう。都心部に住むのか、それとも郊外に脱出か——いずれにせよ、住宅相場を頭に入れておいて損はない。

一之瀬は振り返り、吉崎がいないことを確かめた。しかし念のために、踏切の手前でコーヒーショップの横の通りに入った。

「知り合いなんですか？」春山がいきなり訊ねる。

「向こうは知り合いだと思ってるらしい。俺が千代田署にいた頃、一方面の警察回りだったから、何度か顔は合わせてるけど……それだけだよ」一之瀬はつい言い訳するように早口で言ってしまったが、すぐに大事な話を思い出した。「内縁の妻っていう話、初めて聞いたな」

「ええ」春山の顔には戸惑いの表情が浮かんでいる。

「もしもそうなら、大井美羽に関しては、もっと厳しく調べる必要がある。恋人と内縁の妻だったら、話が全く違うだろう」

「ですね」春山がうなずく。「恋人なら相手を捨てて逃げ出すかもしれないけど、奥さんだったらそうもいかないでしょう。実際に入籍しているかどうかは関係ないですよね」

「そうだな」

「それにしてもさっきの記者の人、かなり優秀なんですね。我々も知らなかった事実を摑んでいるんだから」

「この件は……」一之瀬はしばし考えた。「上には上げないでおこう」

「いいんですか?」

「ネタの出どころを聞かれたら困る。記者から教えてもらったなんて、言えないだろう」

「ああ……」春山が眉をひそめる。

「だから、ちょっと動いて、もう少しはっきりした情報が手に入ったら上に報告する——俺たちの手柄にしようぜ」

「いいんですか?」心配そうに春山がまた眉をひそめる。

「その辺は、上手く立ち回らないと」これは決してズルではない、と一之瀬は自分に言い聞かせた。もちろん、一刻を争う問題ではあるが——何しろ美羽自身も行方不明なのだ

──事件全体の中では後回しになっている。だいたい今、美羽のことは誰が調べているのだろう。田川は自宅での張り込みを指示されていたはずだが、浜中が殺されたことで状況が変わったはずだ。今朝の現場でも見かけたし、取り敢えず「熱い」状態の捜査に集中するだろう。こちらは、美羽に関して話を聴ける相手を摑んでいるから、独自に当たってみてもいい。電話でもいけるが、ここは直接顔を出してみよう。メールでも電話でも済むことだからこそ、直接会えば相手は誠意を感じる──一之瀬も、そういうテクニックは身につけていた。

こちらが「誠心誠意」頑張っていると考えていても、相手にすれば「鬱陶しい」だけのこともある。

一度美羽の会社に電話をかけて、上司の萩沼に面会を要請したのだが、昨日以上に面倒臭そうな態度だった。会社への直接の訪問は拒否され、近くのコーヒーショップで会うことになった。

それにしても、西新宿という街は好きになれない。一之瀬の感覚では、「圧縮された秋葉原」という感じだ。電気店が街の主役で、あとは安いチェーンの飲食店がビルの上から下まで入っている。外国人旅行者がやたらと多いのも、秋葉原っぽい感じではある。しかし、この街の主役は「看板」だ。とにかく、ビルに設置された看板ばかりが目立つ。来年には南口に巨大バスターミナルが完成する予定で、そうなるとまた人の流れが変わるだろう。

指定された店に入ると、萩沼は既に来ていた。喫煙ルームに陣取り、アイスコーヒーを前に盛んに煙草をふかしている。見ただけで苛々しているのが分かった。一之瀬の姿を認めると、さらに表情が厳しくなる。一之瀬も上機嫌、気合いが入った状況とは言えない。やはり、喫煙ルームでの事情聴取は健康に悪い……一之瀬と春山もアイスコーヒーをレジカウンターで買い、喫煙ルームに入った。むっとする煙草の臭い。一之瀬は口で細く呼吸することを心がけ、何とか煙草の臭いに耐えようとした。

カウンター席で隣に座る。あまりいいポジションではないが、萩沼の計算かもしれない。正面から向き合うよりも、横並びの方が突っこまれにくいと考えているのだろう。

「どうも、お忙しいところすみません」一之瀬は下手に出て切り出した。「大井さんとは、連絡が取れましたか？」

「いや」萩沼が短く答える。

「どうします？　そろそろ警察に届けますか？」

「それは……ちょっとまだ判断しにくいです」

「ご家族には相談しましたか？　実家は福島ですよね？　向こうにご両親は……」

「電話しました」萩沼が即座に答える。「ただ、親御さんも迷っている感じです。一日二日様子を見よう、と言われました。明日、もう一度電話で話します。その時点でまだ連絡が取れなければ、警察へ行くか、取り敢えず部屋を調べてみるか……次の動きに出ますから」

「できるだけ早い方がいいんですけどね。もしかしたら、家にいるかもしれない」

「まさか。静岡出張中だったんですよ」

「でも空白の時間があるでしょう」一之瀬は指摘した。「静岡から東京へ戻って来る時間も十分あったはずです」

「家で……」萩沼が声を低くした。「死んでいるとか？」

「どんな可能性も否定はできません。だから家を調べてみる必要はあります。我々から不動産屋に頼めば、捜査ということで合鍵は貸してもらえますよ」

「どうしてもっていうなら、そちらからご両親に話してもらうのが一番早いんじゃないですか」さらりと言って萩沼が煙草をふかす。

「検討します。それと、旦那さんとは連絡が取れているんですか？」

「旦那さん？　ああ……そうか」

思い当たる節があるようで、萩沼が素早くうなずいた。やはり吉崎の情報は当たっていたのだ、と一之瀬は舌を巻いた。あの男は、本当に馬鹿にできない。男女関係の情報を得るのが大変なのは、一之瀬にも容易に想像できる。バッジの力があっても、こういう話になると、誰でもすぐに口を開くものではない。ましてや吉崎たち記者には、「力」は何もないのだから。結局仕事はコミュニケーション能力なのか、と思う。だらしない外見の吉崎に、そういう能力があるとも思えないのだが。

「内縁関係の人がいると聞いてますけど」

「本人は『旦那』って呼んでますよ」

「あの家で、二人で暮らしているんですか？」

「暮らしたり、離れたり……前に酔っ払った時、『腐れ縁だ』って話してました」

「御社は、社員のプライベートなところまで、ずいぶんよく把握しているんですね」

ちらりと言って横を見ると、萩沼の耳は赤く染まっていた。最近は、プライベートな事情には突っこまない傾向が強いのだが……萩沼たちの会社は例外なのだろうか。

「ええとですね、会社には福利厚生とかがあるわけですよ。住宅補助とか」

「ええ」

「それは、内縁関係の家族でも適用されます。実質的に結婚しているのと同じですからね。だから会社としては、そういう話が出れば、確認せざるを得ません」

「つまり、一緒に住んでいる人がいるかどうか、確かめたわけですね？　で、認めたと」

「そうです。ただし、住宅補助なんかは断りましたけど」

「どうしてですか？」

「それは……向こうも働いているから、という理由でしたけどね」

「ちょっと変じゃないですか？」一之瀬は食いついた。「会社から金を貰えるなら、普通は遠慮しないでしょう。何か理由があったんでしょうか」

「どうですかね」萩沼が首を傾げる。「私は総務の担当者じゃないのでよく分かりませんけど」

「でしたら、総務の担当者を紹介して下さい」一之瀬はすぐにターゲットを変えた。この件について美羽と直接話した人間に話を聞けば、もっと詳しい事情が分かるかもしれない。

　話は一気に前進した。総務課長は女性で、最初は警戒していたものの、一度話し始めると、美羽に関する情報を十分過ぎるほど提供してくれた。女性同士ということで、美羽も気を許して余計なことまで喋ったのかもしれない。

　コーヒーショップから移動して、今度は会社の会議室。先日萩沼と会ったのと同じ場所だった。春山は必死にボールペンを動かす――それだけ、女性課長の荒木一絵《あらきかずえ》がよく喋る人だったのだ。

「――ということは、一緒に住み始めたのは二年前なんですね」一之瀬は念押しした。

「ええ。向こうが転がりこんできたそうです。何でも会社を辞めて仕事がなくなって、仕方なく、ということでした」

計算は合う。島田の住所が判明せず——運転免許証や住民票記載の住所には住んでいなかった——住所不定になっていた理由はこれだったのだ。一絵の説明を聞く限り、収入のなくなった島田が、恋人の家に転がりこんでヒモ生活を始めたように思える。

「つき合いが長いと聞いています」

「高校の同級生だったそうです。それ以来だから、もう十五年ぐらいになるんですね。一時、ちょっと疎遠になっていた時期もあるそうですけど」

「大学時代ですね」

「何だ」一絵がつまらなそうに言った。「もう分かってるんですね」

「いや、そこから先のことはほとんど分かっていないんです」一之瀬は否定した。こういう時、自分の方が優位に立っている——相手が知らない情報を把握している——と分かると、人は急に協力的になるものだ。「ぜひ教えて下さい」

「島田さんは、大学は福島だったんです。彼女は東京でした。遠距離恋愛だったんですけど、学生だから、そんなに頻繁には会えないでしょう？　そういう期間があったせいで、何だか腐れ縁みたいになったと言ってましたけどね……結局、彼が就職で東京へ出て来て、それからは普通の恋愛関係になった、という話です」

「何で入籍しなかったんでしょうね。そんなに長く交際しているなら、相性はよかったんでしょう」一之瀬と深雪も、交際期間ということなら十年近い。学生時代からずっとつき合ってきて、何となくタイミングが合って結婚——そう考えると、十五年も正式に結婚せずに交際しているのも、不自然とまでは言えないだろう。単に、婚姻届を出すのが面倒臭いだけかもしれないし。

「島田については、何か話していましたか？」

「ええ」一絵が顔をしかめる。鼻に皺が寄るほどの不快感……。「結婚しない理由なんですけど」

「何だったんですか？」

「ギャンブルが過ぎる、と」

「賭け、ということですか？　公営ギャンブルか、違法なものか……」そういうことなら確かに、結婚に関しては致命傷になるだろう。危ういロープの上を渡っているようなものだ。

「いえ、仕事です」

「仕事は……ずっと不動産の会社に勤めていたんですよ」

「そこを辞めたのは、自分で商売を始めるためだったそうです。彼女は止めたそうですけどね……危なっかしいからやめてくれって」

「商才がないんですか？」

「無理する性格だから——それこそ、ギャンブラーですよ」

嫌な言葉だ。「ギャンブラー」と聞くと、一之瀬は、自分と母親を置き去りにして遁走《とんそう》した父親を思い出す。どんな父親だったのか、今となっては記憶も曖昧なのだが、まさに「人生はギャンブル」というタイプだったのは間違いない。それで会社に損害を与え、姿を消さざるを得なくなった……世の中には、こういう人は一定の割合でいるようだ。「でかいことをやってやる」「一山当ててやる」と夢見て、結局全てを失ってしまうような人間。

「島田がビジネスをやっていた形跡はありませんよ」

「だから、上手くいかなかったのかもしれませんし、会社を辞めて起業してみたけど、早々に失敗した可能性もありますよね」

「要するに、島田はヒモですか？」

「たぶん」一絵は慎重で、断言はしなかった。「でも、彼女は……基本的に面倒見がいい人だから」

「そういう問題じゃないと思いますけどね」

一之瀬は思わず批判めいた台詞を口にしてしまった。島田はあまりにも無責任過ぎる。それで最後は殺人事件を犯し、なおも美羽に頼っているとしたら、最悪だ。

「夫婦……夫婦じゃないけど、夫婦仲はどうだったんでしょう」

「愚痴は零してましたけど、基本的に仲はよかったと思いますよ。そうじゃないと、十五年もつき合わないでしょう」

「ええ」

「二人は今、一緒にいるんでしょうか」急に不安げな口調になって一絵が訊ねる。

「そうかもしれません。だから心配なんですよ。何しろ島田は、人を二人も殺していますから」

一絵の表情が歪む。つい先ほどまで軽く話題にしていた人間は、実際には人殺しなのだ。

「島田が最初の事件を起こしたのは、もうずいぶん前です。その時から、大井さんの様子はどうでしたか？」

「それはもう……明らかに落ちこんでましたけど、そんな話は聞けないでしょう」

「分かります」

「警察じゃないので……そう言えば、警察の人は、大井さんに話を聴きに来ませんでしたね」

「結婚していればともかく、内縁の関係だと、なかなか情報を摑みにくいんですよ」我ながら言い訳めいていると思いながら、一之瀬は言った。

「そうですか……社内ではいろいろ噂になってましたけど、直接聞けるような雰囲気でもなかったですから」

「誰か、聞いている人はいなかったですか？　彼女もこの会社で長いですよね？　仲がいい同僚はいるでしょう」

「それは、まあ、いますけど……」あまり積極的にではないが、一絵が認めた。

「そういう人を紹介して下さい」

「それは、いいですけど……」一絵が繰り返し言ったが、声はさらに弱くなっていた。腕時計をちらりと見て、「これからだと、遅くなるかもしれません」と言った。

「と言いますと？」

「話を聴ける人はいます。ただ今日は、出張中のはずです。いつ帰るかは、営業に確認してもらわないと」

「すぐに確認します」また萩沼だ。彼を煩わせるのは申し訳ないが、こういう時はしょうがない。

事件は待ってはくれないのだ。


〈15〉

再度萩沼に確認したところ、美羽と特に仲のいい社員、三《み》ツ木《ぎ》涼子《りょうこ》が大阪出張から東京へ帰るのは、午後九時過ぎになるということだった。直帰の予定になっていたのを、無理を言って、品川で会う予定を立てる。

この一件は、一之瀬の手柄にはならなかった。報告を受けた岩下が、またも不機嫌な様子を見せたからだ。監察から事情聴取を受けて気分が悪いはずのところへ、一之瀬がさらにダメージを与えた格好である。今更ながら、この捜査に積み重なったミスを悔いている様子だった。内縁関係の女性がいることが先に分かっていたら、そこから島田の行方を割り出せたはずなのに。情報は次々に集まってくるのに、一之瀬の不安がまったく消えないのも、それが原因だ。失敗に引きずられ、処分を恐れ、将来を悲観してしまう。

しかし、監察の事情聴取は同じ日に一斉だったはずだ……岩下に確かめるわけにはいかず、一之瀬は宮村に訊ねた。もちろん、岩下には声が届かない廊下で。

「結局、第二の事件が起きたから、一斉に事情聴取なんてやってる暇はなくなったんだよ。こっちも、口裏合わせする余裕はなくなったと思われたんだろう。だからバラバラの事情聴取になった……ちなみに明日は、俺と若杉が呼ばれている」

「俺はその後ですかね」

「だろうな。ちなみに、岩下さんがちょっと抵抗したらしいぞ」

「抵抗？」一之瀬は首を傾げた。

「お前は今動き回っているから、事情聴取に応じている暇はないって言い張ったんだ。だからお前の事情聴取は先延ばしになっている——岩下さんに感謝しろよ」

「ええ……」認めたものの、納得したわけではなかった。厄介ごとが先送りになっただけではないか。とはいえ、岩下が、自分を「使える奴」として評価してくれているのは間違いない。「使える奴」……何という、いい響きだろう。

それでも気が楽になるわけではない。そしてその不安を紛らすには、走り続けるしかないのだ。

午後六時。八時から予定されている捜査会議には参加できない。ここで時間を潰しているのも馬鹿らしいから、もう出かけてしまおうか。外でゆっくり食事をしながら、品川に午後九時までに到着すればいい。

しかし、簡単に自由にさせてはもらえないものだ。春山を食事に誘おうとした瞬間、スマートフォンが鳴る。見知らぬ番号だったが、局番から警視庁の本部内からだとは分かった。監察からいきなりの呼び出しか、と不安を覚えつつ電話に出る。

「一之瀬です」

「どうも。刑事総務課の大友《おおとも》です」

大友鉄《てつ》？　一之瀬は思わず背筋がぴんと伸びるのを感じた。大友はかつての一之瀬の教育係・藤島と刑事総務課の同僚で、「伝説の男」と呼ばれている。刑事らしからぬ優男で、取り調べの名人。妻を早くに事故で亡くして、子育てのために捜査一課を離れて刑事総務課に自ら異動した——話題には事欠かない男だ。一之瀬も藤島から話を聞いて興味を持っていたが、会う機会はなかった。

その男が、どうして自分に電話をかけてくる？　話ができるのは嬉《うれ》しかったが、不安も募ってくる。刑事総務課といえば、部内のヤバいネタもいろいろと握っているのだ。

「藤島さんから番号を聞いたから」

「ええ」それはどうでもいい……それにしても大友は、まず声がいいのだと分かった。ソフトだが芯《しん》の通った語り口。取り調べの第一歩が被疑者と信頼関係を築くことなら、大友のこの語り口は、最高の入り口だろう。老若男女を問わず、誰が聞いても心地よいはずだ。

「伝言があるんだ」

「藤島さんからですか？」

「そう」

「どうして藤島さんが直接電話してこないんですか？」

「ああ」大友が軽く笑った。「面倒臭いそうだ」

「面倒臭いって……」一之瀬は眉間に皺を寄せ、廊下の窓辺まで歩いて行った。数時間前に吉崎と出会った道路——彼は絶対に待ち構えていたのだと思うが——がすぐ真下に見える。「電話一本かけるだけじゃないですか」

「僕はどういう事情か知らないけど、とにかく、君と電話で話すのは面倒臭いんだそうだ」

何なんだ……藤島は口煩《くちうるさ》い男で、散々愚痴や小言を聞かされたが、自分と話すのを面倒臭がっていると感じたことは一度もない。むしろ、嬉々《きき》として説教しているのかと思っていた。

「今回、相当参っていると聞いているけど」

「勘弁して下さい」一之瀬は思わず泣きついた。「刑事総務課でも、いろいろ言われているんですか？」

「ここは情報の交点だから、いろいろな話が入ってくるんだ。大変だとは思うけど……こういうことを言うと申し訳ないんだけど、今回はヘマしたね」

「……ええ」触れて欲しくないことではあるが、大友に言われるとそれほど腹が立たない。声のトーンなのか、話し方なのか、やはり彼には、人の気持ちを鎮静化させる能力があるようだ。

「ミスの原因は、自分でもよく分かっていると思うけど、今は前に進むしかないよ」

「それは分かってますよ」

「藤島さんは、それを心配してたんだけどね。君は、失敗するとすぐに足踏みしてしまうタイプだそうだから」

悔しいが当たっている。反論もできない。一之瀬は唇を引き結び、携帯を強く握り締めた。それにしても、大友も——あるいは藤島も人が悪い。わざわざ、こんなことを言う必要もないのに。

「とにかく立ち止まるな、というのが藤島さんからのメッセージだ」

「……ありがとうございます」釈然としないが、一応礼を言うしかない。

「それと、僕からも警告があるんだ」

「何ですか？」一之瀬は思わず体を硬くした。

「監察には注意した方がいい。まだ事情聴取は受けていないんだろう？」

「ええ。たぶん、明後日です」

「本音で言えば、監察も普段はそれほど真面目に調べはしない。意図的な犯罪でなく、単なるミスなら、一応調べたということにしてお茶を濁す程度だ。怪我人や死人が出ていない程度の事案だったら、そんなものだから。でも今回は、違う」

「確かに死人は出ています」しかし一之瀬に言わせれば、あれはどうしようもないことだ。警官と撃ち合いをするなど、自殺行為に他ならないし、そもそもあの一件の当事者は自分たちではなく福島県警である。

「世間の風当たりが強いんだ。君は知らないと思うけど、警視庁を批判するメールや電話がガンガンきている。福島県で起きたこととはいえ、第一当事者はこっちだからね。だから監察としても、力を入れて調べざるを得ない。覚悟しておいた方がいい」

「……分かりました」岩下があれほど不機嫌な理由もこれで分かった。相当きつく、事情聴取が行われたのだろう。

「もちろん命まで取られるわけじゃないけど、自分が被疑者相手に取り調べをするのの、裏返しになると考えておいた方がいい」

「ええ」

「——どうせそれで落ちこむんだから、あらかじめ警告しておくよ」

「それも藤島さんの差し金ですか？」

「いや、これは僕からのアドバイスだ。とにかく、お大事に、としか言いようがないけどね」

それは少しおかしな言い回しではないかと思ったが、反論する前に、大友は「じゃあ」と言って電話を切ってしまった。

これが「伝説の人」のやり方なのか……結構厳しいことを言われたのに、不快ではない。むしろ、警告に感謝したい気持ちで一杯だった。

こういう話術を、いつか自分も身につけられるのだろうか。

監察からは何も連絡がないまま、一之瀬と春山は少し早めに特捜本部を出て品川へ向かった。大友の忠告は気になったが、春山には何も言わずにおく。一課に来たばかりの後輩を不安にさせることはない。

品川駅を一度出て、アトレの中で食事を済ませることにした。最近の品川駅は、駅なのかショッピングセンターなのか分からないような有様だが、都内を動き回る人間にとってはありがたいことだ。新幹線で出張する人だけではなく、山手線を使って移動する勤め人も、駅からあまり離れずに食事を済ませることができる。

今日は少し体力をつけておこうと、洋食屋に入った。一之瀬は目玉焼きつきのハンバーグ、春山は例によってオムライス。

店内は、勤め帰りのサラリーマンや旅行客で賑わっていた。中国人の姿も多い。最近、本当に外国人観光客が増えたが、これが一之瀬には謎だった。日本は、犯罪発生率から考えると安全な国である。しかし自然災害のリスクは大きい——地震だけでなく、台風やゲリラ豪雨も心配しなくてはいけないから、外国人から見れば決して「来やすい」国ではないはずだ。そういうリスクを冒してでも来たい国というなら、それはそれで日本人として誇らしいことだが。

ハンバーグは熱く、下では玉ねぎが香ばしく焼けている。そして綺麗な円形に焼かれて黄身が輝く目玉焼き。つけ合わせは丸々一個のベイクドポテトで、一之瀬の感覚では完璧な食事だった。目玉焼きはハンバーグと一緒に食べず、皿盛りの飯に載せてしまう。ちょっと塩胡椒《こしょう》を振れば、これだけで美味い「目玉焼き載せご飯」だ。春山は好物のオムライス——デミグラスソースがたっぷりかかったタイプだ——を、嬉々として食べている。

食べ終えて八時半。一之瀬は萩沼に電話を入れ、これから会う三ツ木涼子の予定を改めて確認した。九時六分品川着ののぞみに乗った……ちょうどコーヒーを飲んで、満腹になった胃を落ち着かせるぐらいの時間がある。こういう風に上手く時間が使えると、それだけでほっとするものだ。「刑事は無駄足を踏む動物だ」と藤島が以前皮肉っぽく言っていたが、それがいいというものではない。今夜の自分は好調だ、と一之瀬は感じていた。

心に引っかかっている監察の一件を除いては、だが。

「三ツ木さんはどんな人なんですか？」場所を移してアイスコーヒーを飲んでいる時、春山が訊ねた。

「大井美羽と職場が同じ……入社年次も近い。一応、社内では親友と言っていい存在だそうだ」

「何か、詳しい事情を知ってますかね」春山は懐疑的だった。「親友と言っても、会社の中の話でしょう？　そんなに仲がいいとは思えないんですけど」

「そんなこともないだろう」大人になってから友だちは作りにくい、とよく言う。しかし一之瀬にとって、城田が大事な友人であるのは間違いない。自分のように、就職して同期と生涯の友になる人も少なくないはずだ。春山はたまたま、そういう相手と出会っていないだけではないのか。

九時少し前から、二人は新幹線の南側改札の前で待った。萩沼から指示された通りの場所。目印として、涼子は極端に背が高い、という情報を聞かされていた。背が高いと言ってもどれくらい……と不安だったが、実際には見た瞬間に分かった。というより、いやが上にも目立つ。改札に迫って来る人たちの中で、頭一つ分抜けているのだ。ヒールのある靴を履いて、百八十センチぐらいだろう。

春山が先に出て、声をかけた。まるで大人と子ども——小柄な春山は、彼女を完全に見上げる格好になった。追いついた一之瀬も同様で、何とも話しにくい。

「ちょっとそこで、座って話しませんか？」改札の外にあるカフェを指さす。オープンカフェで、この時間になるとビールを呑んでいる人もいて雰囲気はざわついているが、それは致し方ない。話ができる場所を探して、うろつき回っているような時間はないのだ。

「はい」涼子は緊張していた。それはそうだろう。出張中に上司から連絡があり、「品川駅で刑事が待っているから」と言われたら、気楽ではいられまい。

「食事は済ませましたか？」店の方へ向かって歩きながら、一之瀬は訊ねた。

「ええ」

「コーヒーでいいですか？」

「大丈夫です」

一之瀬は春山に目配せした。春山は店の方へ歩いて行き、一之瀬はテーブル——店の一角という感じではなく、コンコースの待ち合わせスペースのようだった——が集まっている場所へ行って、二つをくっつけた。これで、彼女が荷物を置く場所も確保できる。

「出張帰りに申し訳ありません。話は、萩沼部長から聞かれたと思いますが」

「ええ」涼子の緊張はまだ抜けていない。

さて、どうやって気軽な感じで話していくべきか……取り敢えず仕事の話だなと考え、今回の出張先について聞くことにした。

「大阪でした」

「出張は多いんですか？」

「多いですね。クライアントが全国にいるので……本当は、大阪辺りに拠点があると楽なんですけど、その辺はいろいろ事情もあるようで」

急に饒舌《じょうぜつ》になる。やはり、仕事のことだと気楽に話せるようだ。春山がコーヒーを三つ持って戻って来る。涼子は「すみません」と言って丁寧に頭を下げ、コーヒーを受け取った。一口呑んで、ほっとしたように肩を上下させ、飲み口を親指で擦《こす》る。使い捨てのカップだから口紅を気にする必要もないはずだが、これが癖なのかもしれない。

「大井美羽さんの件ですが」

「はい」

涼子がぴしりと背筋を伸ばす。それでも二人と座高がそれほど変わらない……典型的な腰高のモデル体型だろう、と一之瀬は想像した。自分もコーヒーを一口飲み――今夜は飲み過ぎだ――一之瀬は本格的に質問を始めた。

「連絡が取れなくなっているんですが、あなたの方ではどうですか？」

「ええ」涼子が眉をひそめる。「その話は聞きました。私も何度か電話してるんですけど、出ないんです」

「最後に話したのはいつですか？」

「最後って……」涼子が心配そうに言った。

「失礼しました」一之瀬は咳払いした。「一番最近話したのはいつですか？」

「今週頭……月曜ですね。月曜日から、二人とも出張だったので」

「何か変わった様子はありましたか？」

「いえ、特には……元気はなかったですけど、それはこのところずっとですから」

「島田の問題が原因ですね？」

「ええ」涼子の表情が暗くなる。

「あなたは、島田とは面識がありましたか？」

「ないです。たぶん、社内でも、島田……さんと美羽がつき合っていることを知っている人はあまりいなかったと思いますよ」

「同棲――内縁関係だったわけですよね？　隠すようなことなんですか？」

「うーん……」困ったように、涼子がまた眉根を寄せる。「どうですかね。私は知ってましたけど……」

「失業者と一緒に暮らしているのは、あまり格好がいい話じゃないんでしょうか」

「そういう感覚は、あると思います」涼子がうなずく。「美羽は、ちゃんとした子なんですよ」

「ええ」

「自分をしっかり持っていて、仕事もできて。面倒見が良過ぎるのが数少ない弱点かもしれません」

「駄目な男でも、面倒を見てしまうわけですね」

無言で苦笑しながら、涼子がうなずいた。どういうわけか、どうしようもない男に引っかかってしまう女性がいるのは一之瀬にも分かる。不思議なことに、その逆はあまり聞かない。男は基本的に、あまり人の面倒を見たがらない動物なのかもしれない。

「よく愚痴を聞かされました。でも、今考えてみると、具体的な話はあまりなかったと思います。詳しく知られたくなかったのかもしれません」

「島田には、ギャンブル好きというか、冒険好きな一面があったと聞いていますけど……」

「ああ、そういう話はありました。仕事を辞めて、自分で会社を作ろうとしたけど、結局上手くいかなかったとか。仕事は常に一か八かだったみたいです」

「それがとうとう殺人ですから、だいぶ……状況が変わったんでしょうね。その件はご存じでしたか？」

「ニュースで出てましたから」蒼白《あおじろ》い顔のまま、涼子がうなずいた。「名前を見て、すぐに分かりました」

「その件、大井さんとは話しました？」

「そんなこと、話せませんよ」涼子が慌てて、顔の前で手を振る。「一番聞きにくい話じゃないですか」

「分かります」一之瀬はうなずいて同意した。食事しながら、あるいは呑みながらでも話題にはできない。気楽に話せることではないのだ。おそらく、美羽の人生にも大きな影響を与えそうな出来事である。

もう、彼女の人生は変わってしまったかもしれないが。

涼子が、コーヒーカップを口元に運ぶ。ぐっと飲み干してから、そっと溜息をついた。

「社内でも、結構この件は知られていたようですが」

「はい。報道後は」涼子が、コーヒーカップをテーブルに置く。しかしそれが命綱であるかのように、両手できつく握ったままだった。

「噂になっていたんですか？」

「こういう話は、いつの間にか広がるものなんですね。美羽の耳に入っていたかどうかは分かりませんけど」

「島田と大井さんの間に、何かトラブルはなかったですか？　島田が逮捕されて逃亡した後、大井さんが行方不明になっているんです」

「それは分かりません」涼子が力なく首を横に振った。

「島田が助けを求めてきたのかもしれません」

「でも、涼子はそういうタイプじゃないはずです」

「というと？」

「好きな相手でも——一緒に暮らしているほど好きな相手絡みでも、一時の感情に溺れて無軌道なことをするなんて、考えられません。面倒見がいいのと、我を失うのとは違うと思います」

「危ないと思ったら、内縁の夫でも切り捨てるとか？」

「そうじゃないかと……島田さんが指名手配されてからは、地獄だったんじゃないかと思います。関係を切りたくても、連絡が取れなかったらどうしようもないじゃないですか」

「連絡が取れなかったんですか？」

「すみません、今のは想像です」涼子がさっと頭を下げた。「でも、そういう子なので。言うべき時はきっちり言うんです。それができないとなったら、ストレスが溜まるでしょう？　このところ、溜息ばかりついてましたから」

　いつ帰るか分からない相手とは、別れようもない。気持ちが切れてしまっているのに、関係が宙ぶらりんのまま続いてしまうのは、我慢ならなかったのだろう。

「仕事は普通に続けていたんですね？」

「ええ」

「今回、どうして連絡が取れなくなっているのか……」

「島田さんがどこにいるかは、分からないんですか？」

「分かってたら、逮捕してます」馬鹿にしているのかと思いながら一之瀬は言った。

「ごめんなさい、そういう意味じゃなくて、美羽が心配なんです。もしかしたら、島田さんが何かしているかもしれないじゃないですか」

「ああ……それは確かに」逃亡している間に、島田が美羽に対する恨みを募らせたことも十分考えられる。二人を殺してしまって、既に「たが」が外れているかもしれない。もはや、人を殺すことを何とも思わない……思わず身震いした。島田の暴走は、まだ止まらないかもしれない。

「二人が一緒に逃げているとして、どこか考えられる行き先はないですか？　よく旅行に行っていた場所とか」

「いえ、そういうことはほとんど聞かなかったので」

「大井さんは車を持っていますか？」

「ないですよ。免許もありませんから」

「島田については……分かりませんよね」

「もちろんです」涼子の顔が引き攣った。島田の話題が出るだけで汚染される、とでも思っているようだった。

一之瀬はなおもしばらく涼子を引き止めたが、二人の行き先について具体的なヒントは出てこなかった。やはり美羽は、仲のいい涼子にも、島田のことはほとんど話していなかったようである。

空振りか……切り上げようとした瞬間、スマートフォンが鳴る。スーツのポケットから抜き出して確認すると、城田の名前がディスプレーに浮かんでいた。今日はさすがに、呑気な話ではあるまい。春山に目配せして涼子の相手を任せ、一之瀬は立ち上がった。

「ああ、俺だ」今しがたランニングを終えたばかりのように、城田の声は弾んでいた。

「島田が捕まったのか？」

「いや、まだだ」一気に声が萎《しぼ》む。「だけど、一歩ずつ前進してるぞ。射殺された人間の身元が分かった」

「マジで？」思わず声を張り上げてしまう。周りの視線が気になり、一之瀬は背中を丸めて、口元を手で覆った。「誰なんだ？」

「マイケル・アンダーソン。アメリカ人だ」

「どうやって割り出した？」

「俺は直接手を出していないから詳しい事情は分からないが……明日、東京へ行くことになった」

「背景調査か」

「ああ。東京に住んでいたのは間違いないようだ」

「分かった」これで事態は一歩先へ進むはずだ。共犯――島田を奪還した人間の身元が分かれば、必ず捜査は大きく前進する。

「そっちはどうだ？」

「島田に内縁の妻がいることは分かったけど、その人も行方不明だ」

「夫婦揃って逃亡中か？」

「それも分からない。島田は第二の事件を起こしているし」それ以上詳しいことは話したくない。場所もよくないし、何より説明ではなく愚痴になってしまいそうだった。

「……そうだな」

「詳しいことは明日にでも。それより宿はどうする？　うちに泊まるか？」

「冗談じゃない。お前は一人暮らしと同じじゃないか。二人で、夜中にカップ麺を啜るようなことは勘弁して欲しいな――じゃあ、また明日。改めて連絡する」

城田のテンションの高さが羨ましい。自分はそれについていけるだろうか、と一之瀬は訝った。

〈16〉

翌日になっても、監察からの接触はなかった。本当に、岩下や水越一課長がブロックしてくれているのだろうか……そうだとしたら、上司の期待に応えられていないのが情けない。朝の捜査会議の席上、美羽と島田について報告を求められたが、美羽の行方が分からないが故に、中途半端になってしまった。捜査会議に出席していた水越が、一之瀬を露骨に叱責《しっせき》する。言い訳するわけにもいかず、うなだれるしかなかった。ヤバいところに追いこまれつつある、と一之瀬は恐怖と焦りを感じた。

結局、美羽の追跡には他の刑事たちも投入されることになった。春山もこの件の担当。一之瀬は一時的にそちらから外れ、島田と浜中の関係をはっきりさせるように指示された。あちこちを中途半端につまんできたので、この辺で一本筋を通して仕事を進める、ということだ。

会議では、昨日城田から聞いた情報も公式に説明された。既に福島県警からは、朝一番で四人の刑事が東京へ向かっているという。一度杉並南署へ顔を出してから、マイケル・アンダーソンの周辺捜査を開始する予定だ。状況によっては一課も手伝う、という方針が提示される。

捜査会議が終わると同時に、一之瀬は水越に呼ばれた。この上まだ説教かよ、とげんなりしながら会議室の前方へ行き、水越の前で「休め」の姿勢を取る。

「お前、気合いが抜けてるんじゃないか」

「いえ」否定するしかない。

「一刻を争う事態だぞ。これ以上捜査を長引かせると、監察が本当に厳しくなる」

「はい」

「それに、島田を早く捕まえないと、また事件が起きるかもしれない」

「まさか……」

「まさかじゃない！」水越が怒鳴った。「島田の動機がはっきりしない以上、これで終わるかどうかは分からないんだぞ。さっさと見つけて、手錠《ワッパ》をかけてこい！　行け！」

何なんだ……まだ多くの刑事が居残っている中でのこの仕打ちは、まるで公開処刑ではないか。一之瀬はさっと一礼して、その場を離れた。むかっ腹が立つというより、怖い。砂山の上で、辛《かろ》うじてバランスを取って立っているような感じだった。

さて、ここからは別の仕事になる。放置したままになっていたNKサービスとハマナカパートナーズの調査——島田と浜中の関係を、もっと詳しく調べねばならない。花澤美佳から入手した情報をさらに掘り下げていく必要があるが、誰に当たるか、悩ましい……。

「おい、出かけないのか」

若杉に声をかけられた。そうか、今日はこいつと組んで動かねばならないのだった……それを考えただけでストレスが溜まるが、命令だから仕方がない。一之瀬は椅子を引いて座った。若杉は立ったまま。座っていると、エネルギー過多で爆発してしまうのかもしれない。

「座れよ」

「俺はいい」

「そうか……島田と浜中の関係を掘り下げるのに、誰か適当な当たり先はないか?」

「あるよ」若杉があっさり言った。

「誰?」

「NKサービスの元社員で、俺が前に話を聴いた人がいる。昨日の夜、電話で当たりをつけておいた。何か知ってそうだぜ」

「そうか。会えるか?」

「向こうの仕事の都合次第だけど、家で商売をしてるから何とかなるだろう」

「不動産屋からは足を洗ったのか?」

「ああ。家業の和菓子屋を継いだんだ。今、修業中だそうだ」

「不動産屋から和菓子屋? ずいぶん極端な転職だな」

「勤め先が潰れて、他に選択肢がなかったんだろう」若杉が肩をすくめる。

「その人、今、何歳だ?」

「三十五」

「そうか……」

一之瀬は思わず目を閉じた。NKサービスが倒産した時は三十四歳。会社には、どれぐらい勤めていたのだろう。五年なり十年なりのキャリアを完全に捨てて、和菓子屋の修業に入る——何年かを無駄にしたとも言える。この事件の周辺には、自分とさほど年齢の変わらない人たちが巻きこまれている、と考えると、一之瀬は複雑な気分になった。自分は、父親の失踪の影響で、とにかく安定した仕事をしたいと考えて警察官になった。その目標は、取り敢えず達成されたといっていいだろう。だが、これからはどうしたらいいのか、とふと考えてしまう。警察は何があっても——日本という国が存在する限り潰れない。六十歳まで、給料と安定した生活は約束されている。結婚し、いずれは子どもも生まれるから、人生そのものは大きく変わっていくのだが、仕事はどうなのだろう。何か新たな目標を持つべきではないかと思う時もあるが、日々の仕事に流されてばかりでそうもいかないのが現状だ。

「ちょっと電話してみるわ」若杉がスマートフォンを取り出した。そのまま電話するかと思いきや、一之瀬の顔をまじまじと見る。「しかしお前、一課長のお気に入りだよな」

「はあ？」一之瀬は目を見開いた。室内を見回して、既に水越がいないのを確認してから反論する。「冗談じゃない。今日なんか、まるっきり吊るし上げじゃないか」

「あのな、警察っていうのはそんなに暇じゃないんだよ」

「何だ、それ」筋肉馬鹿の若杉の言葉に深い意味があるとは思えなかったが、少し気になった。何が言いたいのか、読めない。

「わざわざ皆の前で吊るし上げて、何の意味がある？　そんな暇があったら、やるべきことがいくらでもあるじゃないか。あれは、お前を鍛えてるんだよ」

「は？」

「お前は、弱っちいんだよ」若杉が鼻を鳴らす。「だからああいう形で、精神的に鍛えてるんじゃないか。お前は一課長のお気に入りだからな」

「まさか」

「気に入っているからこそ、鍛えてやろうとしてるんだよ。何でお前がお気に入りなのかは、全然分からないけどな」

若杉とやり合う元気もなく、一之瀬は首を左右に振るだけだった。

若杉が電話をかけ始める。威勢だけはいい話し方。こいつが刑事に向いているかどうか、将来出世できるかどうかは分からない。しかしそれを言えば自分も……二十九歳では、五年後はどうなるかさえ分からないのだ。

甘い香りが漂う。その場にいるだけで太ってしまいそうだ、と一之瀬はげんなりした。店の奥にある工場から、今朝一番のターゲット、水谷真人《みずたにまさと》が出て来た。エプロンに白い帽子、長靴という格好で、いかにも職人然としている。不安げな表情を隠そうともしなかったが、それでも二人に椅子を勧めるだけの礼儀はあった。とはいえ、基本的に小売店で、小さなイートインスペースは、事情聴取をするには向いていない。赤い毛氈《もうせん》を敷いた木のベンチに、おもちゃのようなテーブルが置いてあるだけ。三人で座ると、顔がくっつかんばかりの近さになる。

水谷がマスクを外した。ほっと息を吐き、一之瀬と若杉の顔を順番に見る。つい一年前までは、億単位で金を動かしていたはずだが、今はどうだろう。いや、金のことよりも、伝統の和菓子はきちんと作れているのだろうか。餡《あん》の調合に毎日苦心している様子を想像して、一之瀬は心から同情した。

「どうも、先日に続いてすみません」若杉がさっと頭を下げた後で、すぐに本題に入った。「島田の話の続きなんですが……この前、浜中さんが島田に殺された話は、もうご存じですよね」

「ええ」水谷の丸顔が蒼褪めた。

「浜中さんも、NKサービスに勤めていたんですよね」

「そうです」

「どうしてこの前お話しした時、教えてくれなかったんですか」詰《なじ》るように若杉が言った。「浜中さんの会社に、島田が盗みに入ったんですよ。最初に二人が知り合いだと教えてくれてれば、浜中さんが殺されることもなかったはずです」

「私のせいだって言うんですか」水谷の声が小さくなる。

「そうとまでは言いませんけど、防げた事件ですよねえ」

「聞かれなかったから……」

嫌な沈黙が流れる。ここは下手に出て話を聞き出さなければならないのに、若杉は相手をビビらせているだけだ。この男は、どうも何か勘違いしている——刑事は他の人より偉い、とでも思っているのではないだろうか。無駄に威張っていたら、話す気でいる人の心を閉ざしてしまうこともあるだろうに。警察の仕事の中でこいつが向いているのは、刑事ではなく機動隊員だ。一個の歯車になりきって、大きな組織を下支えして動かすのは得意なはずだ。

このままだと、この事情聴取は失敗する。一之瀬は慌てて介入した。

「和菓子作りって、大変ですか？」

「はい？」急に話が変わって、水谷が目を細めた。

「いや、不動産の会社から和菓子店への転身は、物凄《ものすご》く違う――百八十度違う転身と言ってもいいですよね」

「一之瀬……それ、関係ないだろう」

若杉が低い声で言って睨みつけてきたが、無視した。世間話もなしで、いきなり本題に入るのは無理がある。ここは事件の現場ではないのだ。どんな人でも、急に警察が訪ねてきたら身構える。そこでちょっとだけ気持ちを解してやるのは大事な――一之瀬が経験上学んだことだった。取り調べの名人と言われる大友鉄は、こういうやり方をどう評価してくれるだろう。機会があったら教えを請おう、と決めた。

「いいから」

一之瀬は低い声で若杉の反論を抑えつけた。常に体力勝負、勢いだけで仕事をする若杉は、実は喧嘩は苦手である。言い合いになると、急に引いてしまうのだ。

「NKサービスが倒産した時は、大変でした？」

「気配はあったんです。でも、倒産する時は本当にあっという間なんですね」

「そんなものですか？」

「倒産は一度しか経験してないから、一般論とは言えませんけど」

笑うべきところかどうか分からず、一之瀬は曖昧な笑みを浮かべた。すぐに表情を引き締めたが、続く内容は依然として世間話である。

「ご実家を継ぐのは、すぐに決まったんですか？」

「親には前から言われていたので……一応、この店は江戸時代から続いているんですよ」

「それはすごい。老舗《しにせ》じゃないですか」城田の実家と同じようなものか。

「そういう店を継ぐプレッシャーもありましてね……だから、不動産の仕事を始めたんです。上手く逃げ出せたと思ったけど、そう簡単にはいかないものですね」水谷は率直だった。

家を「継ぐ」感覚は、一之瀬にはまったく分からない。江戸時代から店が続いているのは驚異だとは思うが、さらに生き長らえさせるために、関係者が必死になる理由が理解できなかった。

「とにかく、まだまだ修業中ですよ。向いてるか向いてないかも分からないですね」

「大変ですね……そういう大変な時に申し訳ないですけど、浜中さんと島田さんは、どういう関係だったんですか？」

「NKサービスで？　何もなかったと思いますよ。部署も違うし、一緒に仕事をしたことはなかったはずです」

「島田さんが辞めた後で、二人が会っていたという話があるんです」

「え？」水谷が目を見開く。「それは知らないですね……仕事の関係でしょうか」

「分からないんですが、島田が会社を辞めた後、何をしていたかはご存じですか？」

「知りませんけど、どうなのかなあ。辞めた時の経緯が、ちょっとねえ……」水谷が言葉を濁す。

「何があったんですか？」

「これです」水谷が親指と人差し指で円を作った。金。

「そういう話は、私もちょっと聞いていますけど、実際には何があったんですか？」この件については、前回の事件で島田が被疑者に浮上した後で調べていた。辞めた経緯が、事件につながっているのではないかと思われたからだ。ただし、元社員たちの口は重かった。実情はNKサービスの社長だけが知っていたようだが、肝心の社長は、会社が倒産した直後に、心筋梗塞で急死してしまったという。異常なストレスのせいだっただろうが、それで島田が会社を辞めた本当の理由は分からなくなってしまっていた。

——と思っていたが、元社員たちが嘘をついている可能性もある。例えばNKサービスが会社ぐるみで犯罪に関わっていて、島田がキーパーソンだったとしたら、どうだろう。会社は解散しているとはいえ、罪は残る。今さら蒸し返されたらたまらない、と嘘をついてもおかしくはない。

ここはじわじわ攻めないと。

「詳しい話は聞いてないんですけど、社長が一人で処理したようです」

「会社の金に手をつけたとか？」それはいかにもありそうだ――業務上横領。

「そうじゃないみたいです。確かに会社は苦しかったですけど、社員が金を横領したという話はないですよ」

急に小声になり、水谷が工場の方をちらりと見た。そちらでは、恐らく父親が作業しているはずだ。いつまでも仕事をサボっていると雷を落とされる、とでも思っているのだろう。

「じゃあ、外でのトラブルですか？　警察沙汰にでもなるような？」

「分かりませんけど、あいつ、何かサイドビジネスをやってたと思いますよ」

「そうなんですか？」一之瀬は目を見開いた。「副業なんかできるんですか？」

「会社には黙っていれば、分からないでしょう。退社した後のことまでは、チェックできないんだから」

「何の副業だったかは……」

「分かりません」水谷が首を横に振った。

「金回りがよかったとか？」

「少なくとも会社で見ている限りでは、それは分からなかったですね。でも、いくら金を儲《もう》けていても、表に出さない人もいるでしょう？」

いい服、高級車、高い酒——そういう物に固執した行動パターンにシフトすると、さすがに人目につくだろう。ただし、目立たぬように隠し通すのは難しくはない。会社で仕事をしている時には、地味な吊るしのスーツを着て、昼飯は同僚と一緒にラーメンでも食べていればいいのだ。

しかし、その副業とは何なのだろう。一之瀬は助けを求めて若杉をちらりと見たが、厳しい視線に出迎えられるだけだった——そんなこと、俺も知らない。

「社長に、その件は聞かなかったんですか?」

「俺は、ね」

「他には?」

「聞いていたとしたら、専務の大越《おおこし》さんかな」

一之瀬は素早く手帳をめくった。大越の名前はメモしてある。しかし、事情聴取済みの「×」印はついていなかった。自分が担当したわけではなかったが、どうして話を聴かなかったのだろう。NKサービスは大きな会社ではなかったから、その気になれば元社員全員に話を聴くこともできたはずなのに。

「大越さん、もう退院したかなあ」若杉が久々に口を開いた。

「入院してたんですか?」水谷も事情を知らなかったようで、驚いたように聞き返した。

「ええ。先日は、それで話が聴けなかったんですよ」

「入院の話は知りませんでしたけど……でも、おかしくはないか」水谷がうなずく。

「何があったんですか」一之瀬は訊ねた。

「こういうことはあまり勝手に言いたくないんですけど、肝臓の病気でね。NKサービスにいた時も、何度か入院しています。それじゃないかな」

「深刻な病状なんですか？」

「分かりません——本人もそういうことは積極的に言わないし、俺たち下っ端には話は伝わってこないから」

「大越さんは、社長の右腕ですよね」

「ええ。そもそもNKサービスを興したのがあの二人ですから。元々、大手のディベロッパーにいたんですけどね」

一之瀬はまた手帳を見た。大越は五十二歳、住所も連絡先も記してある。次のターゲットはこの男だな、と決めた。退院していてくれればいいのだが。

幸い、大越は退院して自宅療養中だった。調布《ちょうふ》にある自宅まで訪ねて行くことになったものの、何となく気が重い。最初に電話で話して面会の約束を取りつけた時にも、やはり病気の影が感じられたのだ。まともに話ができればいいのだが。

世田谷区の西の外れ、千歳烏山《ちとせからすやま》で大学時代までを過ごした一之瀬にとって、隣町である調布はそれなりに馴染みのある街である。特に、千歳烏山の隣駅である仙川《せんがわ》にはよく行った。色気づいた中学生の頃、アンナミラーズの店員のミニスカ制服目当てに、乏しい小遣いの中から何とか金を捻出して、悪友たちと出かけたのだ。あの店が閉店したのは、もう十五年ぐらい前だろうか……。

大越の家は、隣の家と外観がそっくりなので、建売だと分かった。すぐに分かる違いは、玄関前に駐車してある車。大越の車は真っ赤なアルファロメオなのに、隣家はシルバーのプリウスである。派手好きな男なのだろうか、と一之瀬は首を捻った。

インタフォンを鳴らすと、すぐに先ほど電話で聞いた大越の声が返ってきた。それほど元気がないわけではない。ただ、声が少しかすれていた。

ほどなくドアが開き、大越が顔を見せる。ジャージの上下。髪には脂《あぶら》っ気はなく、白髪交じりでボサボサだった。顔はほっそりして、目は落ち窪《くぼ》んでいる。

「どうぞ」

促されるまま、室内に入る。玄関のすぐ脇にあるリビングルームに通された。あまり物がない室内……テレビに向いたソファが一脚、それに小さなガラス製のローテーブルがあるぐらいだ。テレビの横は作りつけの棚で、そこにはＤＶＤが並んでいる。ほとんどが古い映画で、大越の、あるいは家族の趣味が何となく窺えた。

大越は一之瀬たちにソファを勧めておいて、自分はダイニングルームから椅子を持ってきて座った。

「今、家に誰もいないのでね……お茶も出ないけど、申し訳ありませんね」

「いえ、とんでもないです」一之瀬は顔の前で手を振った。「どうぞ、お構いなく……お身体の具合はどうですか？」

「まあ、なかなか」大越が力なく首を横に振る。

「先日も、お話を聴かせてもらおうと思ってたんです」若杉が割りこんだ。「ちょうど入院中だったんですよね」

「ああ……島田の件ですよね？　ＮＫの連中が教えてくれましたよ」

「根回しですか？」一之瀬は少し刺激的な言葉を選んだ。病人を突《つつ》くのは気が進まなかったが、ちょっと強い言葉が相手を動かすこともある。

「根回し？　何の？」途端に大越が不機嫌になった。

「島田さんの行状について、どう口裏を合わせて話すか」

「そんなことはないですよ。そもそも会社は解散してるし、島田は倒産前に会社を辞めているんですから。確かに強盗殺人なんてとんでもない事件だけど、ＮＫとはまったく関係ないでしょう」

「それはそうです」一之瀬はすかさず同意した。刺激作戦は失敗だったようだ。

「手短にお願いできますか」大越の態度はにわかに素っ気なくなった。「一応、病人なので」

「お元気そうに見えますよ」

「とんでもない」大越が右の脇腹を平手で撫でた。「肝臓病とのつき合いは大変なんです。自業自得の面もあるけど、面倒なものですよ。NKを辞めてからは、働いていないし」

となると、生活は相当苦しいはずだ。この家はまだ新しく、ローンも相当残っているだろう。家族構成はどうなっているのか……妻が働いて一家を支えているとしても、大越が「主夫」になって家族の面倒を見ているわけでもないだろう。自分の治療もあるし、入院してしまうこともあるのだから。生活はかつかつではないか、と一之瀬は同情した。ちょっとした病気でも、生活は一変してしまう。

「では、率直にお伺いします」一之瀬は切り出した。これ以上機嫌を損ねると話をしてもらえなくなるし、ここで体調が悪くなったら、自分たちではカバーしきれない。「島田が、NKサービスに在籍中にサイドビジネスをやっていたという情報を聞きました。それが原因で、会社を辞めさせられたと——それは事実ですか?」

大越の顔が不快そうに歪む。痛いところを突いてしまったのかもしれないが、もしかしたら体調が急激に悪化した可能性もある。

「その件は……社長マターだったので」だから自分は関知していないと言いたげだったが、一之瀬はすぐに突っこんだ。

「社長は亡くなったんですよね？」

「ええ。倒産っていうのは、精神にも肉体にもダメージを与えるんですよ」

「社長しか知らない……という話ですけど、あなたは社長の右腕だったんですよね。ＮＫサービスを創立したメンバーだ。社長が危ない話を相談する相手は、あなたしかいなかったんじゃないですか？」

大越がぐっと顎を引く。顔に皺が寄り、目が細くなった。

「大越さん、昔のことにあまり触れたくないのは分かります。でも、事は殺人事件なんですよ。島田はもう、二人の人間を殺していて、しかも現在も行方不明です。もしかしたら、第三の事件が起きるかもしれない。我々としては、それは絶対に避けなければならないんです。そのためには、島田という男の背後に何があったかを探る必要があります」

大越はなおも言葉を発しなかった。迷っている……一之瀬も言葉を切った。こちらの要求は、十分胸に染みこんだだろう。後は喋る決心がつくかどうかだ。

「――確かにサイドビジネスだ」

「副業、ですね」話が出てきたことに興奮したが、一之瀬は意識して声を抑えた。

「ああ。それがたまたま社長の耳に入って、社長は激怒したんだ。それで有無を言わさず、辞表を出すように命令した」

「いきなりですか？　サイドビジネスをやめさせて、会社に残すように考えるのが普通ではないんですか？」

「普通はね」大越が立ち上がった。ダイニングテーブルからタバコを取り上げ、素早く火を点ける。小さな灰皿を持って戻ってきた。

「煙草はいいんですか？」一之瀬は思わず目を見開いた。

「今さらちょっと我慢しても、大勢に影響はないでしょう」大越が皮肉っぽく笑う。「どうせ人は死ぬんだし。こういう楽しみぐらいはあってもいい」

自棄《やけ》になっているのか……やめて下さいと言うのは簡単だが、自分にはそんな権利はないとも思う。

「相当ヤバいビジネスだったはずだ」大越がうなずく。「要するに社長は、できるだけ早く、島田をＮＫから引き離したかったんでしょう。そうしないと、会社にも累が及ぶと思ってたんじゃないかな」

「そんなに問題のある仕事というと……ドラッグ関係とか？」

「売人？　それはないでしょう」

「それじゃあ……」

「詳しいことは、社長も教えてくれなかったんですよ。これは本当のことだからね」大越が念押しした。「相当ヤバい問題で、自分の胸の内に秘めておこうと思ったんでしょう。我々は知らない方がいい――それぐらい、ヤバい話だったんですよ」

隠しているだけではないかと思い、一之瀬はなおも大越を突き続けたが、やはり大越は、亡くなった社長から詳細を聞いてはいないようだった。一度この話題から離れて、浜中のことを聞く。

「浜中、ねえ」大越が煙草の煙の向こうで目を細める。「あいつも、大勝負に出たんだろうけど……」

「会社を辞めたことですか?」

「そうです。アフリカでのビジネス……食いこめれば、巨額の儲けになったでしょうね」

「本当に、アフリカに食いこもうとしていたんですか? 何の伝手もなしに、そういうビジネスを始められるものですか?」

「会社にいる時からいろいろ吹聴してましたけど、実際にアフリカ向けのビジネスをやっていたかどうかは分かりませんよ。それは表向き……看板だけの問題で、実際にはろくでもないことをやっていたみたいだ」

「そうなんですか?」意外な情報だった。

「奴は、基本的に不動産屋です。扱うものは土地、そして建物」

「今もそうなんですか?」

「どうも、ねえ……島田が浜中の会社に盗みに入ったこと、それにその後浜中を殺したことを考えると、あの二人の間に何かあったんじゃないかと思えるんだけど……残念ながら、

「浜中さん――ハマナカパートナーズの本当の仕事は何なんですか」訊ねながら、一之瀬は三輪の顔を思い出していた。あの男も、自分の会社について嘘をついていたのではないか。

「地上げをやっていたらしい」小声で大越が答える。

「今時、地上げですか？」

「あなたも、時事問題には詳しくないのかね」大越が皮肉っぽく唇を歪める。「五年後には東京オリンピックが開かれるんですよ。もしかしたら、これ以上の大開発は、日本ではもうないかもしれない。そこに乗ろうとするのは、不動産屋としては当然のことですよ」

「ああ……確かに東京の再開発は大変ですよね」

「オリンピック以上に金が動くことといえば、後は災害復興ぐらいしかない。首都直下型の地震でも起きれば、再開発どころか、東京を一から造り直すことになるだろうけど、そんな縁起の悪い話は……ねえ」

「仰る通りです」言いながら、一之瀬は背筋に冷たいものが走るのを感じていた。自分が千代田署刑事になったのが、東日本大震災の直後。城田は結果的にあの災害をきっかけに福島県警に転籍するなど、さしたる被害を受けなかった自分たちの周りにも、様々な影響が生じた。

「だから今、表に見えないところではいろいろな動きがある。不動産業界にとっても、最後の一儲けなんだ。それに、バブル期には荒っぽいことをして批判を浴びたから、今はもっと巧妙にやってるよ」

「ハマナカパートナーズも……」

「叩けば埃《ほこり》が出る」大越がうなずく。「それが事件にどう関係しているかは、俺には分からないが」


〈17〉


人のつながりが次第に分かってきた。

気になるのは、ハマナカパートナーズの本当の仕事、それと浜中と島田の関係——移動する京王線の中で、一之瀬は一つの可能性を思いついた。島田がNKサービスを辞めた原因とされるサイドビジネスは、浜中の仕事と関係があるのではないか？　浜中が、実際には地上げなどを行っていたとすれば、違法行為があった可能性は否定できない。島田がNKサービスにいながらそれに手を貸していて、気づいた社長が激怒、というのはいかにもありそうだ。

しかし、それだけで鹹を言い渡すだろうか。実際には、もっと重要な脱法行為があったとか……今はまだ全て、推測の域を出ない。島田本人は行方不明のままだし、島田をＮＫサービスから追い出した社長は死んだ。社長の右腕たる大越は、何か事情を知っていて隠している可能性もあるが、厳しく突っこめない。彼の周りに濃厚に漂う死の香り……体調もよくないだろう。自分が厳しく取り調べた後で悪い影響が出ないか、と一之瀬は恐れた。

その日一日、一之瀬たちはＮＫサービスの関係者を当たり続けた。ハマナカパートナーズの調査に関しては、違法行為をやっている疑いが否めないことから、慎重にいかなくてはいけない。外堀を埋め、容疑が明らかになってきた時にぶつける——しかしそれも、本末転倒になる恐れがある。果たしてそれが、島田の犯行につながっているかどうか。

夕方まで動き続け、一之瀬はげっそりと疲れ果てた。このところの寝不足が、夕方になって体にダメージを与えている。若杉はまったく平然としていたが、この男の体力を、自分と同じレベルで考えてはいけない。

夜の捜査会議のために、杉並南署へ戻る。用意されていた冷たい弁当を食べながら、何度も溜息をついた。訳が分からない事件だ——ただし「謎」が多い訳ではなく、単に「パーツ」が足りないだけだと分かっている。こういう複雑な事件の場合、登場人物が全部揃えば、すぐに筋が見えたりするのだが。

捜査会議が始まる直前になって、城田が会議室に入って来た。やや緊張した面持ち……彼にすれば「古巣」に戻ったことになるのだが、警視庁ではずっと外勤警察官だったから、刑事が主役の捜査会議に出席したことはなかったはずだ。

夜になって初めて、他の刑事たちがどんな動きをし、どんな情報を集めてきたかが分かったが、それでも全体像は見えてこない。警視庁側の刑事の報告が一段落したところで、水越が立ち上がり、城田を紹介した。

「福島で射殺されたマイケル・アンダーソンの身辺調査のために、福島県警からも派遣があった。ご存じの諸君も多いと思うが、城田巡査部長は元々警視庁の人間だ。我々の仲間だ。東日本大震災後の応援派遣の後、福島県警に転籍した――それが今回、こういう事件で、また一緒に仕事をすることになった」

水越にしては丁寧な紹介ぶりである。「お客さん」ではあるがかつての仲間。微妙な立場にある城田の存在を、彼のことを知らない刑事にもしっかり印象づけた。

「では城田部長、マイケル・アンダーソンについて報告を……我々も知っておくべき情報だ」

そう言えば、この件に関する警視庁と福島県警の関係はどうなっているのだろう。合同捜査本部にするべきだろうが、一之瀬は自分のことで精一杯で、何がどうなっているか調べている余裕もなかった。

最前列に座っていた城田が立ち上がり、振り向いて一礼する。慣れない仕事と状況に緊張しているのか、顔色はよくなかった。

「福島県警捜査一課の城田です」一言挨拶して、もう一度頭を下げる。背中が真っ直ぐになった時には、緊張感は消えていた。前を向いたまま、説明を始める。「マイケル・アンダーソンの個人情報についてご報告します。マイケル・アンダーソン、三十七歳、アメリカ出身で、一年前から就労目的のビザで日本に滞在しています。今回は外務省の協力で、身元が判明しました」

城田が一度言葉を切る。頭を下げたので、手帳に視線を落としたのだと分かった。首が真っ直ぐになった時には、声にはさらに芯が通っていた。

「現住所は台東区《たいとう》……浅草《あさくさ》の近くです。浅草の飲食店で働いていたという情報がありますが、まだ確認は取れていません。店は夜しかやっていないようですから、これから確認しようと思います。今のところ、自宅周辺での聞き込みを終えただけですが、悪い評判は聞かない——近所の人たちとは基本的にまったく交流がなかったようです。今夜、勤務先での聞き込みをした上で、明日には自宅のガサ《捜索》をかけたいと思います。当面の方針は以上です」

「ご苦労様」水越が丁寧に言った。続いて、急に声を荒らげる。「一之瀬！」

「はい」

椅子を蹴飛ばすようにして立ち上がる。また仲間たちの前で恥をかかせるつもりか。顔が強張り、耳が熱くなる。何が一課長のお気に入りだよ……。

「お前、城田部長を浅草に案内しろ」

「いや……はい」水越も、城田が浅草の生まれだとまでは知らないようだ。城田にすれば、自分の庭を歩き回るも同然なのに。

その後も細かい指示が続いた後で、捜査会議は終わった。立ち上がった城田が振り向き、一之瀬を見てにやりと笑う。特に緊張はしていない様子だった。一之瀬は、刑事たちをかき分けるように城田に近づいた。

「何でお前の案内が必要なのかね」

「課長は、お前が浅草出身ということまでは知らないんだろう」

二人はすぐに会議室を出た。会議が何だか息苦しいのはいつも通り……終わったら、できるだけ早く離脱したい。

「とにかく浅草へ行くか……今日はそのまま実家へ泊まるのか？」

「その方が経費削減にはなるけど、そういう訳にもいかない。先輩たちと同じホテルを取ってある」

「実家だぜ？　顔ぐらい出したらどうだ？」

「時間があれば、な」

城田は妙に素っ気なかった。元々、実家の商売を継がなかったことに多少の後ろめたさを感じている、と言っていたのだが……今や完全に「福島の人」になってしまったので、これまで以上に、両親に対して申し訳ないと思っているのかもしれない。

「とにかく、行ってから考えよう」城田が歩くスピードを上げた。

「ちなみに、どんな店なんだ？」

「聞いた限りでは、キャバクラっぽいな。結構でかい店らしい」

「浅草でキャバクラね……何だか田舎くさい感じがするなあ」

「まあな」城田が苦笑する。「とにかく行ってみて、それで様子を見よう」

「車を出そうか？　覆面パトを使えるけど」

「いらないよ。浅草へ車で入っていく奴は馬鹿だぜ」

とはいえ、この辺りから浅草までは結構遠い。井の頭線で渋谷まで出て、銀座線に乗り換え……井の頭線は、渋谷駅の中でも他の路線とは遠く離れているので、乗り換えが結構面倒だ。

銀座線に乗って改めて路線図を見ると、浅草ははるか遠くだった。地下鉄に三十分以上乗りっ放しだから、かなりの距離になる。ずっと世田谷などの二十三区南西部で暮らしている一之瀬にすれば、ものすごく遠く——それこそ東京の東の端まで行く感覚だ。もちろん浅草は隅田川の西側で、むしろ都心に近い場所にあるのだが。

浅草は寂《さび》れた、とよく言われる。一之瀬も、今さら浅草なんて、と思っていた。しかし実際には、結構賑わっている。その中心になっているのが外国人観光客だ。何しろ浅草は、分かりやすいエキゾチズム、外国人が抱く日本的イメージを備えている。押しかける外国人客向けに店も準備を整え、最近は夜の人気も復活しているようだ。

「外国人、また増えたな」歩きながら城田が言った。視線は真っ直ぐ前を向いている。

「ここだけじゃない。渋谷も新宿もすごいよ」

「悪いことじゃないよ。浅草がこんなに賑わうのは、何十年ぶりかね」

「お前、そんな年じゃないだろう」

「浅草は終戦で終わったそうだよ。うちの爺《じい》さんが、俺が子どもの頃によく言っていた」

「先代か」

「ああ。終戦の時に二十歳ぐらいで……復員してきて呆然としたそうだ。下町は空襲の被害も大きかったから」

「古い話だな」

「最近、『古い話』で済ませるのはよそうと思ってるんだ。古い話を忘れると、人間はまた失敗するから」

「そうか……」

彼が東日本大震災と原発事故について語っているのは明らかだった。反論できない正論である。人は痛みを忘れがちだ。「昔話だから」と切り捨てると、同じ失敗を繰り返してしまう。

雷門《かみなりもん》通りをずっと西へ歩いて、浅草寺《せんそうじ》や花やしきの西側へ出る。ほとんどつくばエクスプレスの浅草駅の近くで、一之瀬はルートを間違えたと確信した。秋葉原まで出てつくばエクスプレスを使った方が、距離は歩かずに済んだのではないだろうか。城田は、東京の路線図を忘れかけているのだろうかと訝る。

「ここだな」

国際通り沿いにある雑居ビルの前で、城田が立ち止まった。一階から四階までがカラオケ店、そこから上はワンフロアに一軒ずつ、飲食店が入っているようだった。それにしても、何とも冴えない雰囲気……歌舞伎町ほどギラギラしていないし、渋谷ほど若向きではない。こういう街で遊ぶのは、どういう人なのだろう。

エレベーターで五階まで上がって、すぐに分かった。エレベーターホールの前には、外国人のグループが固まっている。男性はほとんど半袖姿……アメリカ人のグループだろうか、と一之瀬は想像した。アメリカ人は、どこへ行っても、どんな季節でも、だいたい半袖で通しているようだ。日本人とは体の構造が根本的に違うのだろう。

客をかき分けるようにして、店内へ入る。照明が薄暗いので中の様子ははっきりとは見えなかったが、落ち着いた雰囲気のようだった。ＢＧＭには低い音量でヒップホップが流れている。黒服が近づいて来て、愛想のいい笑みを浮かべたが、一之瀬がバッジを示した瞬間、笑みは消えた。

「生活安全課ですか?」

「いや、捜査二課」一之瀬は敢えて不愛想に対応した。

「はい?」

「オーナーか店長は?」

「お約束は?」

「ない」

黒服——一之瀬よりずっと若く、長髪は左右アシンメトリーな髪型だった——が踵を返す。

「お前、当たりが強過ぎないか?」城田が不審そうに訊ねる。

「こういう場所で丁寧にやっていても、時間の無駄だから」

一之瀬は店内をぐるりと見回した。暗い照明にも少し目が慣れ、何となく様子は分かる。やはり、外国人の客が多いようだった。昼間の観光の流れから、夜はこういうところで遊んでいくのだろう。ということは、キャバ嬢たちも英語が達者なのか。

五分ほど待たされた後で、先ほどの黒服が戻って来た。少し時間がかかり過ぎた——何か余計な相談をしていたのだろうか。

二人は、ほぼ満席になっている店内を横切り、店の一番奥へ案内された。ボトルが並んだカウンターの脇……単なる壁に見えたが、黒服が何か操作すると、扉が開いた。一瞬だけ、明るい光が薄暗い店内に流れ出す。

風俗店のバックヤードに入るのは初めてではなかったが、何となく足が止まってしまう。表と裏の見た目の落差で、しばらく感覚が麻痺《まひ》してしまうのだ。だいたい裏側は極めて無機的で、店内の華やかさとはまったく無縁である。

ドアが閉まる瞬間、嬌声《きょうせい》が耳に飛びこんできた。どこかのテーブルで盛り上がっているのだろう。いやはや……こういう場所で仕事というのは、実に馬鹿馬鹿しい。

バックヤードもそこそこ広く、立派な部屋だった。本革張りらしい応接セットの横に、会議用だろうか、六人分の椅子を備えたテーブルがある。一番奥に金庫、その脇には巨大なデスク……デスクだけなら、大企業の社長用と言われても不思議ではない。そこに、まだ若い——たぶん一之瀬よりも年下だ——店長らしき男がついていた。

いかにもという感じの、風俗産業の人間ではない。ブラックスーツに真っ白なシャツ、ソリッドな紫色のネクタイという服装は、少し洒落者のサラリーマンとしても通りそうだ。よく日に焼けているのは、ゴルフかサーフィンのせいだろうか。日焼けサロンで人工的に焼いた感じではなかった。

緊張した面持ちで立ち上がると、二人に向かってさっと頭を下げる。右手には、いつの間にか名刺を持っていた。名刺交換のやり方もごく普通……会社の名前と店名、それに彼の名前を確認した。足立一郎《あだちいちろう》。何というか、今っぽい名前ではない。

ソファを勧められ、座って足立と対峙《たいじ》する。改めて見るとすらりと背が高く、濃い顔立ちのイケメンだった。最近は流行《はや》らないタイプだが、モテるだろう。やんちゃな雰囲気の男は、いつの時代にもある程度のニーズがある。

「警察のお世話になるようなことはないんですが……」足立が慎重に切り出した。

「お店のことではないんです」一之瀬はすぐに否定した。間違いでも嘘でもない――現段階では。

城田が、背広の内ポケットから写真を取り出した。パスポートのものだろうか、一之瀬にも見覚えがあるマイケル・アンダーソンの顔写真である。ちらりと見た瞬間、一之瀬の中に恐怖が蘇ってきた。俺はこの男と目を合わせている。次の瞬間には、目ではなく銃口がこちらを向いたのだが。

「マイケル・アンダーソン。こちらの店で働いていると思いますが」

「ああ、マイケル。確かにうちにいますけど、彼が何か？」

「亡くなりました」

「え？」足立が目を見開く。「マジですか？」

店長らしからぬ、軽い口調。だがそれで、一之瀬は、彼がこのニュースを初めて聞いたのだと確信した。

「どういうことですか？　初耳なんですけど」

「亡くなりました。福島で」城田が淡々と告げる。

一之瀬は話を引き取った。マイケル・アンダーソンが死んだ前後の状況は、もう少し先まで出さずにおこう。必要な情報を集めてしまうのが先決だ。

「マイケル・アンダーソンは、こちらにはいつから勤めていたんですか？」

「半年ほど前からです」

「仕事は何を？」

「店内全般、いろいろな仕事をしてました」

「外国人なのに？」

「お店の中、ご覧になりました？」足立が逆に聞き返した。

「ああ……」すぐにピンときた。「外国人のお客さんが多いですね。通訳を兼ねて、ということですか？」

「そう考えていただければ」

「もしかしたら用心棒も兼ねている？」

「うちの店では、用心棒が必要なトラブルなんかありませんよ」足立がさらりと否定する。

「今は、そういうことは問題にしていません。酒が出る店で、トラブルがまったくないということはあり得ませんから」

うなずき、足立が背広の内ポケットから煙草を取り出した。口にくわえ、火を移そうとしたが、震えてなかなか着火しない。ようやく火が点くと、深く一服して一瞬目を瞑《つぶ》った。

「マイケル・アンダーソンは、どういう経緯でこちらに？」ニコチンで落ち着いただろうと考え、一之瀬は質問を継いだ。

「日本語も話せる外国人のスタッフを募集してたんですよ。急に海外のお客さんが増えて、なかなか対応できなくてね」

「それに応募してきた……」

「ええ」

「日本語は喋れたんですか？」

「こういう場所で、簡単な通訳をするぐらいなら問題なかったですよ」

「結構強面ですよね」

「でも、用心棒ではないですからね」足立が一之瀬に釘を刺した。「そういう問題——暴力的なトラブルは一切ありませんから」

「仕事の面では、何か問題はありませんでしたか？」

「特には……私は従業員全員の面倒を見ているわけではないですけど、そういう報告は受けていません」

「どういう勤務シフトなんですか？」

「基本、五時から十二時までです。週休二日制で」

となると、時間には結構余裕があったのではないか。他の仕事——逮捕されたばかりの犯人を奪還するとか——をする時間もあるだろう。

「時給制ですか？」

「それは……」足立が唇を歪ませた。「そこまで言う必要あります？　新宿や渋谷辺りの店よりは安いですけど、ちゃんと払ってますよ」

「最近、きちんと店に来てましたか？　彼は、火曜日に亡くなったんです」

「それ、本当なんですか？」足立が身を乗り出した。「初耳です。死んだのに、うちに連絡が入らなかったのは、どうしてですか？　警察の方で隠していたんですか」矢継ぎ早に質問を重ねる。

「昨日まで、身元が分からなかったんです」

「まさか」

「身元が分かるようなもの——パスポートやクレジットカードを一切持っていなかったので、確認が遅れました」

「そんな……」

「ニュースは見てなかったんですか？」一之瀬は突っこんだ。今日の夕刊で「身元判明」

がかなり大きく報じられたのに。

「いえ、それは……見てないです」

「最近の勤務の様子を教えて下さい。ちゃんと店に出て来ていたかどうか」

「そういうことは、お教えできないんですけど」足立の顔が強張る。

「いや、教えてもらわないと困ります」一之瀬は食い下がった。

「だけど、うちには何の関係もないんですよ」

「それは、警察の方で判断します。だいたい、マイケル・アンダーソンは拳銃を持っていたんですよ。そういうことに、あなたは気づかなかったんですか？」

「まさか」足立が目を細める。長くなった煙草の灰が折れて、ズボンの腿に落ちた。「拳銃なんて……」

「事実です」一之瀬はゆっくり追撃した。「福島で、ある殺人事件の犯人を護送中に、警察が襲われたんです、マイケル・アンダーソンはそれに関与していた」

「ああ……そう言えば確か、そんなニュースが……」足立が顎を撫でた。ズボンが灰で汚れているのに気づき、慌てて払い落とす。

「襲撃犯の一人が、マイケル・アンダーソンだと分かりました。彼は、襲撃の直後に警察と撃ち合いになって、射殺されたんです」

「射殺……」足立があんぐりと口を開けた。しかし、誰かに背中を叩かれたようにはっと口を閉じると立ち上がり、デスクに向かう。受話器を取り上げると、すぐに誰かと話し始めた。「ああ、俺だ……勤務シフトをすぐに確認してくれ。マイケルが休んでいるのかどうか……そうだ」

受話器を耳に押し当てたまま、足立がこちらを見る。目を細め、一之瀬に向かってかすかにうなずきかけたが、真意は摑みかねた。

「ああ、うん……そうか。先週の金曜日が最後だな？　その後は？　土日が休み……月曜から無断欠勤か。連絡は？　取れてない？　そうか……当たり前だよ」

足立がふっと言葉を切った。「死んでるんだから」。彼が言おうとした言葉を想像して、一之瀬は目を伏せた。バイトのようなものだろうが、自分の下にいた人間が射殺されたのだ。軽い口調で話せるものではあるまい。

受話器をそっと置き、足立が一之瀬に目配せした。

「月曜から休んでます」

「連絡も取れない？」

「ええ。ヤバいですよね」足立の顔は蒼褪めていた。「本社に報告しないといけないので……何て言えばいいですか？」

「正直に言うしかないでしょう」城田がさらりと言った。「現時点で、我々が分かっていることは全部お話ししました」

「だけど、ヤバいですよね」繰り返し言って、足立が力なくソファに腰を下ろす。「こいつは、責任問題になるな……」

「いろいろ大変な中、申し訳ないんですけど、マイケル・アンダーソンについて詳しく教えて下さい」城田が続ける。「どういう人間だったのか、この場所以外で何をやっていたのか……ありとあらゆる情報が知りたい」

「俺は、採用しただけなので……黒服の連中と、友だちづきあいをしているわけじゃないですよ」

「だったら、黒服仲間で、彼と親しかった人を紹介してもらえますか」城田が畳みかける。

「今すぐに、です」

こいつ、こんなに強引だったかな、と一之瀬は舌を巻いた。元々は「街のお巡りさん」であり、困っている人を助けたり、街の安全を確保することに熱心だった。それだからこそ、震災後で揺らいでいた福島の人たちを助けようと転籍を願い出たのだし……しかし今の城田は、完全に刑事だった。それもかなり強引で、捜査のためには人に嫌われることも厭《いと》わない刑事。

立場は人を変える。

# 〈18〉

黒服の一人が、マイケル・アンダーソンと特に仲がいいという。ただし今日は、休み。城田はここでも強引さを発揮して、ただちに店に呼び出すように足立を説き伏せた。連絡はついたものの、店へ出て来るまでには三十分ほどかかるという。足立は下手に出て、「それまで店の方で呑んでいて下さいよ」と申し出てきたのだが、一之瀬たちは即座に断った。

三十分後に戻って来ることにして、一度店を出た。夜気に身を晒《さら》すと同時に、城田が緊張を解すように首をぐるぐると回す。次いで右腕を持ち上げ、スーツの臭いを嗅いだ。

「香水臭くないかな」

「大丈夫だよ。ちょっといただけじゃないか。それに今日は、嫁さんのところに帰るわけでもないだろう？」

「そうなんだけど、気にくわない……」城田が鼻に皺を寄せた。「別に、風俗通いをして怒られたことがあるわけじゃないぜ」

「分かってるよ。それよりこれから三十分、どうやって時間を潰す？　実家にでも顔を出すか？」

「あそこへ行ったら、三十分じゃ済まないだろう。どうしたって、あれこれしつこく言われるに決まってる」

「そうなのか？」

「最近、また煩いんだよ。俺はともかく、孫に家を継がせようとしてるみたいで、そんな話ばかりしてる」

「それはずいぶん気が早い……」

「何だか親には申し訳ないけどな」城田が溜息をついた。「取り敢えず、お茶でも飲もうか」

「この辺に喫茶店なんかあるのか？」

「ああ……潰れてなければ」

城田が歩き出す。基本的に安い呑み屋しかないように見える街だが、まったく迷わずに、一軒の店に辿り着いた。いかにも浅草らしいというべきか、一之瀬がほぼ入ったことのない、昭和の香りを残した喫茶店だった。外壁は茶色のレンガ張り。中に入ると、壁は白い漆喰《しっくい》、それに茶色の柱が合わさって、落ち着いた雰囲気である。白いテーブルに、クッションが柔らかい椅子。妙に居心地がよかった。二人ともコーヒーを頼み、一息つく。

「馴染みの店なのか?」

「子どもの頃からよく来てたんだ。ナポリタンが美味いんだよ」

「ナポリタンの美味い喫茶店に間違いはないな。最近、めっきり減ったけど」

「阿佐谷辺りだと、そういう店は結構残ってないか? 中央線沿線には、古い喫茶店が多そうだけど」

「そうだと思うんだけど、まだ発掘してないんだ」

他愛もない会話が心地好い。一之瀬は、コーヒーに少しだけクリームを加えた。最近にしては珍しく、店内は全面喫煙可能。煙草を吸わない一之瀬にすれば鬱陶しい環境なのだが、何故か気にもならない。煙草の煙も含めて、店のインテリアという感じだった。

他の客がいる中で事件の話をするわけにもいかず、話題は自然に、互いのプライベートな部分に移っていった。

「嫁さんの実家と上手くいってるか?」

「ああ、まあまあ……」城田の口調は歯切れが悪い。

「向こうのお父さんのこともあるだろう?」

「まあな。もっとも、俺に言わせればそれは大したことじゃないんだ」

「そうなのか?」

「そもそも俺が、どうして福島にいるか……」

「それは、最初からの希望だろう？」

「本当にそう思うか？」城田がコーヒーカップ越しに一之瀬を見た。

「違うのか？」一之瀬は混乱していた。自ら進んで、震災被害の残る街で仕事をし、生きていくことを決めた——城田自身、そう説明していたではないか。

「由布子と初めて会ったのは、最初に一年の限定で向こうへ行っていた時なんだ」

「ああ」

「俺は最初から、この人と結婚するんじゃないかって思ったよ」

「要するに一目惚れだった、と」

軽い口調で訊ねたものの、城田の顔は晴れなかった。何か、俺にも話していない事情があるな……事情聴取の中休みということも忘れ、一之瀬は身を乗り出した。突っこんでいいのだろうか、という疑問が一時頭に浮かんだが、途中で放り出せるものでもない。

「一年の派遣が終わる直前に、プロポーズしたんだ。その時に言われた条件……条件じゃないな、そういう打算的な話はしてないから」

「はっきりしないな」

「説明しにくいんだよ」城田が頭をがしがしと掻いた。「福島を離れることはできないって、彼女に言われたんだ。それだけ。言い方はともかく、断られたと思った。でも、彼女の顔を見たらさ……断ってるわけじゃないって分かった」

「もしもお前が福島にいてくれるなら、結婚してもいい――由布子さんはそう言いたかったんじゃないか？」

「お前」城田が目を見開いた。「勘がよくなったか？」

「伊達《だて》に刑事はやってない」驚き過ぎだと思いながらも、一之瀬は耳の上を人差し指で突《つつ》いた。

「まあ、そういうことなんだ。いろいろ考えて、結局福島に残ることを選んだ……これで正しかったかどうかは、まだ分からないけど」

「でも、結婚できたじゃないか」

「俺は東京で仕事してるわけじゃない」城田が溜息をついた。「いや、福島の仕事が駄目だってわけじゃないよ。でも、東京じゃないんだよな」

「ああ……」城田がこんな悩みを抱えていたとは。遅かれ早かれ、家庭生活にも影響が出るのでは、と一之瀬は心配になった。「だけど、仕事はどこでも仕事じゃないか」

「そうなんだけど、東京に尻尾を残している感じもあるし」

「実家で何かあったのか？」

「いや、ないけどさ……」

「でもいつも、心のどこかで考えてるんだろう？」

「――ああ」

「そういう気持ち、正直に由布子さんに話せよ。話さないと、かえって心配させるかもしれないぞ」

「大丈夫かな？」

「夫婦だろう？」一之瀬は笑みを浮かべた。「話し合うからこそ、夫婦なんだと思う。俺なんか、今は日本とドイツに離れていて、顔を合わせて話もできないんだから。お前が羨ましいよ」

城田の顔にゆっくりと赤みが射した。俺だっていいこと言えるじゃないか、と一之瀬は心の中で自画自賛していた。

マイケル・アンダーソンと仲がいいという黒服の一人、岸根翔太《きしねしょうた》は露骨に不機嫌そうで、一之瀬たちと目を合わせようとしなかった。一見、強面である。体も大きい——若杉並みで、軽く百八十センチはありそうだった。ジャケットの肩の辺りがきつそうで、胸板も厚い。坊主頭でピアスも両耳に計四個——キャバ嬢のサポートに入る黒服というより、用心棒のルックスと雰囲気である。彼なら、体の大きな外国人客がトラブルを起こしても、すぐに制圧できるだろう。

先ほど足立と会った部屋で面会したものの、居心地悪そうにソファの上で体を揺らすだけで、なかなか言葉が出てこない。どうも、背後のテーブルについている足立の存在が気になる様子だった。確かに、後ろからボスに凝視されていたら、気軽な話題でもなかなか口にはできないだろう。

「岸根、ちゃんと話せ」足立が低い声で命じた。「本社の許可も取ってるから。正直にお話ししろ」

「はい……」体格に似合わぬか細い声。緊張はまったく抜けていない様子だった。

「足立さん」城田が切り出す。「申し訳ないですが、ちょっと席を外してもらえませんか？　率直に話し合いたいんです」

「いや、こっちも話を聞きたいので」足立が抵抗する。

「本社の許可を得てるんでしょ？　それは、フリーハンドで話していいという意味じゃないんですか？」

　足立が目を細める。煙草を一本引き抜いて立ち上がり、ドアに向かった。

「本社の方では、マイケル・アンダーソンが何をやっても会社には関係ないというスタンスなんでしょう？」城田が畳みかける。「我々もそれは重々承知しています。これが会社ぐるみの犯罪だとは思っていませんから」

　足立が不機嫌そうな表情でうなずき、部屋を出て行った。ドアが閉まるまでの数秒だけ流れこむ、嬌声と音楽。すぐに静かになったが、一之瀬の感覚では静か過ぎた。多少ＢＧＭがあった方が話しやすいのだが、まさかドアを細く開けておくわけにもいかない。気を取り直して質問を始めた。

「マイケル・アンダーソンとは仲が良かったんですね」

「ああ、まあ」ようやく岸根が言葉を発したが、まだ曖昧である。どうしても話したくない様子だった。

「彼はどんな人でした？」

「元軍人」

「そういう人が、何で日本でキャバクラの黒服をやってたんですか？」

「日本が好きだって聞いてたけど」

「軍人時代に、日本にいたことがあるんですか？」

「沖縄に二年ほど。別に、問題は起こさなかったそうだけど」

「どうしてまた日本へ？」

「日本が好きだって言ってたけどね」岸根が煙草を取り出し、素早く火を点けた。テーブルに置いてある、重そうなガラス製の灰皿には目もくれず、ジャケットのポケットから携帯灰皿を取り出す。この部屋の中の物は汚してはいけないとでも思っているのだろう。

「どんな人だったんですか」質問を繰り返してから、一之瀬は言葉を追加した。「つまり、性格的に」

「まあ、要するにアメリカ人ですよ」

「明けっ広げで？」

「酒が好きでね。奴と呑むと、毎回ひどい目に遭う」

「それでトラブルが起きたことは？」

「それはないけど……」

実際にはあったのだな、と一之瀬は想像した。恐らく、岸根が押さえて何とか大事に至らないようにしたのだろう。

「最近の様子は？」

「いつもと同じ」

「いつもの様子は、どんな感じだったんですか？」

「普通」

こいつは小学生か、と一之瀬は呆れた。具体的な質問をしないと、ちゃんとした答えが返ってこないようだ。

「君の家に行っていいかな」城田がいきなり割りこんだ。

「はあ？」岸根が目を見開く。「何で俺の家に」

「銃がないかどうか、確認したい。あるいはシャブとか？　見られてまずいものは置いてないのか？」

「何だよ、それ」岸根が不機嫌そうに言って目を細める。一服しただけの煙草から立ち上る煙が、顔の横に白く細い筋を作る。

「マイケル・アンダーソンは、警察と撃ち合いになって射殺されたんだ」

岸根の喉仏が上下する。煙草を携帯灰皿に突っこみ、思い切り押し潰すように消した。

「君は、そういう人間とつき合っていたわけだ。君自身にも、疑いがかかってもしょうがないだろう」城田がさらに攻める。「関係ないっていうなら、知ってることを全部喋った方がいい。マイケル・アンダーソンを売れよ。売る材料は、いくらでもあるんじゃないのか」

岸根が新しい煙草に火を点ける。今度は激しくふかしながら、なおも無言を貫いていた。考えている、考えている——一之瀬は切り出すタイミングを待った。しかし、岸根が先に口を開く。あれこれ計算して、ようやく答えが出たのだろう。

「奴は、変な連中とつき合いがあった」

「どういう?」一之瀬は突っこんだ。

「全員アメリカ人なんだけど」相変わらず途切れ途切れの答え……五秒以上続けて話せない男なのかもしれない。

「何でそういう人たちの存在を知ってるんですか?」

「吞んだ後で、マイケルに合流してきた連中がいて……気味が悪かったから」

「そいつらと話したんですか?」

「まさか。俺、英語は駄目なんで。マイケルは片言の日本語を話すから」

「何で向こうがアメリカ人だって分かったんですか」

「後でマイケルが言ってたんだ……変な連中とつき合ってるのかと思って、ちょっと心配になったけど」岸根が指先で頰を掻いた。「マイケル本人は、悪い奴じゃないから。カラオケ大好きで」

「よく行ったんですか？」

「アニメの主題歌が十八番《おはこ》ですよ。別にオタクって感じじゃないけど」

日本が好きだから……カラオケもアニメも日本を代表する文化だから、マイケル・アンダーソンがはまってもおかしくはない。だがそういう人物像と、危ない連中とつき合いがあったという事実が上手くつながらない。

「アンダーソンは、その連中のことを何か言ってましたか」

「まずいところを見られたって」

「そいつらとつき合っているのをあなたに知られたのはまずい、と？」上手く転がらない会話に苛立ちながら一之瀬は訊ねた。

「たぶん」岸根がうなずく。「見なかったことにしてくれって」

「何者なのか、もう少し詳しく聞いてませんか？」

「それは……」岸根が、指の間で煙草を弄《もてあそ》んだ。煙がふわふわと揺れて漂う——彼の心中がそのまま表れたようだった。

「何か知ってますね？」

「奴の携帯……」

「アンダーソンの？」一之瀬は思わず、ソファの肘《ひじ》かけを掴んで身を乗り出した。

「呑んでた時に、あいつが急に帰るって言い出して……その時に携帯を忘れていって」

「それで？」

「次の日に届けようと思ったんだけど、何本もメールが入ってて……英語だからよく分からなかったけど」

「じゃあ、どういうことか分からないじゃないですか」中途半端に出てくる情報に、一之瀬は苛立ち始めた。

「ヤバい用件だったと思うんです。家に帰ったら、マイケルからすぐに電話がかかってきて。物凄く慌てた様子で……明け方近かったのに、すぐにうちまで来たぐらいだから」

「わざわざ携帯を取りに？」

「ああ……で、釘を刺された。物凄くおっかない顔でね」

「何を言われたんですか？」

「電話に出てないか、メールを見てないかって。メールは見たけど、英語なんで内容は分からなかったから、見てないって適当に言っておいたけどね」

「そんなに大事な携帯だったんですかね」

「二台目のね」

「二台持ってた？」

「俺に電話してきたのは、いつも使ってる携帯……俺の携帯にも登録されてる番号だったから。もう一台の携帯の方は知らないけど」

「なるほど……」

一之瀬は城田の顔をちらりと見た。彼は目を細め、拳を顎に当てて必死に何か考えている。アンダーソンは死んだ時、携帯を持っていたはずだ。おそらく、岸根の言う「二台目」の携帯。自分名義のものでなければ、身元の割り出しには役に立たなかったはずだ。

「アンダーソンがつき合っていた仲間が誰か、知りませんか？　本当に全員アメリカ人でしたか？」正確には外国人と言うべきだろうが、と思いながら一之瀬は訊ねた。

「いや、日本人もいたけど……その、たまたま会った時に、日本人のオッサンもいて」

「かなり大柄な？　顔に傷のある？」

一之瀬は、一瞬だけ邂逅《かいこう》した襲撃犯の容貌《ようぼう》を説明した。岸根の記憶を完全に呼び覚ますまではいかなかったが……岸根は、大きい男だということは認めた。アンダーソンの身長は百八十五センチだったが、彼とほとんど変わらない身長だったという。これも一つの手がかり——日本人男性で、百八十センチを超える人間は、それほど多くないはずだ。

思いついて、一之瀬は島田の写真を取り出した。免許証から取った写真なので、正面から写っており、顔の特徴はよく分かる。

「その時、この男もいなかったですか？」

「ああ」岸根がうなずく。「輪には入ってなかったけど、たぶん……ちょっと離れたところで煙草を吸ってたと思う」

「どういう集まりだと思いました？」

「さあ」岸根が首を捻る。「ただ、仕事関係なんだろうとは思ったけどね。その時、午前三時ぐらいだったんだけど、誰も酔ってなかったから」

「午前三時に仕事？　それも相当変ですよ」

「変かどうかは俺には分からないけど。夜中に仕事してる人だっているし」

それはそうなのだが……どこか釈然としなかった。この男たちは、犯罪者集団である可能性がある。夜中に仕事の相談をしていたのか、あるいは一仕事終えてこれから一杯いこうとしていたのか。ふと一之瀬は、事務所荒らしの専門グループかもしれないと思った。いや、それでは島田が浜中を殺した理由が分からない。

岸根への事情聴取で、少しだけアンダーソンの周りの人間関係が見えてきた。ただし、具体的な名前が出てこない……名前さえ分かれば、そこから相手を手繰《たぐ》り寄せることもできるのだが。

　それでも、城田は元気いっぱいだった。店を出た後の足取りも軽い。

「俺たちのコンビネーションも悪くないな」

「ああ」それは間違いない。若杉は、こういう時に頓珍漢《とんちんかん》なことを言い出すことがあるし、春山は遠慮して自分からはなかなか口を開かない。一之瀬が基本的に話を回し、城田が時々鋭く突っこむのは、いいコンビネーションだ。

　ただし、満足のいく結果は出てこなかったが。

「今日はこれで終わりにするか」城田が背伸びした。

「ああ……特捜に連絡してからにするよ。あまり成果はないけど、一応、報告しておかないと」

「そうだな」

　岩下に話をするのは気が重い。彼は一連の失敗、そして監察の事情聴取でダメージを受けている。いつもの前のめりペースも鬱陶しいが、不機嫌に口数が少なくなっている状態で話をするのも苦手だった。

　ポケットからスマートフォンを取り出した瞬間に鳴った。見慣れぬ電話番号……プライベートならこういう電話には絶対に出ないのだが、刑事の習性として、仕事でかかってきた電話は逃さない。

「はい」念のため、名乗らずに返事する。

「一之瀬さん？　足立ですが」

「ああ。先ほどは失礼しました」思いもよらぬ相手だった。「何かありましたか？」

「ちょっと、本社と話をしてね……アンダーソンは、あくまでバイトのようなものだから。社員じゃない」

「ええ」切り捨てにかかったな、と一之瀬は判断した。アンダーソンがこの店を舞台に何かしていたとは一之瀬も考えていなかったが、足立はそれをさらに強調しようとしているのだろう。

「警察にはちゃんと協力するようにと、本社からもきつく言われましてね」

恭順の意を示す、ということか。足立のような男が警察に対して下手に出ると、プライドがずたずたになりそうだが。

「分かります」

「で、ちょっと……岸根が何を言ったか知らないけど、情報があるんですよ」

「何ですか」一之瀬は思わずスマートフォンをきつく握り締めた。自分の身の安全を図るための情報提供だろうが、こちらとしては何でもいい。情報の質だけが問題なのだ。

足立の情報は、捜査を一歩前へ進めてくれそうだった。

# 〈19〉

翌朝、一之瀬と城田は特捜本部へ寄らずに動き始めた。報告は岩下に上げているから、朝の捜査会議では彼から発表してもらえばいい。捜査会議に出なければ、朝の二時間ぐらいが自由に使える。

代々木《よよぎ》……会社と予備校の街というイメージしかないが、ここに住む人も当然いる。これから当たるべき人間、ボブ・ヤマシタは、この街にあるマンションに住んでいるということだった。

「まさか、名前と住所まで分かるとはね」城田が呆れたように言った。「足立は、こっちに情報を投げて恩を売ったつもりかもしれないけど、あいつもちょっと怪しいよな」

「ああ」一之瀬も同意した。「でも、情報は情報だ」

ボブ・ヤマシタ――名前から推測できる通り、日系四世だった――は、一時足立の店で働いていたという。彼が辞めた後、入れ替わりのような形で働き始めたのがアンダーソンだった。実はアンダーソンは、ヤマシタの紹介で働き始めたのだという。

二人は、代々木駅東口にある、少し高級なチェーンのハンバーガーショップで落ち合った。軽く朝飯を詰めこんでから急襲しようという狙いである。オープンしたばかりの店内は、早くも客で賑わい始めていた。ほとんどがスーツ姿のサラリーマンである。

「ここも久しぶりだな」城田がどこか嬉しそうに言って、店内を見回した。

「福島にはないんだっけ？」

「残念ながら。だいたい、朝飯にこんなものを食べるのは、何年ぶりかね」城田の言う「こんなもの」はミニチーズバーガーセットだった。ミニとはいってもそこそこ大きい。飲み物はコーヒー。一之瀬はホットドッグとコーラにした。大リーグの球場で昼飯を食べているみたいだ、とふと思う。

「今は嫁さんがちゃんと作ってくれるんだから、いいじゃないか」

「そうだけど、ちゃんとし過ぎてるんだよ」

「ああ……この前もそうだったなあ」城田の家で食べさせてもらったような朝食を毎日用意しているなら、由布子も相当大変だろう。朝からしっかり食べられるのは羨ましい限りだが、たまにジャンクなものが食べたくなる気持ちは一之瀬にも理解できる。

そそくさと食事を済ませて店を出る。賑わう店内では事件の話もできない……その時点で八時。もう街は完全に目覚めていて、道行く人は皆、せかせかと歩いている。ふと住居表示を見て、この辺は千駄ヶ谷《せんだや》になるのだ、と一之瀬は気づいた。住所「代々木」は駅の西側か。東京の地理も、まだ完全に頭に入っているわけではない。生まれ育った街とはいえ、東京は完璧に理解するには広過ぎるのだ。

オフィスビルが建ち並ぶ明治通りを過ぎると、急に道幅が狭くなる。一戸建てや小さなマンションがぎっしりと詰まった住宅街で、雰囲気も一気に静かになった。

「いいところに住んでるんだな」城田が皮肉っぽく言った。

「日本に住んでる外人さんって、都心が好きだよな。山手線の内側なんて、俺たちはなかなか住めないよ」

「不思議だよなあ……そんなに金がある人ばかりじゃないはずなのに。そもそも、東京の不動産相場なんて、世界最高レベルだろう」城田が首を捻る。

違法なビジネスをやっていれば金も儲かるさ、と一之瀬は皮肉に思った。どんな違法ビジネスかは想像もつかなかったが。

四階建ての小さなマンションの前に立つ。その前に周囲をぐるりと回り、裏から抜けられるのも確認していたが……今日は二人しかいないから、表と裏で張るわけにはいかない。しかし城田は用心深かった。

「俺が裏に回って警戒する。お前が無事に会えたら合流するよ」

「いや、ちょっと待ってくれ」一之瀬は慌てて言った。「相手はアメリカ人だぜ？　俺、英語は全然駄目だよ。お前の方がまだいけるだろう」

「ああ……そうだな」城田が顎を撫でた。ホテルの剃刀《かみそり》が鈍《なまくら》だったのか、顎に小さな血の塊ができている。「じゃあ、攻守交替で。インタフォンで話がついたら連絡する」

「了解」

一之瀬は走って、マンションの裏手に向かった。ベランダが、狭い駐車場に向いている……駐車場との境には塀があったが、成人男子なら乗り越えるのは難しくなさそうだった。ヤマシタの部屋は二階……非常階段で一階まで降りれば、その後は難なく逃げられるだろう。

どうなることかと思っていると、すぐにスマートフォンが鳴った。城田。

「捕捉した。今、ヤマシタは部屋にいる。ちなみに日本語はＯＫだ」城田の口調は歯切れがよかった。

「先に部屋まで行ってくれ。お前が本人をちゃんと見たら、その時点で俺も中に入る」

「了解」

通話を終えてから一分後、また電話が鳴る。

「正面に回って、部屋を呼び出してくれ」

「分かった」

また駆け足でマンションの正面に戻る。改めて見ると、まだ新しいマンションだった。白を基調にした清潔な感じで、一階部分の目隠しのために、道路側には高い植え込みがある。一之瀬はホールに入り、「二〇三」号室のインタフォンを鳴らした。すぐに、城田のものではない声で「はい」と返事がある。

「開けてもらえますか？　警視庁の者です」

すぐにオートロックが解除され、ドアが開く。一之瀬はエレベーターを使わず、階段で二階まで上がった。外廊下……城田が、開いたドアの前に立っている。そこにいるのは正解だよ、と一之瀬は思った。相手は銃を持っているかもしれない。そんなところへ一人で、しかも丸腰で乗りこんだら、どうなるものか分からない。

城田がドアを押さえている。玄関には、困惑した表情の男が立っていた。顔は完全に日本人……身長も、百七十五センチの一之瀬とほぼ変わらなかったし、横幅もそんなにない。自分より少し年上、三十五歳ぐらいだろうと読んだ。

「警視庁捜査一課の一之瀬です」

「ええ……何ですか、こんな朝早くから」

ヤマシタが目を細める。寝ているところを叩き起こされたのは間違いないようだ。スウェットパンツにTシャツというラフな格好で、頭の左半分だけ髪の毛が逆立つ寝癖がついている。

「マイケル・アンダーソンについてお伺いしたい」

「マイケル……アンダーソン？」ヤマシタが首を傾げる。「誰ですか？　知りませんけど」

のではないだろうか。


「あなたが彼を知っている、という人がいるんですが」

「何かの間違いじゃないですか」

いきなりの否定。自宅で話を聴いたのは失敗だったかもしれない、と一之瀬は早くも後悔し始めた。警察へ引っ張って行って取調室へ閉じこめ、少し緊張させてやるべきだったのではないだろうか。

「日本語、上手いですね」

城田がいきなり話題を変えた。チェンジ・オブ・ペース。このコンビはやはり強い、と
一之瀬は確信した。何とか城田を警視庁へ戻し、一緒に仕事する手はないものか……。

「ああ、留学していて、日本語、勉強していました」

「いつ頃ですか？」

「十五年とか……それぐらい前？　二十歳ぐらいのときです」

「二十歳」を「はたち」ときちんと言った。これなら、日常会話には困らないだろう。

「東京ですか？」城田がさらに突っこむ。

「いえ。福島で」

「へえ。私の地元ですね」笑顔を浮かべながら言ったが、城田の肩が緊張で盛り上がるの
が分かった。点線が実線になるかもしれない。「大学はどこですか？」

ヤマシタの答えで、本当に線がつながった。島田と同じ大学である。本当は城田と顔を

見合わせ、うなずき合いたいところだったが、意識して視線を逸《そ》らす。ここが重要な手がかりだと、ヤマシタに気づかれてはいけない。

「日本には何年ぐらいいたんですか」

「二年、留学でいました」

「その後アメリカに帰って……」

「三年前に戻って来ました。日本で仕事がしたくて」

寝ているところを叩き起こされた割にはよく喋る。警察慣れしているのでは、と一之瀬は推測した。不機嫌に何も喋らないと、警察はいつまでもつきまとってくる。内容がなくても喋り続けていれば、何となく情報が手に入ったような気になって、警察は引き上げる——そういう淡白な刑事もいるかもしれないが、俺たちはそういう訳にはいかない。

「今は何をしてるんですか?」

「いろいろです。通訳のアルバイトとか」

「浅草にある、『フラワー』というキャバクラで働いていませんでしたか?」

「いえ」

「本当に?」

「本当です」嘘が一つ。

「マイケル・アンダーソンに、そこの仕事を紹介したんじゃないですか?」

「そんな人、知りませんよ」

「島田幸也という人を知りませんか?」

「いえ、全然」

「そうですか」城田がさっと頭を下げる。「どうも、間違った情報のようでしたね。朝からすみませんでした」

おいおい、お前も「淡白な刑事」なのかよと思ったが、この場で言い争いはできない。さっさとドアを閉めて歩き出した城田の背中を追う。一階へ降りたところで、すぐに文句を言った。

「もう少し突っこみようがあったんじゃないか」

「これで動くかどうか、様子を見たいんだ。誰かに相談するんじゃないかな。出かけるかもしれないし、誰かが来るかもしれない」

「電話で済ませる可能性もあるぜ」思わず指摘した。

「そうだけど……とにかくここで、ちょっと張り込もう」

こんな場所での張り込みは時間の無駄ではないかと思ったが、実際には十分も待たずに済んだ。ヤマシタが、すぐにマンションから出て来たのである。ワンウォッシュのジーンズにナイキの黒いスニーカー、グレーのトレーナーという軽装で、小さなショルダーバッグを襷《たすき》がけにしていた。駅の方へ歩き出したので、すぐに尾行を始める――ただし、たっぷり距離を置く。道路は車が一台通れるぐらいの幅しかなく、どうしても目立ってしまう。しかしヤマシタは、振り返ろうともしない。一刻も早く目的地へ着くようにと焦っている様子で、歩調も速かった。誰かと落ち合おうとしているのでは、と一之瀬は推測した。どこかでタクシーを拾われると困るが……。

一之瀬が先に立ち、後を城田が固める。距離を詰め過ぎないように気をつけて……明治通りの交差点で信号待ちになったところで、城田が追いついて来た。

「だいぶ慌ててるな」

「ああ」

「タクシーに乗ったらどうする?」

「ナンバーを確認しておくしかない。後で問い合わせだな」

「東京は面倒臭いな」城田が肩をすくめる。

「福島だったら、全員マイカーだろう」

「当然」

信号が変わり、ヤマシタがまたせかせかと歩き出した。心配なのはタクシーを拾われることだけではない。時刻はまだ九時前。山手線の朝の混雑は続いているだろう。電車の車内で相手を尾行する時は、がらがらでも押し合いへし合いの混雑でも困る。乗車率百パーセントが、一番相手に気づかれにくいから、とにかくこの時間は勘弁して欲しい……しかしヤマシタは、一之瀬の希望と裏腹に、都営大江戸線の改札の方へ向かった。こちらの混み具合はいかほどだろう。

ヤマシタは一度も振り返らぬまま改札を抜け、ホームへ向かった。ちょうどきた六本木方面行きの電車へ飛びこむ。尾行に気づいていて、一之瀬たちをまくためのダミーかもしれないと思ったが、迷わず後に続いた。直後、ドアが閉まる。城田は間に合っただろうかと心配になったが、今気にすべきは彼ではない。視界の隅に、ヤマシタの姿を捉えた。まさに乗車率百パーセント。彼は車両の前方で、つり革に摑まり、スマートフォンに視線を落としていた。依然として、こちらに気づいている様子はない。

一之瀬のスマートフォンが鳴る。確認すると、城田からのメッセージが届いていた。

『車両後方にいる。取り敢えずここで監視する』

『了解』の返信をし、一之瀬はヤマシタに意識を集中した。駅に到着し、人の乗り降りがある度にさらに集中——何となく六本木で降りるのではないかと思ったが、通過してしまう。

ヤマシタは、築地市場《つきじしじょう》駅で降りた。珍しい駅……ここには、来年閉鎖予定の築地市場と朝日新聞社、それに聖路加《せいろか》病院があるぐらいだ。築地市場は外国人観光客に人気のスポットだが、日本滞在歴三年のヤマシタが、わざわざ観光に行くとは思えない。

一之瀬は忘れていたが、ここは銀座にもほど近い場所である。もしかしたら、賑やかな銀座で誰かと落ち合うつもりかもしれない——跡を追ううちに、ヤマシタは銀座へ行くつもりだと確信した。そちらに近いA3出口の方へ慣れた様子で向かい、地上階へ向かうエレベーターの前に立った。まずい……エレベーターに同乗するわけにはいかず、一之瀬はすぐに、近くにある階段へ向かった。トップスピードに乗って駆け上がり始めたものの、築地市場駅はかなり深くにある……最後の方は、腿が上がらなくなってしまった。

エレベーターは先に地上に着いており、一之瀬は呼吸を整えながら再び尾行を始めた。危なかった……エレベーターの扉が開くと同時に自分が階段で地上に飛び出し、鉢合わせしていた恐れもある。城田は無事についてきているだろうかと後ろを振り向くと、十メートルほど後ろにいる彼と目が合った。よし、このコンビはやはり強力だ。

首都高の陸橋をくぐると、前方はもう銀座の街である。真っ直ぐ行けば、すぐに昭和《しょうわ》通りにぶつかる——しかしヤマシタは、右へ折れた。

道路の奥に、新橋演舞場が見えている。通りの両側は雑居ビルやマンション。車が入れない一方通行で、向こうから一台のセダンがかなりの猛スピードで走ってきた。妙だ……他に車を見かけない銀座の細い道路でも、あまりにもスピードを出し過ぎである。そしてヤマシタは、その車に向かってダッシュした。まるで正面から突っこみそうな勢いである。

まさか、自殺？　一之瀬も慌てて、跡を追って走り出した。

しかし車——白いアウディの小型車だった——は、タイヤを鳴らしながら停止した。その瞬間、一之瀬は運転席に座る男の顔をはっきりと見た――間違いない、あいつだ。福島で、島田を奪還しに来た男。顔の傷に見覚えがある。ヤマシタが助手席のドアを乱暴に開け、シートに滑りこんだ。

一之瀬の背後から城田が駆け抜けた。一時停止したアウディに迫り、運転席側のドアに手をかける。ロックは解除されていたようで、思い切りドアを引き開けた。しかし運転席の男は気にする様子もなく、車を発進させる。

「城田！　よせ！」

一之瀬は叫んだが、城田も簡単に手を離すつもりはないようだった。ドアハンドルに手をかけたまま、アウディと並走する。だが車に敵《かな》うわけもなく、ぎりぎりまでドアハンドルを握っていたものの、体が前へ倒れた。ドアハンドルを放すと横へ勢いよく転がり、街灯に体がぶつかってしまう。一之瀬は道路の中央へ飛び出して両手を広げたが、運転席の男はアクセルを緩めようとしない。命を賭けたチキンレース。冗談じゃない！　一之瀬はぎりぎりで飛びのいた。横に一回転し、激しく肩を打った痛みに耐えながら、すぐに立ち上がる。クソ、銃さえあれば……一之瀬はナンバーを頭に叩きこんだ。

振り向き、城田の無事を確認する。城田は腰の辺りを押さえ、体を折り曲げながらも立ち上がった。腰をしたたかに打ったようだが、何とか歩けるようだ。一之瀬はすぐにスマートフォンを取り出し――ない。慌てて周囲を見回すと、道路に落ちていた。飛びつくように拾い、岩下の携帯を鳴らす。

「一之瀬――」声を上げる城田を、右手を挙げて制する。

今度は絶対に捕まえる。あのアウディを逃がしはしない。

## 〈20〉

三十分後、アウディが東京メトロ水天宮前《すいてんぐうまえ》駅近くの路上に乗り捨てられているのが発見された。

その報告を、一之瀬は銀座の現場で聞いた。公務執行妨害、さらに道交法違反事件ということで、所轄の銀座署から刑事課と交通課が出動し、その捜査に協力していたのだ。

「もぬけの殻だった」スマートフォン越しの岩下の声は暗い。

「すみません……追い切れませんでした」

「お前、無茶したんじゃないだろうな？」岩下が疑わし気に訊ねる。

「いや、特には」一之瀬は咄嗟《とっさ》に嘘をついた。銀座署の連中にも、車の前に立ちはだかったことは話していない。結局はチキンレースに負け、みすみす逃がしてしまったのである。

そんな恥ずかしいことを表沙汰にするつもりはなかった。

「それならいいが、これ以上ややこしくしないでくれ」

「大丈夫です」

「城田は？」

「軽傷です」

「怪我してるのか？」

「ああ、いや……打撲ですよ」城田はしきりに腰を気にしていた。体を捻ると痛むらしい。単なる打撲ではないのだろうか。

「詳しい報告は後でいい」

「車の現場の方、どうしますか？」

「もうこっちから向かってる。取り敢えず所轄と鑑識が処理してるから、お前らはそっちへ行く必要はない」

「車の持ち主は分かったんですか？」

「丸井洋平《まるいようへい》、四十歳。免許証によると、住所は中央区新川《しんかわ》だ」

孤島のような場所だ。あの住所は、隅田川と複数の堀に囲まれた四角い「島」で、その中には駅がない。ただし、日比谷《ひびや》線や京葉《けいよう》線の駅がすぐ近くにあるので、それほど不便ではなく、マンションなどが林立しているはずだ。

「顔はどうですか？　福島の襲撃犯ですか？」

「ああ。免許証の写真で宮村たちが確認した。間違いないそうだ」

「一応、俺にも送ってもらえますか？　自分でも確認したいので」

「分かった。取り敢えずお前たちは、丸井洋平の自宅へ向かえ。可能なら、これから捜索《ガサ》をかけてみる」

「了解です」

通話を終え、一之瀬は城田に歩み寄った。体を左右に捻りながら、腰の具合を確認している。

「大丈夫か？」

「うーん……」城田の表情は渋いままだった。「歩く分には問題ないけど、捻るときつい」

「医者へ行っておいた方がいいんじゃないか？」

「後でいいよ。それより、何か指示されたんだろう？」

「今の被疑者、一応確認できた」メールの着信音が鳴る。慌てて確認すると、岩下が丸井の顔写真を送ってくれていた。間違いない。免許証の写真らしく、不自然に大きく目を見開いていたものの、福島駅近くで自分たちを襲撃してきた男に間違いない。太い眉。丸刈りの頭に、太く短い首。顔の傷。急に憎しみが湧き上がってきた。殺意があったかどうかはともかく、この男には二回も殺されそうになったのだ。一之瀬は城田に丸井の写真を示した。

「悪そうな顔してるなあ」城田が顔をしかめながら言った。

「ああ……家が割れたから、取り敢えず行ってみよう。俺たちが一番乗りできる」

とはいえ、城田は長距離の徒歩移動に耐えられそうにない。銀座署の連中に乗せていってくれと頼むわけにもいかない——現場を仕切っている刑事課長はやたらと強面だった——ので、一之瀬は自腹でタクシーを奢ることにした。新川までは大した距離ではないはずだ。

城田はタクシーに乗ってもまだ呻《うめ》いていた——座る動作もきついらしい——が、精神力で何とか痛みのピークを乗り切ったようだ。新川に着いてタクシーを降りた時には、一応ちゃんと歩いていた。

丸井のマンションは、新川二丁目の交差点のすぐ近くだった。オフィスビルとマンションが建ち並ぶ一角で、生活するには不便そうだ。すぐ近くにラーメン屋が一軒あるが、他には飲食店や買い物ができる店すら見当たらない。東京二十三区内なら、どこへ行ってもコンビニエンスストアぐらいはあるはずだが。

一番乗りではなかった。マンションの前には、既に銀座署のパトカーが一台、待機していた。制服警官が二人、乗っている。上からの指示がくるまで、ひたすら待機ということだろう。一之瀬は岩下に電話を入れ、「取り敢えずノック」を命じられた。

「次はヘマするなよ」

岩下も一言多い。突進してくる車を停められなかったのはヘマなのかよ、と思いながら一之瀬は電話を切った。パトカーに待機している二人に声をかけ、周囲の警戒を続行するよう頼んでから、マンションに入る。かなり古い四階建て……一階の一角には、車が五台入れられる駐車場がある。古い建物で、オートロックでないのが一之瀬たちに幸いした。

郵便受けで確認し、三階の部屋へ向かう。さすがに鍵はかかっている……一階の管理人室で聞き込みをしてみたものの、こちらも成果はなし。昼間だけ詰めている管理人は、丸井の顔を見たことはほとんどないという。

部屋の捜索にかかれたのは、昼前だった。特捜本部からは若杉と宮村も参加し、不動産屋に鍵を開けさせて部屋に踏みこむ。雑然とした、いかにも一人暮らしのような部屋……いや、ここは「居住」スペースではないと一之瀬は見て取った。1LDKの間取りで、一部屋は寝室になっているものの、リビングルームは事務所のようである。十二畳ほどある部屋の主役は、その半分ほどを占めるテーブルだった。椅子が六脚、そしてパソコンが四台。一之瀬は、キーボードを順番に叩いていった。四台目で、パソコンがいきなりスリープモードから復旧する。パスワードの設定もしていないのは不用心過ぎるぞ、と一之瀬は内心ほくそ笑んだ。

椅子を引いて腰かけ、ハードディスクの中身を調べていく。システム系のフォルダは無視し、まずはドキュメントから。空……続いて、丸井自身が作ったであろうフォルダを覗いていく。フォルダの名前は数字で、「150131」などの名前から、作成日の日付をフォルダ名にしたものと推測できる。試しに、この「150131」の中を見てみると、同じ名前がついた表計算ソフトのファイルが一つ入っているだけだった。

内容は基本的に、大きな数字の羅列だった。九桁《けた》にもなるのだが、単位も何もないので、何の記録か分からない。金額のようにも見えるが……一番左のA列は日付だろう。例えば、今年の一月。きちんと一から三十一まで並んでいるから、日付の可能性が高い。

いつの間にか、後ろから城田が覗きこんでいた。

「金額っぽいな」城田がつぶやく。

「だったらかなりの巨額だけど、何だろう。収支表みたいな感じでもないし」

「だな……ここは？」

城田がB列を指さした。「120」前後で微妙に変化している。

「為替《かわせ》相場っぽくないか？」一之瀬は指摘した。

「確かに」城田が同意する。

一之瀬はスマートフォンを取り出し、今年一月の外為レートを確認した。合っている――一月七日の終値が一ドル百十九円二十五銭。八日が百十九円六十五銭だ。この数字は、最近もそれほど変わっていないだろう。

「投資でもやってたのかな」

「どうかなあ」一之瀬は顎を撫でた。金の動きだとしたら、回数が少ない気もするが……日付のA列と為替相場らしきB列には全て数字が入っているものの、他の列には穴がある。C列が日本円、D列がアメリカドルとも取れるが、為替相場で確認すると、額がずれていた。

「これは専門家に任せようか」一之瀬は早くもギブアップした。

「となると、捜査二課だろうな」

城田も同意する。こいつも数字には弱かった、と思い出した。家計簿をつける時にも——つけてるかどうかは分からないが——苦労するのではないだろうか。

「とにかく、このパソコンは押収しちまおう」

「そうだな。分析して——」

「おい！」

若杉が急に、部屋の空気を震わせるような大声を上げた。慌てて立ち上がり、声が聞こえた寝室に飛びこむ。若杉は、ハンカチの上に拳銃を載せ、両手で捧げ持っていた。

「どこで見つけた？」一之瀬は思わず声を尖らせた。

「ベッドの下だよ」若杉が自慢げな表情を浮かべる。

ああ、また威張られる——と情けない気分になったものの、若杉が奇妙なつきに恵まれることが多いのは間違いない。本人曰《いわ》く「持っている」。体力馬鹿のくせに、と馬鹿にしたくなるが、事実は事実だ。そう言えば去年のバラバラ殺人事件でも、体力任せで延々遺体の一部を捜していて、結局犯人を取り押さえた。残念ながら一之瀬は、たまたま幸運にぶつかることはほとんどない。

若杉と宮村が拳銃を床に置いて、調べ始めた。ほどなく宮村が立ち上がり、にやりと笑った。

「真正だと思う。これで丸井の野郎を追いこめるぞ」

確かに。銃刀法違反で逮捕状、指名手配ができれば、捜査は一気に進むだろう。

誰かのスマートフォンが鳴った。振り向くと、リビングルームにいた城田がスマートフォンを耳に押し当てていた。

「はい、城田です……ええ、はい。そうですか、間違いないですね？　了解です。詳細は後でメールしてもらえれば」

城田も寝室に入って来た。こちらは若杉と違い、厳しい表情を浮かべている。

「福島からだ」

「大学の関係か？」新川へ向かう途中のタクシーの中で、城田はヤマシタが本当に福島の大学に留学していたか調べるよう、同僚に指示していたのだ。

「留学していたのは間違いない。時期も島田の在学時と重なっている」

「ということは、二人は当時から知り合いだった可能性があるな」

「そんな昔の知り合いが、何年も経ってから一緒に悪さを始めるようなことがあるのかね」

「あるさ」

一之瀬は去年担当したバラバラ殺人事件を思い出していた。あれも、学生時代を引きずる事件――大学時代に知り合いだった人間たちが犯罪に巻きこまれ、その結果起きた悲劇だった。

家宅捜索《ガサ》を続行したものの、拳銃以外に重大な手がかりは出てこなかった。しかしパソコンを調べていた城田が、新たな手がかりを見つけ出す。

「メールだ」

「メーラーは空だったぞ」そこは一之瀬も先に調べていた。メーラーだけでなく、ウェブメールを使っていた可能性があるのではないかと思って調べてみたが、ブラウザにはブックマークも履歴もなかった。ネットにはつながっているものの、基本的にはスタンドアローンで使う業務用のパソコンではないかと考え始めていた。

「いや、メールは送受信していたみたいだ。ただし、受信した後にメールの内容は別フォルダに保存して、メーラーからは削除していたらしい」

「よく見つけたな」一之瀬は思わず感心して言った。

「よくあるやり方だよ」

「お前もこんな風にやってるのか？」

「いや、俺はやってないけど、前に福島で捜査した事件で、同じようにしていた犯人を知っている。警察がメールを調べるのをあらかじめ予想していて、避難させたんだろうな」

「確かに、いかにもありそうな話だ。それで、内容は？」

「英語なんだけど、暗号っぽいな」

「暗号？」一之瀬は立ったままパソコンを覗きこんだ。保存したメールの内容を表示したメモ帳が立ち上がっている。ビジネス文書というわけではなく、城田が指摘するように、暗号のように見えた。「ＡＮＢ　７００００」「ＯＪ　１００００」等々。

「金額っぽくも見えるな」一之瀬は指摘した。

「ああ」

「やり取りしていた相手は？」

「ちょっと待て」

城田が、今度はメーラーを確認した。確かに、受信箱は空……しかしアドレス帳を表示させると、三人だけ名前があった。いずれも文字と数字をランダムに組み合わせたアドレスのフリーメール。それもいかにも怪しい感じである。

「こいつが何者か、調べられるかな」

「相当難しいと思うぞ」城田が首を捻る。「フリーメールのユーザーを特定するのは、ほとんど不可能じゃないかな。もうちょっと、名前につながりそうなヒントでもあればいいけど」

一之瀬は背中をゆっくりと伸ばした。さて、どうしたものか……その時ふいに、メーラーの陰に隠れていたメモ帳のウィンドウに目がいった。

「これ、何だ？」

「何が？」城田が不機嫌そうに言って——何か見落としを見つけられたと焦ったのだろう——画面に顔を近づける。

「これだよ、これ」一之瀬は画面に指を近づけた。指紋がつかないようにするために、微妙に宙に浮かす。英語が苦手な一之瀬でも、簡単に分かる。「ここだけ、普通の文章になってる。ええと……『四月に日本で会おう』だよな？」

「ああ……そうだな」

「誰かが、丸井に会うために来日する予定になっていたとか？　いかにもありそうな話じゃないか」

「国際的な犯罪グループだったのは間違いないな」城田が話を先へ進める。「今まで分かっているだけでも、アメリカ人が二人いる」

「一人は死んでるけど」

「嫌なこと、言うなよ」城田が顔をしかめた。しかし、視線はパソコンに向いたまま……メールを保管していたフォルダを呼び出し、さらに別のメールを開ける。「おいおい、雑だな」急に声が明るくなった。

「確かに」一之瀬も認めた。

今度は暗号ではなかった。ごく普通のメール。全部を一気に読み下すことはできないが、先ほどの「四月に日本で会おう」というメッセージの続きのようである。具体的な日付もあった……そしてもう一つの大きな手がかり。

「ミスタ・デヴィッド・フレイも同行予定、か」

「今日、何日だ？」言いながら一之瀬は自分の腕時計を見た。「四月十八日か」

「デヴィッド・フレイの来日予定は、九日だ」

「先週だな……おい、これはでかい手がかりだぞ。当たりを引いたかもしれない」

こういう話なら、聞けそうな相手もいる。

しかし事態は、そう簡単には進まなかった。

デヴィッド・フレイというアメリカ人が入国したことは確認できた。日付は確かに九日。そしてまだ、出国していない。しかしこの人間が事件にどう絡んでいるかは分からず、警察としてできることは限られていた。入管を拝み倒し、出国に際してチェックしてもらうぐらいだ。都内のホテルを虱潰《しらみつぶ》しにして、宿泊しているかどうかを確認する手はあるが、それでは手間がかかり過ぎる。

一之瀬は、Qに連絡を取ろうとした。藤島がずっとネタ元にしていた男で、正体は不明ながら、やけにさまざまな裏事情に通じている。捜査関係にも詳しく、警察関係者——かなり立場が上のキャリア官僚——ではないかと疑うこともあった。しかし、警察関係者があまり知らないようなこと——例えば企業の裏事情にも相当通じている。興味深い男ではあったが、藤島からは「正体を探るのは厳禁」と釘を刺されていた。自分のことを詮索《せんさく》されるのを、極度に嫌うのだという。確かに今まで、会話の端々からそういうニュアンスを感じていた。

Qに連絡を取るのは難しくはない。携帯に電話を入れれば大抵反応するし、出ない場合でもすぐに折り返しがある。ところが今回は連絡がつかなかった。一之瀬は、定番の情報提供料として、彼が好む和菓子まで用意していたのだが。

しかし結局、夜までQからの連絡はなかった。Qも、四六時中携帯を握って連絡を待っているわけではないだろうと自分に言い聞かせたものの、何だか釈然としない。

捜査会議を終え、用意されていた弁当で遅い夕食を摂った直後、電話が鳴った。画面に「Q」。何だか馬鹿馬鹿しい登録名だと思いながら、一之瀬はすぐにスマートフォンを摑んで廊下に出た。Qは一之瀬だけのネタ元であり、他人に話を聴かれたくない。

Qはひどく素っ気なく――不機嫌だと言ってよかった。普段から、こちらを馬鹿にするような態度を取ることはよくあるのだが、こんな風に不機嫌になることはまずない。風邪でも引いているのだろうかと懸念しながら、一之瀬は事情を説明した。デヴィッド・フレイというアメリカ人らしき男が、犯罪に関わっている可能性がある。この男について、何か情報はないだろうか。あるいは、丸井が社長になっていた「T&Y」という会社について――。

「知らない」Qが即座に断言した。

「そうですか……でも、ちょっと電話を一本かけてもらえれば……」

「今は、それはできない」

「お忙しいんですか?」一之瀬は下手に出て訊ねた。

「忙しくはない」

「だったら、ちょっとお目にかかれませんか? 『魔王』が呑める居酒屋もキープしてますし、お土産もあります」

「そういう問題じゃない」

「だったら、何が――」

「君も、何でも人に頼るようでは、いつまでも成長しないままだぞ」

「これはちゃんとした捜査――」

いが」Qの口調は相変わらず冷たかった。

「自分の足で稼いでこそ、捜査じゃないのかね。警察の仕事のことは、私はよくは知らな
「何か、ご機嫌を損ねるようなことを言いました？」一之瀬は思わず訊ねてしまった。情けない言い方だが、このまま電話を終えるわけにはいかない。

「私の機嫌は関係ない。君自身の問題だ」Qがぴしゃりと言った。「君にやる気があるかどうか……刑事として独り立ちできるかどうかの問題だ。とにかくこの件については、私は何も知らないし、調べる気もない」

電話は切られてしまった。啞然《あぜん》としてスマートフォンを見下ろし、かけ直そうかと思ったが、何とか我慢する。非常に後味が悪い——今の電話が、Qとの最後の会話になるのではと恐れたが、再度電話をかけてもQは出ないような気もした。深追いは無用だ。

いったい何があったのだろう。藤島がQに何か吹きこんだのでは、と想像した。「あいつもそろそろ一人前だから、今後はネタをやらないで下さい」とか……いや、それは意味がない。藤島が自分の成長に関してあれこれ考えるのは、警察内部の人間として当然と言える。だが、Qは……警察内部の人間かもしれないが、基本的にはネタ元なのだ。彼とのつき合いは、情報の入手が最優先。Qだって、一之瀬の成長には興味もないだろう。藤島が余計なことをQに頼みこむとは思えなかった。それとも、Qと藤島には、一之瀬がまだ知らない特殊な関係性があるのか。

藤島とはまったく関係なく、Qが自らの意思で一之瀬との関係を断とうと考えた可能性もある。一之瀬は、Qがどういう人間なのか、実はまったく分かっていないので、彼の本音は読みようもない。扱いにくい人間なのは間違いないのだが……。

結局もやもやしたまま、Qとの接触は諦めざるを得なかった。他の情報源は見つからないだろう。外国人が相手だと、簡単には情報は収集できないのだ。

新たな情報がもたらされたのは週明けの月曜日。一之瀬が予想もしていなかった、まったく別の筋からだった。

〈21〉

その電話は、捜査会議が終わるタイミングを見計らったかのようにかかってきた。登録はしていないものの、記憶にある番号……おいおい、何なんだよ。番号を見ただけでむっとして、一之瀬は電話を無視した。宮村が、不思議そうに訊ねる。

「出なくていいのか?」

「ええ」

「あ、そう」急に興味をなくしてしまったように、宮村が席を立つ。一之瀬はしばらく、テーブルに置いたスマートフォンを凝視し続けた。ほどなく、留守電が入ったことを告げるメッセージ音がピン、と鳴る。

直接話すのは嫌だが、留守電なら何とか我慢できる。一之瀬は、斉木祐司《さいきゆうじ》が残したメッセージを聞いた。

「ちょっと話せないか？　また電話する」

向こうがまた電話すると言っているんだから、無視しておこう。意地でもこちらからはかけないつもりだった。

城田や若杉と一緒に、今日の仕事の手順を相談していると、スマートフォンが鳴った。またも斉木。依然として話す気はなかったが、ここで釘を刺しておかないと、いつまでもつきまとわれそうだ。一之瀬は立ちあがり、廊下に出たところで通話ボタンを押した。

「お前と話すことはない」即座に宣言する。

「いきなりだな」斉木が苦笑した。

「また痛い目に遭いたいのか？」

去年のバラバラ殺人事件で、一之瀬は外事二課に勤務する同期の斉木と悶着《もんちゃく》を起こした。最後は怒りを直接ぶつけて一触即発……あれが問題にならなかったのは、今でも不思議だ。それに、斉木がこのこと電話をかけてきたことも理解に苦しむ。一年近く、会うことも話すこともなかったのに。

「まあまあ」斉木の声は冷静だった。「今、面白い事件をやってるんだって？」

「外事に話すことは何もない」思わず声が上ずってしまう。「お前は、いるかいないか分からないスパイでも追いかけてればいいだろう」

「そう言わずに、俺の情報は耳に入れておいた方がいいんじゃないかな。損はさせないぜ」

「どうせろくでもない情報だろう」

「それは、聞いてから判断した方がいいと思うけど」斉木は簡単には引かなかった。よほど自信のある情報なのか、一年越しで一之瀬に報復するために、ろくでもないネタを摑ませて引っかけようとしているのか。

とはいえ、「聞いてから判断した方がいい」という斉木の言い分にも一理はある。予防策として誰かに同行してもらおう、と一之瀬は決めた。やはり同期の城田がいいだろう……今は福島県警にいるのだから、同期とはいえ微妙な——斉木にすればそれなりの敬意を払うべき相手だ。城田なら上手くストッパーになってくれるだろう。

「分かった。どこで会う？」

「そっちは杉並南署だろう？」

「ああ」

「俺は出られないんだけど、こっち——本部へ来る用事はないか？」

「……昼前にちょっと寄れると思う」自分で誘っておいて呼びつけるのか？　むっとしたが、事務的に考え直して受け入れた。午前中、月島《つきしま》での聞き込みを終えると少し時間が空くし、あそこからなら、警視庁の最寄り駅の桜田門《さくらだもん》駅までは、有楽町《ゆうらくちょう》線一本で行ける。

「じゃあ、飯でも食いながら話をしようか」斉木の声は明るくなった。

「お前と飯を食う気はない」ぴしりと言った後、一之瀬は「本部へ着いたら電話する」と宣言して電話を切った。

すぐに城田を誘い、事情を説明する。彼は、去年の斉木とのいざこざは知っているが、斉木本人については知らなかった。警視庁の「同期」は大人数である。警察学校では一緒になっても、そこで親しくならなかったら、後は一生顔も見ないことすらある。

「大丈夫だろうか」一之瀬は心配になって訊ねた。

「お前も案外気が弱いねえ」城田が笑い飛ばす。

「奴とはいろいろあったんだよ」

「それは分かるけど、びびってもしょうがないだろう」

一之瀬としては肩をすくめるしかなかった。一度トラブルを起こした人間とやり直すのは難しい——そんなこと、自明の理ではないか。

結局、斉木とは警視庁一階の食堂で会うしかなかった。捜査一課と外事二課の刑事が密かに話し合える場所など、警視庁の庁舎内にはない。この面子で食堂にいれば、誰かに見られても言い訳ができる——久しぶりに東京へ来た同期を案内して、同じく同期の斉木と昼飯を食べている、とか。

「懐かしいねえ」城田が本当に懐かしそうに言った。目の前には食べかけのAランチ。揚げ物ばかりだが、つけ合わせで野菜がたっぷりあるのが救いだ。「ここでは何度か飯を食べたけど……昔より味がよくなったんじゃないか？」

「味の記憶は当てにならないよ」斉木がさらりと言って、蕎麦を啜る。時間がないというので、結局一緒に食事をする羽目になっていた。

斉木は、一年前とは少しだけイメージチェンジしていた。百六十センチほどしかない小柄な体はそのままだが、胸板が厚くなっている。暇にあかせて——外事二課はそんなに忙しいセクションではないはずだ——トレーニングでも積み重ねてきたのだろうか。げっ歯類を彷彿させる顎の尖り具合は変わらないものの、髪を極端に短くしたせいか、顔の印象がかなり変わっていた。

一之瀬はBランチ。焼き魚に卵焼きがメーンの、ごくごく地味な——ある意味健康的なランチだ。時間が早いせいで、食堂内にはあまり人もおらず、内密の話をするには適当な状況だった。

「で？　福島の件はどうよ」

斉木が、旧知の間柄であるかのように、城田に話しかけた。二人はほとんど初対面のようなものだが……城田も、適当に話を合わせている。もちろん、重要な情報は漏らさない。

二人の会話が一段落したところで、一之瀬は話を切り出した。

「で？」

「でって、そこまで素っ気なくしなくてもいいんじゃないか？」斉木が苦笑しながら言った。

「呼んだのはそっちだろう？　もったいぶるなよ」

「金融庁に知り合いがいるんだけど」

「顔が広いのはいいことだな」少し皮肉をこめて一之瀬は言った。

「俺らの仕事は、顔の広さで決まるんだよ」

「分かった、分かった……それで？」

「金融庁の仕事の一つは、マネーロンダリングの監視だ。その中で最近、引っかかってきた情報があるんだってさ」

「まさか……丸井か?」

斉木が無言でうなずく。名前が割れているということは、金融庁の調査はかなり進んでいるのではないだろうか。

「金融庁の調査能力にも限界はある。丸井の名前が出てきて、警視庁に先を越されてるんじゃないかと思って慌てたんだろうな」

「丸井の名前は、ニュースでは流れてないぞ」一之瀬は指摘した。

「そんなの、隠しておけるものじゃないだろう。俺たちから見れば、一課の情報統制なんか、ザルみたいなものだよ。ダダ漏れだ」

「まさか」情報の管理については、厳しく言われている。ただし、本部の刑事はともかく、所轄から情報が漏れている可能性もある。

「とにかく、金融庁の知り合いが俺に接触してきたんだ」

「こっちの動きを知りたいと？」

「そういうこと」

「何だよ、結局俺から情報を取りたいだけじゃないのか」

「何か教えてくれるのか？」茶化すように斉木が訊ねる。

「おい、ふざけてるなら——」一之瀬は立ち上がりかけた。

「そういうわけじゃない」斉木が急に真顔になった。「金融庁の連中からは、いろいろ情報を引き出した。それをお前に渡してやるよ」

「何で今になって」

「そこに情報があるから」斉木が両手を広げた。「使わないと、情報はただのクズになる」

「格好つけてるのか?」

「一之瀬」城田が釘を刺した。「一応、話は聞いた方がいいんじゃないか?」

「お、福島県警の方が大人だね」斉木がにやりと笑う。もったいぶった態度、人を馬鹿にしたような物言いは、一年前とまったく変わっていない。散々衝突したのに、まったく反省していない様子だった。

しかし実際には斉木は、少しだけ素直になっていた。金融庁から引き出した情報を、非常に分かりやすく整理して一之瀬に説明してくれたのだ。ただし専門用語の羅列で、完全に理解できたわけではないが……。

「ちょっと難しかったか?」

「勉強するよ。しかし、日本が舞台のマネーロンダリングとなると、状況がややこしくなるんじゃないか? だいたいああいうのは、暴力団の連中が、違法に稼いだ金を洗浄するパターンがほとんどじゃないか」

「ああ」

「日本は、マネーロンダリングの舞台にはなりにくいと思うけど」

「そうでもないみたいだぜ。実際、摘発例もあるし」

しかし、丸井の自宅から押収したパソコンのデータを見た限り、斉木が教えてくれた手口が使われていたとは思えない……いや、自分たちが見たのはデータのほんの一部だ。この件は、パソコンを解析している連中に相談しなければならない。

「一応……礼を言うよ」

「どういたしまして」斉木が軽い調子で頭を下げた。

「だけど、どうしてだ？」

「何が？」

「何で俺に教えた？」

「まあ、それは……」斉木が耳を触る。「去年のこと、まだ根に持ってるんだろう？」

「別に」一之瀬は顔を背けた。「そんなことをいつまでも考えてるほど暇じゃない」

「お前はそうかもしれないけど、俺は違うんだよ」斉木がトレイを脇にどけた。「だから、まあ……ちょっと反省したと言っておくかね」

「お前が？　まさか」一之瀬は目を見開いた。こいつは絶対に、反省するようなタイプではない。そもそも「悪」の定義、捜査に対する心構えが、捜査一課の自分とはまったく違う。水と油だと思っていた。

「同じ警視庁の仲間なんだしさ」

「もしかしたらお前、外事にも友だちがいないのか？」

斉木がむっとした表情を浮かべ、一方、城田は吹き出した。

「もういいじゃないか」笑いをこらえながら城田が言った。「情報は、質だけが問題なんだ。出所はどうでもいいんだよ」

「おいおい」斉木がむっとした表情を浮かべる。「俺はどうでもいいのか」

「出所ははっきりしてるんだから、いいじゃないか」城田がうなずき、一之瀬に目を向ける。「一番大事なことは何だ？」

「事件を解決すること」何となく釈然としないまま、一之瀬は唸《うな》るように言った。

「分かってりゃ、いいよ。俺だったら、この情報には絶対に乗るけどな」

「……ああ」個人的な感情は、この際押し殺しておくしかないようだ。斉木の顔を凝視して訊ねる。「この件、警視庁はどこかで内偵してないのか？」

「やるとしたらうちか捜査二課……捜査二課の事情は知らないけど、うちは何もやってない」斉木が首を横に振る。

「外事は、内輪同士でも何をやってるか分からないそうだけど」

「それぐらいは把握してるよ」斉木が肩をすくめる。「それで、この情報をどうする？買いか？」

「買いだ――金は払わないけどな」ニヤリと笑い、一之瀬はトレイを持って立ち上がった。

もしも当たりだったら、斉木に飯でも奢るべきかもしれない、と思いながら。

貸し借りはできるだけゼロにしておきたい。特に斉木のように、イマイチ信用できない相手に対しては。


「マネーロンダリング？」電話の向こうで、岩下が不機嫌そうな声を上げた。「その構図、お前は理解できてるのか？」

「概《おおむ》ね、ですが」斉木と別れた後、一之瀬は捜査一課の自席に戻り、この件について下調べをしてみた。斉木の言った通り、確かに他県警で摘発の事例がある。人数の少ない県警で立件できるぐらいだから、事件としては案外難しくないのだろうか。「実際に情報通りかどうかは分かりません」

「捜査二課は？」

「動いていないと思いますけど、何とも……」

「分かった。その件は俺の方で、非公式に探りを入れてみる」

「一度、そっちに戻りますか？」

「いや、予定通りに聞き込みを続けてくれ。この件は、夜の捜査会議で議題に上げるから……そうだな、その前に、メモにまとめて俺にくれるか？　今、どこにいる？」

「本部——自分の席です」

「だったら、聞き込みの前にメモをまとめられるだろう。城田はどうしてる？」

「下で待ってもらっています」一之瀬の感覚では、城田は警視庁の「仲間」なのだが、城田自身は捜査一課へ足を運ぶのを遠慮した。現在は食堂で待機中。その間、ヤマシタと島田の関係について、福島県警の仲間たちから話を聞いているはずだ。

「奴には申し訳ないが、メモ優先で頼む。これで、だいたい構図は見えてきたんじゃないか？」

「いや、まだです」一之瀬は否定した。「島田たちのグループが、裏でマネーロンダリングをやっていてもおかしくはありませんけど、それと浜中たちの件が上手く結びつきません」

「ビジネス——裏のビジネス関係のトラブルじゃないのか？」

「それを証明するためには、もっと調べを進めないといけませんね」

「ああ。夜の捜査会議までに大まかな方針を決めたい。だから今は、メモ優先だ」

「分かりました」

電話を切り、パソコンを立ち上げながら——メモをまとめるのは、スマートフォンでは無理だ——一之瀬は城田に電話を入れて事情を説明した。

「分かった」城田はあっさり了解した。「こっちは島田の件で連絡待ちなんだ。俺の方でも、電話で話を聴きたい相手がいる」

「だったらやっぱり、上で仕事しないか？　然るべき人に話をしておくから」席は空いている。自分の係と隣の係、二つの係が杉並南署の特捜本部に出てしまっているから、ががらなのだ。城田の立場なら、ここで電話を使っても問題はないだろう。

「そうだな……」城田が迷った。「そう言えば、スマホの充電がそろそろ危ないんだ。できたら、電源も貸してもらえれば」

「全然問題ないよ」

一之瀬は、課内庶務を担当する第一強行犯捜査第一係の係長に話を通した。問題なし。ただ、常に一之瀬が隣にくっついているように、と指示された。そこまで用心する必要もないと思うが。

すぐに、食堂まで城田を迎えに行く。城田本人は、本部へ来たことはほとんどなく――初任地の千代田署から直接福島県警に行ってしまったのだ――廊下を歩くだけで物珍しそうにしていた。

「何だか暗いな」

「廊下の電気、半分しかつけてないんだ」歩きながら、一之瀬は廊下の天井を指さした。

「東日本大震災以降、ずっと節電らしい」

「景気のいい話じゃないな」

「しょうがないよ」

捜査一課の大部屋に入り、自分の隣の席を城田に提供する。

「ここ、誰の席だ？」

「若杉」

「げげ」城田が嫌そうに顔をしかめ、腰を浮かしかける。「筋肉馬鹿になりそうだな。それよりお前、あいつの横に座っていて、鬱陶しくないか？」

「若杉だって、ここに座っている時は四六時中喋ってるわけじゃないよ」

暇な時に自分の席で何をやっているかと言うと、筋トレだ。ふと気づいて横を見ると、足を床から上げてデスクと平行にキープし、腹筋を鍛えている。

「電話は使ってくれ。電源も大丈夫だから」

「了解」

言い終わらないうちに、城田のスマートフォンが鳴った。話し始めた城田を横目に、一之瀬はパソコンに向かい、斉木から聞いた話をメモに落とし始めた。

・島田グループのメンバー：島田幸也、丸井洋平、マイケル・アンダーソン、ボブ・ヤマシタ（判明分）。この他に、丸井とメールのやり取りをしていたデヴィッド・フレイというアメリカ人が入国している。島田たちと接触しているかどうかは不明。
・手口は一般に「マネーミュール」と呼ばれているもの。求人サイトや電子メールで海外送金のアルバイトを募集し、「運び屋」にする。
・島田グループが、海外から「運び屋」の口座に入金、複数の外資系資金移動業者を利用して、この金を分散、海外送金する。「手数料」は高額で、口座に入金された金額の一割が基本。
・入金された金は、海外（主にアメリカ）の犯罪で得られた金と見られる。
・「運び屋」を募る手口は、主に不特定多数の人間に送りつける電子メール。金融庁では相談を受けて、事件に荷担した人間の名前を一部割り出している模様。

ここまでメモをまとめて、犯罪の全容がぼんやりと分かってきた。問題はやはり、浜中との関係がはっきりしないことである。マネーミュールは完全な「知能犯」だ。丸井か島田がこのグループを立ち上げたのではないかと思えるが、いずれにせよ、金を儲けるのに、暴力的な手段は一切必要ない。指先の動きだけで巨額の金を稼ぎ、危険なこともないはずだ。暴力的な手段に出れば、むしろマネーミュールをやっていることが表沙汰になる恐れがある。

いったい何のトラブルだろう。この辺は、ハマナカパートナーズの中を詳しく調べてみないと分からない。島田と浜中に何らかの関係がありそうだということは分かっているが……もしかしたら、ハマナカパートナーズもこの件に一枚噛んでいるのだろうか。そこで内輪揉めが起きて、殺し合いになったとか。

まだ想像の域を出ない。ハマナカパートナーズについては調べている刑事がいるから、そちらの努力に期待するしかないだろう。

メモを書き終えて岩下に送信。ふっと溜息をついて、城田の顔を見る。城田もちょうど、電話を終えたところだった。

「どうだ？」一之瀬は先に訊ねた。

「ヤマシタなんだけど、留学中からいろいろ評判が悪かったようだ。はっきりしないけど、ドラッグ関係に手を出していたという噂もある」

「売買？」

「それも、学内でね。だけどキャンパスの中だったら、意外と安全なんだろうな。警察の手も届きにくいし」

「……だろうな」

「要するに、島田はずいぶん昔から、アメリカの悪い人間とつき合っていたんだよ。マネーミュールの件も、ヤマシタから島田に持ちかけられたものだったりしてな」

「考えられるな」一之瀬はうなずいて同意した。「後は、このグループの誰かを捕まえる……そして、ハマナカパートナーズとのトラブルをはっきりさせることだな」

「どこまでが俺たちの責任なのかね……責任というか、どこまで捜査すべきなんだろう」

「マネーミュールに関しては、二課なり金融庁なりが調べるべきなんだろうけど……もう一つ、分からないことがある。俺は、最初から不思議だったんだけど」

「何だ？」城田が訊ねる。

「島田はどうして福島にいたんだろう。そもそも人を殺して手配中の人間が、一番警戒が厳重な場所へ行くのが理解できない」

「実家との関係もほとんどなかったし、友だちもいない――頼る人間もいなかったはずだよな」

「そして、内縁の妻……大井美羽はずっと東京にいたはずだ」

「内縁でも、奥さんは奥さんだ。頼るのは普通だと思う。でもそれなら、一緒に東京で潜伏しているのが、一番安全だよな。奥さんが変な動きをしていたら、かえって目立つ」

「分からないな……」一之瀬は腕組みをした。「とにかく、これで捜査は動き出すとは思うけど」

言ってはみたものの、自信はない。自分の放りこんだ情報が、特捜本部に波紋を生じさせるのではないかと一之瀬は懸念した。

# 〈22〉

夜の捜査会議でも、他の刑事たちはマネーロンダリングの話にはピンときていない様子だった。考えてみれば、そもそも自分もよく分かっていない。基本的に捜査一課は、殺人事件絡みでもない限り、マネーロンダリングのような経済事件は扱わないのだ。そういう事件があると頭では分かっていても、打てば響くとまではいかない。

会議で岩下は、「二課は正式には把握していないようだ」と報告した。金融庁が先を行っているわけか……そもそも、金融庁と捜査二課の間に、正式なパイプはつながっていないのだろうか。

明日以降も、捜査の中心は島田たちの追跡になりそうだ。丸井の足取りについては、途中までは分かっている。アウディを乗り捨てた場所に近い東京メトロ水天宮前駅の防犯カメラに、ヤマシタと一緒にいるところが映っていたのだ。二人は駅のホームへ降り、渋谷方面へ行く地下鉄に乗ったところまでは確認されているが、そこで足取りはぷつりと切れている。

各駅での聞き込みは、手がかりに行き当たる可能性が極めて低い、疲れるだけの作業だ。とはいえ、他に手がかりが摑めていない以上、やるしかない。一之瀬はつい、溜息をついてしまった——そこで、若杉に背中をどやされる。テーブルに額をぶつけそうな、ひどい勢いだった。

「何だよ」振り返って文句を言う。

「しけた顔するな。気合いだ、気合い」

「お前は、どうやって気合いを入れてるんだ?」素朴な疑問を感じ、一之瀬は訊ねた。

「何が?」恍《とぼ》けた様子でもなく、若杉が首を傾げる。

「いや……お前が落ちこむことなんかあるのかな、と思ってさ」

「落ちこむ理由がないじゃないか」

「福島であんなヘマをしたのに?」まだ監察からの呼び出しがない一之瀬に対し、若杉はとうに事情聴取を受けていた。しかし、それでショックを受けたという話は聞いていない。

「きつかったぜ」と言ったものの、その顔に笑みが浮かんでいたのがかなり変な感じである。

「終わったことをくよくよ悩んでもしょうがないじゃないか。時間を巻き戻せるわけでもないし」若杉はあくまで前向きだった。

「それはそうだけど……」

「いいから、気合いを入れろよ。こんなところでへばってるわけにはいかないだろう」

「だから、その気合いの入れ方を教えろって言ってるんだけど」

「常に気合いが入ってると、どうやって入れるかなんて考える必要はないのさ」

言い捨てて、若杉がさっさと去って行った。駄目だ、これは……一之瀬はテーブルに突っ伏した。横に誰かが座る気配がする。もう、無駄話をする元気もないよと思いながら、ちらりと顔を上げると、水越が目の前にいた。何で課長がここに、と思いながら、一之瀬は慌てて背中を真っ直ぐ伸ばした。

「課長……」

「へばってるのか」

「そんなことはありません」実際には、体の芯にずっと、疼《うず》くような疲れが残っている。何をしてもそれは解消されず、今は何も考えない十二時間の睡眠を夢見るだけだった。

「そうか。ならいいが、もうひと踏ん張りが必要だぞ」

「はい」

素直にうなずくと、水越がすっと顔を寄せてくる。一之瀬は思わず後ろへ引きたくなるのを、何とか我慢した。

「監察を抑えておくのが、そろそろ難しくなっている。今週中には、事情聴取があるのを覚悟しておけ」

「上手く切り抜けろ。この件が一段落するまでは、監察も処分は出せない。捜査が動いている最中に、刑事たちの士気を挫《くじ》くわけにはいかないからな」

「はい」

「……はい」

「というわけで、よろしく頼むぞ」

水越が、一之瀬の肩をぽんと叩いて立ち上がった。その背中を見ながら、一之瀬は額に汗が滲《にじ》むのを感じた。まったく、こういうのを内憂外患とでも呼ぶのだろうか。捜査はしなければいけない、監察も気にしなければならない――。

いったい、どこを向いて仕事をしたらいいのだろう。


真夜中近くに自宅へ戻り、一之瀬は溜まっていた汚れ物を洗濯した。浴室乾燥機があるから、洗濯機から取り出したら干しておくだけでいいとはいえ、家事は疲れる……結婚しても実質一人暮らしなのだが、一応この辺はちゃんとやっておこうと決めていた。深雪に言われたわけではないが、自己防衛のためのマイルールだ。放っておくとどんどん汚くなる。

一段落して、ほっと一息つき、久しぶりにギターをアンプにプラグインした。夜中なので音は出せず、ヘッドフォンを使う。初め、ゆっくりしたテンポのスケール練習で指慣らしをした。しばらく弾いていないと、指板を押さえる左手よりも、ピックを操る右手の動きが鈍ってしまう。一音一音、確実に弦をヒットするように意識しつつ、次第にスピードを上げていく。よしよし、何とか大丈夫だ。腕は――指はまだ衰《おとろ》えていない。

このアンプは、MP3プレーヤーの音源を取りこみ、カラオケ状態でギターが弾けるので、ジミ・ヘンドリックスの曲に合わせて練習を続けた。後期の曲でファンク味の強い『ウイ・ガッタ・リブ・トゥギャザー』、アルバム『エレクトリック・レディランド』からは名曲『カム・オン』、そして未だに上手く弾きこなせない『ボールド・アズ・ラブ』。この曲の場合、音作りがまず難しい。艶のあるクリーンサウンドは、ジミ・ヘンドリックスとまったく同じギターとアンプを使っても、再現できないだろう。

学生時代からずっと、この曲には悩まされてきた。ジミ・ヘンドリックスの曲は多くのミュージシャンにカバーされているが、この曲のカバーはあまり聴かない。一之瀬が知っている限り、音源として残っているのはジョン・メイヤーとスティーブ・ヴァイのものぐらいだ。現代ロック界においては最高の凄腕《すごうで》ギタリストであるスティーブ・ヴァイも、オリジナリティをあまり加えず、ほとんど完全コピーで弾いているのは、それだけこの曲の完成度が高い――いじりにくいからだろう。

ギターに熱中していたら、いつの間にか午前一時になってしまった。まずい、まずい……そろそろ今回の仕事も気が抜けてきたのかもしれない。明日も一日動き回るために、体を休めておかねばならないのに。

大友の忠告を思い出しながら、ベッドに潜りこんだ。慣れてきた頃が危ない――「これだけやってきた」という経験を根拠にした自信には、あまり意味がないのだろう。刑事の資質は、経験だけに裏打ちされるものではない。常に自分の頭で考え、動く。それをやめてしまった時、刑事は駄目になる。

翌朝の捜査会議で、一之瀬は捜査の進展を知った。へろへろになった――完徹だったらしい――解析班の刑事が、しかし誇らしげな顔で報告する。

「迷惑メールを大量に送りつけていた形跡を発見しました。内容は全て、昨日話題に出ていた通り、マネーミュールの誘いです。実際に、これに何人ぐらいが引っかかっていたかは不明ですが……それと、最初の段階で出ていたリストですが、これも金の出し入れの記録だったのではないかと推測されます。確証はありませんが、メールと突き合わせると、島田グループが送金していた額、指示していた海外への送金額と一致する部分があります」

刑事たちの間で、ほうっと声が漏れた。本来金の計算には縁のない捜査一課の刑事たちも、この程度の話ならすぐに理解できる。

捜査会議が終わっても、水越たち幹部は、部屋の前で顔を寄せ合ってあれこれ相談していた。そう言えば自分は、今の会議で特に何も指示されなかった。この相談の結果、また何かややこしい仕事を命じられるのでは、と恐れる。

案の定、春山と一緒に呼ばれた。仕事の指示は、係長の岩下を飛ばして、管理官の小野沢が直接する。

「一之瀬は、ハマナカパートナーズの人間と接触していたな」

「ええ」

「よし。今日、関係者を呼ぶ予定だから、ここで叩くんだ」

「俺がですか？」一之瀬は自分の鼻を指さした。

「お前がだよ」小野沢は冷たく言い放つ。「今言っただろう」

「……分かりました」取り調べの実戦練習か。いや、自分たちの仕事に練習もクソもない。

「これまで分かっている事実——他にハマナカパートナーズを当たっていた連中の捜査状況は頭に入っているな？」

「もちろんです」そのための捜査会議だ。一之瀬は刑事になった頃、捜査会議というのは何と無駄なものだろうと思っていた。それぞれが情報をファイル化してサーバ上で共有しておけば、いつでも自由に閲覧できるではないか——だが次第に、苦楽を共にしている刑事が、一日に一回、ないし二回顔を合わせることには意味があると考えるようになってきた。意思の疎通がはっきりするし、いい情報を取ってきた刑事の仕事ぶりを見て、「今度は俺も」と気合いも入る。

「では、ここで待機だ。九時過ぎに関係者が到着するから、それに備えろ」

「誰が来るんですか」

「営業部長の門野《かどの》という男だ。結構な食わせ者だから気をつけろ。春山は取り調べのサポートに入れ。それと、ハマナカパートナーズに関しては周辺捜査を進めている。取り調べの最中でも新しい情報が分かれば入れるから、すぐに揺さぶりに使え」小野沢がびしびしと指示を飛ばす。

「了解です」

また新たな仕事が回ってきた。正確には「新たに」ではなく、出戻りのようなものだ。中途で途切れた仕事に復帰させる意味は何だろう。担当者を代えて気分一新で、というのはよくあることだが、そのために自分が選ばれた意味が分からない。取り調べの達人というわけでもないのに。

九時を待つ間に、一之瀬は手帳をひっくり返して、これまで捜査会議で出たハマナカパートナーズに関する情報を確認した。社長を失ったことで、仕事上でも迷走が始まっており、社員たちは警察に対しても非常に非協力的になっているという。会社が潰れそうになっているのに、それどころではない……それは理解できるが、社長が殺されたことについては、何とも思わないのだろうか。

ハマナカパートナーズが都心部で地上げをやっていたのは間違いないようだった。ただしやり方は巧妙で、明らかに法に触れるようなことは一切していないらしい。

「ぶつける材料がないなあ」手帳を閉じ、一之瀬は春山に向かって弱音《よわね》を吐いた。

「ですね」春山も同意する。「何か知りませんか、じゃ質問にならないし」

「質問の内容を、島田との関連について絞るしかないだろうな」

「島田が会社を辞めてから浜中と会っていた、という話ですね？　でも、意味があるのかなあ」春山が首を傾げる。「あの情報を知った時点では、俺たち、島田が何をやっているのか分かっていませんでしたよね。でも今は、島田がマネーミュールに関わっていたらしいと分かっている。ハマナカも、そういうヤバい仕事に手を出していた……島田と一緒に何かやっていたんですかね」

「可能性はあるな。やってることは全然別だけど、ワルに変わりはないだろう」

「そこが攻めどころ、ですかね」

「先制攻撃だ。最初にぶつけてみよう」

一応方針は決まったが、まだ自信はない。それでも後輩の前では不安な顔はできない。

九時、一之瀬は取調室に入った。すぐに、ハマナカパートナーズの営業部長、門野が連れられて来た。まだ若い……おそらく三十代の後半で、体がでかい。顔もでかい。いわゆる押し出しが強いタイプで、商談ではぐいぐい攻めていくやり方が得意なのだろう。しかし、取調室で一之瀬の正面に座ると、窮屈《きゅうくつ》そうに肩をすぼめるばかりだった。事前の調査で、前歴がないことは分かっている……確かに、警察に慣れた感じはなかった。

「捜査一課の一之瀬です。今日は、社長の浜中さんが亡くなられたことについてお話をお伺いします」

「はあ」不満そうな表情が顔を過《よぎ》る。警察から何度も同じことを聴かれて、うんざりしているのだろう。

「浜中社長は、犯人の島田と顔見知りでした」一之瀬は指摘した。

「昔、同じ会社にいたという話ですよね」

「島田が会社を辞めた後も、二人は接触しています」

「それは初耳ですね」

ハマナカパートナーズを調べていた連中は、この情報を使わなかったのか……それでは、情報共有している意味がない。一之瀬はかすかな憤《いきどお》りを覚えながら話を続けた。

「二人が会っていた、という目撃証言もあります。どういうことでしょうか」

「それは、私に聞かれても……」

「T&Yという会社について、何かご存じでは？」

「名前を聞いたこともないです」

嘘をついている感じではない。

「島田も最近は、このT&Yという会社に関係していたらしいんですが」

「と言われましても……」

「そちらの会社の、ナイジェリアでのビジネスはどうなっていたんですか」一之瀬は唐突に話題を変えた。情報のばらまき作戦。一斉に地雷を敷設し、相手が踏むのを待つ。

「それは、ぼちぼちですね」

「誰もナイジェリアに行っていないようですが」

「アフリカは遠いんですよ」

「逆に、御社にはナイジェリアの人が出入りしているんですか？」

「向こうの会社の人とかね……まずは情報収集が大事なので」

「地上げはどうなります？」

「何の話ですか？」門野が右耳を引っ張った。赤くなったのを、咄嗟に隠したようにも見える。

「御社が都心部で地上げをしていたという情報があります。これは本当なんですか？」

「弊社は、違法行為は一切していません」

「そうですか」

地上げを認めたも同然だ、と一之瀬は判断した。こちらは「地上げ」と言っただけで、「犯罪」とは一言も言っていない。地上げ、イコール違法行為という判断かもしれないが、ニュアンスは微妙に違う。門野は、相変わらず居心地悪そうに体を揺らしていた。

「御社は、T&Yと取り引きはなかったんですか？」今度は揺り戻し作戦——はっきりした答えが得られなかった質問を、間を置いて繰り返す。前回と少しでも違う答えが返ってきたら、そこは怪しいと判断していい。

「そういう会社との取り引きはないです」

「T&Yにいた島田が、御社に盗みに入りました。警備員とトラブルになって殺してしまったのは、その直後です。島田は、いったい何を盗もうとしていたんでしょうね」

「さあ、それは何とも……」門野が両手を揉み合わせた。

「盗まれるようなものがあったんでしょうか」

「泥棒ですからね……金狙いでしょう。事業所には大抵、小金が置いてあるものです。島田とかいう男は、それを狙っていたんじゃないですか」

「そうですか、なるほど……」一之瀬は頭の中で記憶をひっくり返した。矛盾。ゆっくりとテーブルに身を乗り出し、門野の目を正面から見据える。「御社も、会社には小金を置いているんですか？」

「ええ。小口の支払い用に、金庫があります」

「金庫？　それは変ですね」

「変」という言葉に反応して、門野がびくりと体を震わせる。ここは攻めのポイントだ、と一之瀬は気合いを入れ直した。

「ええと」一之瀬はわざとらしく手帳のページをめくった。先ほど思い出した情報は、この手帳には記していないのだが、それはどうでもいい。じっくりと情報を確認しているふりをして、門野にプレッシャーをかける。

門野は、一之瀬が予想していた以上に焦り始めた。体の揺れが大きくなり、額に汗が滲む。体を斜めに倒してズボンの横のポケットからハンカチを取り出して額を叩いたが、すぐにまた汗が滲んでくる。スーツの下では、ワイシャツに汗染みができているのでは、と一之瀬は想像した。

「あの事件が起きた時に、御社にも話を伺いました。その時に、社内には金を置かないようにしていると聞きましたよ。古いビルですし、警備会社と契約はしているけど、防犯上の問題があるから、個人の分も含めて金は置かないようにしている――私も現場を見て、その通りだと思いました」

「それは……」

「実際、事務所の中も見せてもらいました。金庫は――手提げ金庫のような小さな物も含めて、まったく見つからなかった……もしかしたら、あれは嘘だったんですか？」

「いや、嘘というわけでは……」

「だったら勘違いですか？」一之瀬は畳みかけた。

「いえ、それは……」

門野の汗は止まらず、いつの間にか顔がてかてか光ってきた。ささやかな矛盾を追及しようと思っていただけなのに、どうやら急所を押したようである。ここは穴掘り作戦だ――完全な答えが得られるまで、ひたすら質問をぶつけ続ける。

「金庫はあったんですか、なかったんですか？」

「そういうことは分かりません……私は営業部の人間なので」

「営業部の人は、会社の金に触らないんですか？　そんなこともないでしょう」

「それはそうですが」

「それで、金庫はあったんですか、なかったんですか」一之瀬は質問を繰り返した。「会社に金は置いてあったんですか」

「金庫はありますよ」突然開き直ったように、門野が言った。「金庫ぐらい、どんな会社にでもあるでしょう」

さも当然のように言って、また額の汗を拭う。顔色は赤く、目は血走っていた。開き直ったつもりでも、まだ焦りがあるようだ。

「その金庫は、どんなものですか？　サイズは？　いつもどれぐらいの金額が入っているんですか」

門野の答えはしどろもどろだった。手提げ金庫で、社長の席の後ろのロッカーに入れてある。現金での支払いのために、現金は数万円から十万円ぐらい入っていたはずだ……。

「春山」

声をかけると、一之瀬に背を向けていた春山が立ち上がる。こちらの意図を汲《く》んだようで、素早くうなずいて取調室を出て行った。ドアは開け放したまま。

「何ですか?」心配したように、門野が伏し目がちに訊ねる。

「もちろん、会社に確認するんです」

「え?」

「うちの捜査員が直接会社に入って、あなたが言った通りの場所に金庫があるかどうか、確認させてもらいます」

「冗談じゃない!」

顔を紅潮させて、門野が立ち上がる。一之瀬は目を細めて門野の顔を見上げた。冷たい視線に気づいたのか、門野がのろのろと腰を下ろす。床に直に置いたバッグを慌てて取り上げ、中からスマートフォンを取り出した。

「ちょっと電話させて下さい」

「会社への電話だったら、今はご遠慮願えますか」

「電話を禁止する権利は、警察にはないだろう!」門野が色をなした。

「禁止はしていません。お願いしているんです。あなたが会社に電話して、金庫を隠すように指示するのも自由ですよ。ただ私は、その事実をここにインプットします」一之瀬は人差し指の先で、耳の上を三度、突《つつ》いた。「会社を調べようとしたら、証拠隠滅に走った……そう考えると、色々と疑いが出てくるんですよね。人に知られたくない事情があるから、証拠隠滅するんでしょう？」

「分かった、分かりました」門野が突然開き直った。「うちの会社、危ないんですよ」

「社長が急に亡くなったから——」

「それもあるけど、それだけじゃなく、もうヤバいんだ」

「それはどういう意味ですか？」

「島田が盗みに来たのは金じゃない」

〈23〉

データか。

何とも原始的なやり方だ、と一之瀬は呆れた。しかし、データを盗むにはハッキング、と決まっているわけではない。実際には、手間暇かけてコンピュータに侵入するより、人を「物理的に」利用した方が簡単で安全だ、という説もある。当該のパソコンに近づき、USBメモリを挿《さ》してデータを吸い取ればいい。上手くやれば証拠も残らない。

島田はその方法で、データを盗み出そうとしたのだ。門野は、事件直後に、浜中からその推測を聞いていた。表沙汰になってはいけないデータが狙われたに違いない——。

門野から説明を聞いた後、一之瀬はその場面をありありと思い浮かべることができた。深夜、事務所に忍びこむ島田。データがどのパソコンに入っているかは分からない。ただ、会社なので、必ず仕事用の共用フォルダを作っているはずで、パソコンを一台でも起動できれば、必要な情報は吸い取れると予想していたはずだ。そしてファイルを見つけさえすれば、コピーの時間はそれほどかからない……だが警報が鳴り響いている中での作業で、島田は焦っていたのだろう。踏みこむ警備員。揉み合いになって、念のために持っていたナイフで刺してしまう。警備員は目撃者でもあり、必ず口封じをしなければならなかったから。

そうやって島田は暴走した。

問題は、島田が狙っていたデータが何であるかだ。

ここがポイントだと一之瀬は気合いを入れたが、実際には厳しく調べる必要もなく門野が白状した。おそらく彼の中では、既に終わった話なのだろう。ここは警察に従順に協力しておいて、自分の身の安全を確保しよう——まったく普通の考え方だ。

「だから、島田とうちの社長が、組んで何かやってたのは間違いない」門野が認めた。

「あなたは関知してなかったんですか？」

「社長マターですから」

門野は、その線は譲らなかった。まあ、いい。実際には門野も嚙んでいた可能性が高いだろうが、ここでは厳しく追及しないようにしよう。事件の大枠を描くことが優先だ。

「その『何か』というのは何だったんですか」

「顧客情報絡みだと思いますけどね」

「なるほど」合点がいって、一之瀬はうなずいた。おそらくマネーミュールの「運び屋」を確保するために、何らかの名簿が必要だったのだ。ハマナカパートナーズに、そういう個人情報を記した名簿があったかどうかは分からないが……その疑問をぶつけてみると、門野は「たぶんあった」と認めた。

「名簿ビジネスでもやってたんですか」

「いや、会社としてはそういうことはやってませんけど、社長がやっていてもおかしくはない……会社の本業以外にも、いろいろやっていた人なので」

「違法な仕事じゃないんですか？」

「それは分かりません」門野が力なく首を横に振る。「我々は関与していないこと……いろいろなことが、社長個人の問題だったんです」

死んだ人間に全てを押しつけるつもりか。むっとしたが、それでも今は門野に怒るよりも情報を集めるのが先だ。

一度話し始めると、門野の言葉は止まらなくなった。一之瀬にとっては心強い状況である。証言だけでは、しっかりした全体像を構築するのは難しいものの、一見散らばっているだけの情報を眺めているうちに、何となく見えてくるものがある。

門野に対する事情聴取は二時間に及んだ。一之瀬は、一時昼休憩に入り、すぐに春山と相談を始めた。まず、彼がまとめていたメモを確認する。

・浜中は、不動産業以外にも様々なサイドビジネスに手を出していた。
・その中に、名簿ビジネスもあったらしい。
・島田と浜中が会っていたのはまず間違いない。門野は浜中から、島田の話を聞かされたことがあった（元会社の同僚として）。
・盗みに入られる前の一月ぐらい、浜中は一人で遅くまで会社にいることが多かった。普段は、夜は大抵クライアントとのつき合いで宴席があるのに、ほとんどを断り、会社で何かやっていた。
・島田が盗みに入った後は落ち着かなくなり、逆に会社に寄りつかなくなった。昼間も出社せず、業務に支障を来《きた》したこともある。理由は分からない。

・会社としては、社業以外の社長のビジネスには一切関係していない。
・ナイジェリア開発に手を出しているのは事実。ただし現在は情報収集の段階で、向こうの会社とやり取りをしているぐらいで、具体的な取り引きはない。ナイジェリアの会社関係者を日本へ招いての打ち合わせは、よくしている。

「この中で、どれが嘘だと思う?」一之瀬は春山に問いかけた。

「ほとんどは本当だと思います。ハマナカパートナーズ自体が、浜中の個人事務所みたいなものだったんじゃないですか? ナイジェリアの開発を考えながら、他にもビジネスを展開するための舞台だったとか」

「そもそもビジネスじゃないかもしれないな」

「犯罪、と言い換えた方がいいですか?」春山が提案する。

「ああ……門野がどこまで絡んでいたかは分からないけど。地上げは本当だろうな」

「地上げ自体が犯罪だったかどうかは分かりませんけどね」

「それはまた別の問題だ。暴力沙汰でもない限り、俺たちが捜査すべきことじゃないし」

「午後はどの線から攻めますか?」

「同じ方向からだ。とにかく、ちょっと早いけど昼飯を済ませよう」

十一時を過ぎると、特捜本部には昼の弁当が用意される。用意する所轄も毎日毎日大変だなと感謝しながらも、一之瀬はうんざりしていた。代わり映えのしない幕の内……同じ業者で、毎日少しずつ内容が変わるのだが、基本は同じような味つけである。今日のメーンは、ブリの照り焼きにエビフライ。卵焼きがついて、他に小さなおかずがあれこれ。全体的に茶色で、いまひとつ食欲が湧かない。箸が時々、宙で止まってしまう。

ぼそぼそと食事を進めていると、城田がすっと近づいて来た。まだ腰の痛みが引かないようで、歩き方が微妙にぎくしゃくしている。

「腰、大丈夫なのか？」

「大丈夫じゃない」不機嫌そうに言って、城田が隣に腰を下ろした。

「弁当は？」

「いや、いい」城田が顔をしかめた。「別の弁当を食べなくちゃいけないみたいだから」

「どういう意味だ？」

「取り敢えず今日、福島へ戻るんだ」

「そうなのか？」初耳だった。

「島田の大学時代の話を、もう少し調べることになった。それで、向こうで人手が足りなくなったから」

「そうか……確かに福島時代が、すべての事件のルーツみたいなものだからな」

「ああ。しっかり調べてくるから、そっちもよろしく頼むよ」

「分かった」一之瀬は弁当を脇へ押しやった。「それで今回の事件、全体像をどう読む？」

「それを俺に聞くなよ」城田が苦笑する。「目の前のことで精一杯なんだから。お前こそ、どう読むんだ？」

「俺もパス」一之瀬は首を横に振った。「分からないことが多過ぎるんだよなあ」

どこかで電話が鳴っている。部屋の前の方……小野沢が受話器を取るのが、視界の片隅に映った。

「ああ？」小野沢がいきなり大声を上げて立ち上がった。「死体？」

死体という言葉に反応して、一之瀬も席を立つ。死体が出て特捜本部に連絡が入る——何かこちらの事件に関係ある事案がまた発生したのだ。一之瀬はすぐに、小野沢の前に立った。小野沢は眉間に皺を寄せたまま、相槌《あいづち》を打ちながら相手の声に耳を傾けている。メモ帳にボールペンを走らせているものの、一之瀬には内容が判読できなかった。小野沢は極端な悪筆で、時々自分で書いた字が自分で読めなくなるほどなのだ。

小野沢が電話を終える前に、一人の刑事につき添われて、門野が特捜本部に入って来た。関係ない人間——警察関係者以外がここへ入るのはご法度《はっと》なのだが、どうも様子がおかしい。一之瀬は小野沢の前を離れ、門野の許へ駆け寄った。

「すみません、ここには入らないでいただきたいんですが——」反射的に大きく両腕を広げる。

「うちの社員が殺されたというのは本当ですか！」

「え？」

一之瀬はぱたりと腕を下ろした。初耳……これは、小野沢が今受けている電話と関係しているのだろうか。

「警察なのに知らないんですか？　今、会社と連絡して、初めて知ったんですが」

「たぶん、今……」

一之瀬は小野沢の方を振り向いた。まだ電話は終わっていない。春山も門野に気づき、こちらに向かって来た。一之瀬は、午前中の取り調べの途中で、門野のスマートフォンが何度も鳴ったことを思い出した。門野は気にしていたものの、一之瀬は「事情聴取中なので」と応答を許さなかった。あれが失敗だったのか……もしかしたら、小野沢より早く、事件に気づけたかもしれないのに。

「一之瀬！」小野沢が大音声《だいおんじょう》を上げた。腕組みし、足を肩幅より少し広く開き、目を大きく見開いていた。

一之瀬は、テーブルが並ぶ会議室の中を全力で駆け抜けた。まるで障害物競走だが……すぐに小野沢の前で直立不動の姿勢を取る。

「殺しだ」

「はい」

「あそこで騒いでいるのが門野だな？」小野沢が、一之瀬の肩越しに、ちらりと門野を見る。

「はい」

「摘《つま》み出せ。関係者以外立ち入り禁止だ」

一之瀬は春山に視線を送った。すぐに目が合い、春山が門野を廊下へ押し出した。

「今度は、ハマナカパートナーズの社員の遺体が発見された」小野沢が話を再開する。

「現場はどこですか？」

「自宅だ。昨夜から連絡が取れず、今日も出社しなかったので、同僚が家まで確認しに行ったそうだ」

「それで遺体を発見、ですか」

「ああ」

「犯人は島田ですか？」

「それはまだ分からない。所轄が確認しているが、うちもすぐに捜査員を出す」

「分かりました。じゃあ、現場を――」

「お前はいい。行くな」小野沢が厳しい顔つきで言った。

「現場はこれから大変じゃないですか」

「お前は門野を攻めろ。今の情報をぶつけて、どういう反応が出るか、確認するんだ」

「本人はもう、知ってましたよ。会社から連絡が入ったようです」

「何だ」呆れたように、小野沢が肩をすくめる。「いずれにせよ、門野を攻めてみろ。情報をすり合わせながら捜査を進めるんだ」

「犯人はきっと島田なんですよね」一之瀬は念押しした。

「分からんが……おそらくそうだろう」

「島田は、本当に殺し屋なのかもしれません」

「可能性はある」小野沢がうなずく。「とにかく早く逮捕しないと危険だ」

警察は完全に翻弄《ほんろう》されている。調べるべきことはあまりにも多く、しかもそれに優先して、島田を捜さねばならない。

頭が沸騰しそうだった。

「矢沢道郎《やざわみちお》さんというのは、どういう人なんですか」

取調室に入って事情聴取を再開した瞬間、一之瀬は訊ねた。状況は小野沢から聞いて確認していたが、門野本人の口からも聞いておきたかった。というより、この件に門野本人が絡んでいるのでは……とも疑っている。

「うちの総務の人間です」

「役職は？」

「係長——ただし、総務部には五人しかいませんけどね」

「仕事の内容は？」

「それはもちろん総務ですから、給与関係から何から……雑務全般です」

「浜中さんの秘書役じゃなかったんですか」

門野が言葉を呑む。喉仏が上下して、目がすっと細くなった。

「そういう情報が入ってますよ」一之瀬はカードを切った。「総務の係長、実質的には社長秘書」

「ああ、まあ……確かに、社長の雑用はよくやっていました」

「だったら、社長のサイドビジネスについてもよく知っていたんじゃないですか？ 一人であれこれやるのは、なかなか厳しいですよね」

「会社は関係ないです」門野が強弁した。

「会社自体はともかく、創業者の社長が会社のスタッフを個人的なビジネスにも使うことはよくあるでしょう。そもそも会社が、浜中さんの個人事務所のようなものなんだから、その辺の線引きが曖昧になるのはよくある話じゃないですか」

「まあ……そうかもしれません」渋々ながらも、門野が認めた。

「会社で一体何が起きていたんですか？ というより、T＆Yとの間でどんなトラブルが起きたんですか？」

「私は知らない……」

「金庫は出てきたそうです」一之瀬はいきなり話題を変えた。「最初の事情聴取……事件直後の事情聴取では否定されていましたね。口裏を合わせていたんじゃないですか？」

「そんなことはない！」門野が声を張り上げた。

「とにかく、金庫はありました。今、中身を確認しています。何が出てきますかね……先に教えていただければ、調べる手間が省けるんですが」

「私は知りません」

「だったら誰が知っているんですか」一之瀬はさらに突っこんだ。「門野さん……いい加減にしましょうよ。島田は、あなたの会社そのものを潰しにかかろうとしているんじゃないんですか？　経済的にではなく、まさに全滅させるという意味です。最終的には、社員を皆殺しにする」

「まさか……」門野の顔からさっと血の気が引く。

「あなたの近辺で、最近、おかしなことはありませんでしたか？」

「いや、特には……」

「とにかく、無事に生き残りたいなら、島田を早く発見することが最優先です。そのためには、T＆Yとの間で何が起きていたか、全部教えてもらうことが一番ですよ」

実際には、矢沢という総務係長を殺したのが島田かどうかはまだ分からない。ただ、いずれはっきりするだろうと一之瀬は踏んでいた。矢沢が住んでいたのは新築のマンションで、防犯カメラがいくつも設置されているという。島田——島田でなくても犯人が映りこんでいる可能性は高かった。

「私は詳しくは知らないんですよ、本当に……」

門野が急に、情けない声を出した。何とか自分だけでも助かろうとしているのだ、と一之瀬は読んだ。こういう時、人間は弱くなる。こちらの出す条件は何でも呑むはずだ。

「だったら、知っている限りのことを話して下さい」一之瀬は表情を引き締めた。「それが、あなたが生き残れるたった一つの方法です」

マネーミュールという犯罪を巡る仲間割れ——一之瀬が大まかに描いた構図はそれだった。浜中は島田から話を持ちかけられ、T＆Yが行っていたマネーミュールに一枚嚙もうとした。しかしそこで何らかのトラブルが起きて、殺す、殺されるというレベルの争いになってしまう——実際にどんな問題が起きたかは、門野は知らないようだった。やはりこれは、会社ぐるみではなく、浜中が個人的にやっていたことらしい。

もちろん、ハマナカパートナーズについても、より厳しく調べないといけないだろう。社員が何も知らなかったとは思えない。

事態は急速に動き出した。午後半ば、一之瀬は殺人事件の現場にようやく入った。遺体はとうに運び出され、鑑識作業も終盤に入っている。

マンションの一室へ辿り着くまでに、一之瀬は三か所に防犯カメラがあるのを確認していた。ホールの入り口、エレベーター前、矢沢の部屋があるフロアのエレベーターの前。既に防犯カメラの映像解析は終わり、島田らしい男が映っているのが確認されている。

最初に現場に向かった宮村から状況を確かめることにした。部屋の捜索を手伝っていた宮村は昼飯を抜いてしまったようで、現場から少し離れた場所に停めた覆面パトカーの中で、普段から非常食として持ち歩いているチョコレートバーを齧《かじ》り始める。

「こういう時は、アンパンと牛乳なんだけどなあ」宮村がぶつぶつと文句を言う。

「何ですか、それ」

「昔の刑事ドラマでは、張り込みの時はアンパンと牛乳って決まってたんだよ」

「それ、糖分の摂り過ぎですよ」

「いいんだよ。お前には、アンパンと牛乳を買って来てもらいたかったんだけどな」

「そんなの、言われないと分からないじゃないですか」理不尽な……一之瀬は思わず文句を垂れた。

「まあ、いいけど」宮村はチョコレートバーの包み紙をくしゃくしゃに丸め、バッグに突っこんだ。牛乳ではなく、一之瀬が持って来た烏龍茶を一気に喉に流しこむ。さらに左右の頬を順番に膨らませるようにして口中を洗った。ほっと息を吐くと、「島田ってのは、何者なんだ？」と根源的な疑問を口にする。

「殺し屋」

「そんなのが日本にいないことぐらい、お前だって分かってるだろう。漫画じゃないんだから」

「だけど、島田のやり方は殺し屋そのものじゃないですか」

「効率が悪すぎる。今回も、凶器はナイフじゃないか。島田の周辺の連中は、銃を持ってるんだろう？　ナイフより銃の方が確実だし簡単だ」宮村が反論する。

「そうなんですけど……捕まえてみないと分からないですね」

結局話はそこへ戻ってくる。俺たちは、事実を何も知らないまま、その周囲をぐるぐる回っているだけではないか、という気になってくる。

「状況が知りたいんだろう？」口元を手の甲で拭ってから、宮村が手帳を取り出した。

「すみません、後から入って来て」

「しょうがねえよ、それぞれ仕事があるんだから」宮村が手帳を繰った。すぐに目当てのページを見つけ出す。「被害者は矢沢——この辺の話はいいな。もう知ってるだろう？」

「ええ」

「昨日の夜から連絡がつかずに、今朝も出社しなかったので、会社の人間が見に来て遺体を確認した——これも知ってるか」

「聞きました」

「被害者は玄関先に倒れていて、室内には争ったような形跡があった。どうも、室内で争って、矢沢が玄関から逃げ出そうとした時に、背後から刺されたらしい。傷は、俺が目視しただけでも五か所ある。一番深い傷は背中で、たぶん肺にまで達しているな。これが致命傷だと思う」

「要するに、背後から滅多刺しですよね」

「そんな感じだ」うなずき、宮村が手帳を閉じた。「あとはすでにお前が調べたこと……矢沢は、浜中の秘書役だったようだな」

「他の人間からも確認できたんですか？」

「ああ」宮村がにやりと笑う。「現場に来た会社の人間を締め上げてやった。慌ててたせいかもしれないけど、あっさり認めたよ」

「矢沢が、浜中のヤバいビジネスを知っていたのは間違いないでしょうね」

「あと何人いるかだな……」宮村が顎を撫でる。「ターゲットが」

「嫌なこと言わないで下さいよ」一之瀬は両手で顔を擦った。

「いや、そう考えるのが自然だろうが」

「……ですかね」

嫌な沈黙が流れた。それを打ち破るように、一之瀬のスマートフォンが鳴る。城田からだった。まだ福島に帰ったばかりのはずだが……。

「城田ですね」

「あいつ、福島に戻ったんだろう？」

「何か手がかりを摑んだのかもしれませんよ」

「だとしたら、奴は超優秀だな。こんな短時間で……福島県警に置いておくのはもったいない。うちにスカウトしたいな」

「電話、出ますよ」

宮村の軽口につき合っている暇はない。一之瀬は、留守電に切り替わる直前に電話に出た。

「悪い――」

「また殺しだって？」城田が勢いこんで切り出した。

「ああ。浜中の秘書役だった人間だ」

「犯人は島田か？」

「おそらく。防犯カメラに、それらしい人間が映っている」

「そうか……」暗い声で言って、城田が一瞬沈黙した。「ところで、学生時代の島田なんだけど、留学生グループとよくつるんでいたらしい」

「もう調べたのか？」思わずダッシュボードの時計を凝視してしまう。

「いやいや」城田が声を上げて笑った。「先輩たちが調べた話を聞いたばかりだ。正式な連絡がいくより先に、お前には教えておこうと思って」

「助かる」

「当時は、ボブ・ヤマシタの他にも、ガラの悪い留学生が何人もいたみたいなんだ。島田は、そういう連中とよく遊んでいたらしい」

「具体的に、何か悪さでもしてたのか？」

「いや、境界線というか……古い情報をひっくり返してみたら、十五年ほど前に、駅前でよくたむろしていた外国人グループに職質した記録が残っていた」

「そんな昔の、そんな小さな情報が？」

「福島県警はマメなんだよ……とにかく、当時警察はヤマシタをマークし始めていたようだ。補導なり逮捕なりまではいかなかったけど、薬物関係を疑っていたみたいだな」

「決定的証拠はなかったわけか」

「ああ。ただし、島田とボブ・ヤマシタは特に仲がよかったことが分かっている」

「そこまで分かってるのか？」

「あくまで、当時の警察官の印象だけどな……留学生たちは日本語が怪しかったから、主に島田に事情を聴いての印象のようだ。それとボブ・ヤマシタに関しては、アメリカで詐《さ》欺《ぎ》事件での逮捕歴がある」

「そうなのか？」この件は、警視庁ではチェックしていなかったのだろうか。少なくとも一之瀬は、聞いた記憶がない。福島県警に先を越されたかと思うと、少し苛立つ。

「ただし、裁判にはならなかったようだ。日本とアメリカでは司法制度も違うけど、日本で言えば起訴猶予《ゆうよ》か不起訴という感じだったのかな。ただ、金に関する問題があったのは間違いないだろう」

「そうだな……そこからマネーロンダリングに手を染めるまでには、結構距離があると思うけど」

「でも、犯罪で稼いだ金を洗浄する——そういう流れでマネーミュールに手を染めたとしたら、筋が通るんじゃないか？　マイケル・アンダーソンやデヴィッド・フレイも、昔からの知り合いかもしれない」

「可能性はある」一之瀬は低い声で同意した。要するに、アメリカの犯罪グループが、日本を舞台にしてマネーミュールを始めたという構図だ。

「この辺は、誰かを捕まえないとはっきりしないけど、島田が日本における先兵役になっていた可能性はあるな」

「大学時代からの友人だったら、そういうこともあり得るか……」とはいえ、一応まっとうな仕事をしていた島田が、違法なビジネスに簡単に手を染めるものだろうか。いや、彼には切実な事情があった。会社を辞めざるを得なくなり、女の家に転がりこんで、金に困れば……ギャンブラー気質の島田ならあり得る話だ。

だいたい人は、簡単に悪に手を染めるものだ。最近の一之瀬は、自分と同世代の人間の犯罪を何件も見てきて、そう確信していた。若い世代は甘やかされている、就職のタイミングで初めて壁にぶち当たってしまう、とよく言われる。それ故善悪の判断が甘くなり、すぐに悪の道に踏みこむのだ、という批判を先輩たちから聞いた。

その解釈が当たっているかどうかはともかく、同世代の人間が犯罪に手を染めるのを見ると、微妙にストレスが溜まる。一歩間違っていたら、自分も同じようになっていたかもしれない……。

「はい」宮村がスマートフォンを取り上げ、面倒臭そうに反応した。しかし瞬時に真面目な表情になり、運転席で座り直して背筋を真っ直ぐ伸ばす。「え？　捕まった？」

「悪い、何か動きがあったみたいだ。また連絡する」

城田の返事を待たずに電話を切る。体を捻って宮村を見ると、緊張しきった表情で、相手の声に耳を傾けている。

「了解」短く言って通話を終えると、一之瀬の顔をまじまじと見た。「ボブ・ヤマシタを捕捉した。すぐに行くぞ」

## 〈24〉

絡まり合ったややこしい事件が一気に解けるのは、こういう時だ。

刑事としての経験はまだ少ないとはいえ、一之瀬はこういう場面を何度か経験していた。思いもかけぬ、そして馬鹿みたいな偶然がきっかけで犯人に辿り着く。そういうことが繰り返されるうちに、犯罪者は基本的に間抜けなのだと確信するようになっていた。間抜けだからこそあちこちに手がかりを残し、警察に捕捉される。

今回、ヤマシタは突然銀行に現れたのだった。銀行に手配が回っていたために、自分名義のカードを使おうとして、すぐに発覚。銀行側はあれこれ理屈をつけてヤマシタをその場にとどまらせ、その間に警察官が駆けつける——見事な連携だった。銀行には感謝状ものだな、と一之瀬は考えた。

「しかしこいつ、馬鹿なんじゃねえのか？」先ほど一之瀬が考えていたのと同じようなことを宮村が口にした。

「こんなものじゃないですか？　犯罪者は基本的に間抜けですよ」一之瀬は自説を主張し

た。

「まあな……一時間ものの刑事ドラマだと、後半三十五分ぐらいに起きる展開だ」

「ということは、最後までにもう一回ぐらいどんでん返しがあるんですか？」

「意外な犯人とか……今回は、犯人ははっきりしてるけどな」

「ですね」

　現場は新宿だった。東口、新宿三丁目の駅近くの銀行の支店。逮捕されたヤマシタは、既に所轄に連行されている。明治通りを走って代々木駅の近くを走り抜けている時、一之瀬は「犯罪者＝間抜け」論をもう一度思い出していた。考えてみるとヤマシタは、警察がマークしているにもかかわらず、自宅のすぐ近くに出没していたわけである。こういうところにいて安全だと思っていたのだろうか。それに、金がなくなったとしても、自分名義のカードを使うものだろうか。

　ほとんどの人は知らない事実だが、都内最大——もしかしたら日本最大の歓楽街である歌舞伎町を管轄するのは、新宿中央署ではなく新宿東署である。そして東署の所在地は「四谷《よつや》」だ。

「これで一気に解決するんじゃないか？」

　車を降りた宮村は、すっかり息を吹き返していた。本当に、一気に捜査が進むと信じている様子である。一之瀬は敢えて、反応しなかった。今回の捜査で何度も生じた微妙な

「ずれ」を考えると、そう上手くいくとは思えない。「楽観的」という言葉は、今や一之瀬の辞書から完全に削除されていた。

いかにも都心部の所轄らしく、新宿東署はほとんどオフィスビルのようだ。八階建てのグレーの建物には整然と窓が並び、交通安全標語を掲げた懸垂幕を除けば、警察の建物とは思えない。確か、今年の秋からは建て替えが始まるはずだ、と一之瀬は思い出した。そんなに古くなっているようには見えないのだが、忙しい署だから、手狭になってきたのかもしれない。

二人はすぐに、三階の刑事課へ向かった。宮村は気合い十分なようで、重たい体を苦にもせず、階段を二段飛ばしで駆け上がっていく。疲れるな、と思いながらも一之瀬は彼の後に続いた。

特捜本部からは、岩下が先乗りしていた。二人を見ると、「遅い」とでも言いたげに目を細めたが、文句は言わない。文句を言っている暇もないということだろう。

「ヤマシタはどうしてますか？」宮村が訊ねる。

「取り敢えず、取調室に押しこんである。調べるのはお前らだ」

「よし、一之瀬、行け」宮村が振った。

「俺ですか？」またか……先輩たちは、自分を取り調べのエキスパートに育てようとしているのだろうか。

「お前、奴に逃げられたんだろう？　ここで顔を見せてやりたくないか？」

「ああ、それは確かに……」

「じゃあ、一之瀬だ」岩下も同意した。「さっさと行け。そしてすぐに落としてこい」

取調室に入る直前、一之瀬は一度立ち止まり、肩を上下させて深呼吸した。焦るな。ヤマシタはもう、こちらの手の内にある。奴が自分の顔を見た時に、どういう反応を示すか、楽しめばいいではないか。殺しそこなった男が目の前に現れたら——。

予想以上の反応だった。顔を上げたヤマシタが、びくりと身を震わせる。目を閉じ、溜息を一つ。

「どうも」

一之瀬は敢えて気楽な口調で言って、椅子を引いて座った。右腕を椅子の背に引っかけ、体を斜めにしてヤマシタを睨みつける。一瞬目を開けたヤマシタは、すぐにうつむいてしまった。

脅《おど》しは効いたと確信して、今度は両手を揃えてテーブルに置き、「顔を上げて下さい」と言った。依然、うつむいたまま。部屋へ入って来た宮村が、ヤマシタの後ろを通って記録者席へ向かう途中、椅子に蹴つまずいた——振りをした。ヤマシタが短い悲鳴を上げながら、慌てて立ち上がる。

「あ、これは失礼」

宮村がさらりと言って、席についた。一之瀬をちらりと見て、笑みを浮かべる。さあ、ちょっとばかり動揺させてやったぞ。ここで一気に落とせ——狙いは分かったが、そんなに簡単にはいかないだろう。

「座って下さい」

促すと、ヤマシタがのろのろと腰を下ろす。椅子がどこかへ消えてしまったのではないかと疑うような慎重さだった。

「その節はどうも」

「あ、いや……」ヤマシタが呆気に取られたような口調で言う。怒鳴りつけられるのを予想していたのが外れたようだった。

「最初に言っておきます。日本語が通じないふりをするのはやめましょう。あなたが、日常会話に不自由しないぐらいの日本語ができることは、分かっているんですから。話の内容が分からないとか、そういう嘘の言い訳で時間を無駄にしたくない」

「何で私はここにいるんですか」

「それは、逮捕された時点で説明を受けたはずです」

「意味が分からない」

「あなたは、私を轢《ひ》き殺そうとしたんですよ。公務執行妨害です」

「私は車を運転していなかった」

その場にいたこと――丸井の車に同乗していたことは認めるわけだ。一人納得し、一之瀬は素早くうなずいた。

「しかし、丸井と一緒にいたのは間違いないですね」

「ああ――それは、そうです」

「あなたもT＆Yの社員だったんですか？」

「いえ、違います」

「T＆Yはダミー会社ですか？」

「ダミー……」

「ああ」一之瀬は頭の中で英語をこねくり回した。自分の知っている語彙《ごい》に「架空の」はない。「実態のない会社ではないですか」

「いや……」ヤマシタの答えは歯切れが悪い。

「違うんですか？　だったら、仕事の内容は何なんですか？　あなたは毎日、丸井の自宅にある会社に出勤していたんですか？」一之瀬は畳みかけた。

「それは、いろいろです」

「どんな仕事をしていたんですか」

　無言。ヤマシタがうつむき、肩を震わせた。どこまでしらを切り通せるか――一之瀬は、今のところ彼が嘘をついていないことに注目した。取り敢えず、誤魔化し切れないことは悟っているのだ。後は、答えをどこまで先延ばしにできるか、様子を見ている。

ヤマシタがのろのろと顔を上げた。目は虚ろで、口が間抜けな感じに薄く開いている。

「あなた、アメリカで逮捕されたことがあるそうですね」

「あれは誤解だ」にわかに表情が必死になる。

「誤解だったかどうか、私は知りません。まだアメリカの司法当局に照会していませんから。ただ、我々はこの事実を重視してはいません。重視するとすれば、あなたがそもそも詐欺師的体質を持っているということでしょうね」

「私は詐欺師じゃない」

「マネーロンダリングをしていても？　あれも人を騙して利用するわけですから、一種の詐欺でしょう」

「そんなことはしていない！」

初めて嘘が入ってきた。一之瀬は言葉を切り、ヤマシタの顔を凝視する。途端に、ヤマシタが居心地悪そうに体を揺らし始めた。しかし一之瀬は、敢えて「嘘だ」と指摘しなかった。

「T＆Yから押収したパソコンの解析を進めました。日本人の運び屋をスカウトして、海外から送金された金を彼らの口座に振り込み、そこから別の海外口座へ送金させる手口が分かってきています」

「そんなことは……」

「知らないんですか、してないんですか？　つまり、あなたは関与しているんですか？」

「関与……」ヤマシタの顔に戸惑いが浮かぶ。

「日本語が分からないという芝居はやめましょう。最初にそう言いましたよね？　とにかく、あなたは関係しているんですか」

「していない」

「していなくても、知ってはいたんですか」

沈黙。ヤマシタが張り巡らせていた防御壁が、徐々に下がり始めた。もう一歩――もう一つだけ突っこめる材料があれば、この男は落ちる。実際、貧乏ゆすりを始めていた。革底の靴を履いているせいか、かつかつと小刻みな音が取調室に響き始める。

一之瀬は、両手を広げてテーブルから少し浮かし、軽く叩きつけた。小さな音がしただけだが、ヤマシタは飛び上がらんばかりのショックを受けたようだ。慌てて顔を上げると、血の気が引いているのが分かる。

マネーミュールだけではない。他にも問題があるのだ。

マネーミュールだけだったら、立件する際にはまず組織犯罪処罰法――組織的な犯罪の処罰及び犯罪収益の規制等に関する法律が適用されるだろう。犯罪組織の金の流れをチェックする法律だが、それほど重い罪にはならない。優秀な弁護士がつけば、執行猶予判決を勝ち取れるかもしれない。

しかし、島田はこの男の仲間だ。島田が犯した三件の殺人事件にヤマシタが関与していれば、罪ははるかに重くなる。日系で、今は日本で暮らしているとはいっても、ヤマシタにとっては異国の地で、長い時間、自由を奪われたまま生きていくことになる。

それを考えて、簡単に喋れないのは理解できる。

「島田はどこにいるんですか」

「知らない」

「島田については知っているんですね？　同じT&Yの仲間でしょう？」

「……意味が分からない」

「惚けても無駄だ」一之瀬は声を荒らげた。「あんたと一緒に逃げた丸井――あの男が、逮捕された島田を奪還したことは分かっている。島田が仲間だからだろう？」

「そういうことは知らない」

「知らないわけがない。丸井から、島田を奪還した話は聞いていないのか？　あんたも近くで手伝っていたんじゃないか？」

「知らない」

このネタは早くも硬直状態に入りつつある。ヤマシタが黙りこみ、一之瀬も口をつぐんだ。その時、嫌な無言状態を切り裂くように、宮村のスマートフォンが鳴る。宮村が慌ててスマートフォンを摑んで立ち上がり、一之瀬に目配せしてから取調室を出て行った。

「ちょっと休憩します」

一之瀬が告げると、ヤマシタは露骨にほっとした表情を浮かべた。盛り上がっていた肩が落ち、への字になっていた口が真っ直ぐになる。右手を上げると、掌でそっと額を拭った。一之瀬もいつの間にか背中に汗をかいていたことに気づき、立ち上がって上着を脱いだ。椅子の背に引っかけて座ったところで、宮村が戻って来る。

ニヤニヤ笑っていた。堪《こら》えようとしても堪え切れず、笑みが零れてしまうようだ。一之瀬に目配せすると、テーブルの横に立つ。両手をつき、体を斜め前に倒して、顔をヤマシタに近づけた。

「ヤマシタさんよ、あんた、デヴィッド・フレイを知ってるよな」

ヤマシタが、無言で宮村を見上げる。その額から、汗が一滴垂れて頰を伝った。宮村が、さらにヤマシタに顔を近づける。

「まあ、言わなくてもいいけど、ちょっと耳寄りな情報をお知らせしたくてね。ミスタ・デヴィッド・フレイは、空港で足止めを食らっている」

「え？」ヤマシタが目を見開いた。

「成田でも羽田でもないよ。関空《かんくう》だ。デヴィッド・フレイが、丸井とメールでやり取りしていたことは分かっている。今月に入って来日していたこともな。警察としては、目をつけざるを得ないわけですよ」軽い調子で宮村が告げる。「というわけで、空港に手配が回っていたんだ。それで、関空——大阪の出入国管理でチェックに引っかかった。今、大阪府警で身柄を押さえているけど、ロサンゼルス行きのチケットは無駄になったね。ビジネスクラスだったそうだから、損害は甚大《じんだい》じゃないか？　それとも、あんたらの感覚じゃあ、ビジネスクラスぐらいは何でもないのかな？」

べたべたと粘っこい追いこみ。一之瀬は何となく、昭和の臭いを嗅ぎ取っていた。もちろん一之瀬は、昭和の刑事がどんな風に取り調べをしていたかは知らないのだが。

「こいつ——デヴィッド・フレイが何者なのか、俺たちは知らないんだ。あんたから教えてもらえると助かるんだけどねえ。ここは一つ、わざわざ調べる手間を省いてくれないかな。俺はこれから大阪へ行かなくちゃいけないんだけど、空手で、というわけにはいかないからね。少しでもいい材料を持って新幹線に乗りたいんだ」

「それは——」

「ああ？」宮村が耳の横で右手を立てた。「はっきり言ってくれないかなあ。俺は頭が悪いから、抽象的な話やほのめかすような話は駄目だぜ。デヴィッド・フレイがあんたたちのビジネスでどんな役回りを果たしていたのか、具体的に教えてくれ」

宮村がゆっくりと体を引き、弾むような足取りで記録席に戻った。一之瀬は両手を組み合わせてテーブルに置き、身を乗り出した。

「おたくらのグループで最初に捕まったのがあんただ。協力してくれれば、捜査は一気に進む。そうすれば、あんたの処遇については考えないでもない」

「司法取引してくれるのか？」ヤマシタも身を乗り出した。

「日本では、司法取引はまだ制度化されていない」

去年には、法制審議会が、司法取引制度の導入などを柱にした刑事司法制度の改革案を正式に決定したものの、あくまで「案」の段階である。一之瀬の言葉に、ヤマシタの顔からさらに血の気が引いた。

「ただし、我々はいろいろと裏から手を回すことはできる。情状酌量《じょうじょうしゃくりょう》という言葉、分かりますか？」

「いや……」

「あなたはこれから、送検、起訴と様々な司法の過程を通り抜けていくことになる。その様々な段階で、警察として『意見』をつけることはできるんですよ。協力してくれれば、その旨、検察に伝えることもできる。そうすれば、裁判になった時に、裁判員や裁判官の心証がよくなる。反省して、事件の解決に手を貸したと見てもらえるんです」

ヤマシタの喉仏が上下した。目が泳ぎ、肩がまたぐっと盛り上がる。

「決めるのはあなたです。デヴィッド・フレイが、この件でどんな役回りを果たしているか、今後何を言うかは、まったく分かりません。ただ彼という存在は、重要なポイントになると思う。そういう人間を落とすためには、あなたの協力が必要だ」

一度言葉を切り、ヤマシタの顔を凝視する。ヤマシタの視線が、ぴたりと一之瀬の視線に合った。ぶつかり合い……ヤマシタの唇が薄く開いたものの、まだ言葉は出てこない。彼の躊躇いをぶち破るために、一之瀬は最後の矢を放った。

「殺人は絶対に許されない罪です。死刑が基本だ。それでも、抜け道はあるんですよ。あなたは、日本で死にたいんですか？　それとも生き延びてアメリカに帰りたいですか？」

ヤマシタが、また唇を引き結ぶ。額には汗の玉が浮かび、てかてかと光っている。うつむく……汗が一粒テーブルに落ちた。ほどなく顔を上げると、手の甲で額を拭う。

「俺は……俺はこの件には関わっていない」

「この件とは？」

「俺は誰も殺していない」

「そう、殺したのは島田だ」ヤマシタの微妙な言い方に引っかかりながらも一之瀬は話を合わせた。島田が実行犯、とでも言いたいのだろうか。つまり――。「誰が島田を動かした？」

「丸井だ！」ヤマシタが叫ぶ。「丸井が全部やったんだ。俺は話を聴いていただけで、何もしていない！」

「分かりました」

一之瀬はずっと組んでテーブルに置いていた両手を解いた。掌にじっとりと汗をかいている。ズボンの腿に擦りつけて拭い、両手を腿に置いたまま、さらに身を乗り出した。ヤマシタが震える手を上げて、額の汗をそっと拭う。

「島田は殺し屋だった――殺し屋として利用されていた。違いますか？」

「そうだ」

「何のために？　ハマナカパートナーズを潰すために？」

「たぶん」

「たぶん？　人が何人も死んでいるのに、理由を知らないんですか」

「丸井は暴走している」

「暴走？」一之瀬は目を細めた。「つまり、丸井が勝手に島田を動かして、人を殺させているということですか？」

「そうだ」

「あんたはそれに関係していない？」一之瀬は畳みかけた。

「もちろん」

「なるほど」

自分だけは助かりたいと思っているのか、あるいはこれが真相なのか。今はどちらでもいい。大枠の事実が分かるだけで十分なのだ。

## 〈25〉

状況が急転した一日だった……一之瀬はヤマシタの取り調べを一時中断して、所轄の刑事課のソファでぐったりしていた。人様の職場でだらしないとも思ったが、疲労感はコントロールできない。これから特捜本部のある杉並南署へ護送して、なおもヤマシタを叩く予定だったが、一時休憩は必要だ。休憩なしでずっと取り調べを続けていると、やはり問題になる。

疲れ切った一之瀬と違って、宮村はやる気満々だった。ヤマシタの取り調べの途中で、立ち会いを春山と交代し、そそくさと大阪へ向かう。岩下は宮村の他に若杉、さらに三人の刑事の合計五人を大阪へ派遣することにした。このうち一人は、デヴィッド・フレイの取り調べをする前提で、英語に堪能な人間が選ばれた。

島田の身柄引き渡しの時よりも条件が悪いな、と一之瀬は考えた。島田は逮捕されていたから、まだ「安全」――実際には奪還されてしまったが――だったものの、デヴィッド・フレイは身柄を拘束されたわけではない。あくまで任意で留め置いているだけで、今夜警察の施設に泊めるわけにはいかないのだ。逃亡を企てなくとも、関係者と連絡を取ることは可能だから、丸井たちに新たな対策を取る余裕を与えてしまう。

任意で引っ張って来た被疑者を外界と隔絶させるために警察がよくやる手が、被疑者との同宿である。遅くなってしまったから自宅へ返すのではなく、近くに宿を取る――そういう理由で、同じ部屋に泊まってしまう。できればホテルでなく旅館。和室で雑魚寝《ざこね》していれば、確実に相手の動きを封じられる。しかし、そもそも都心部で昔ながらの旅館はほとんど残っていないし、アメリカ人であるデヴィッド・フレイは、畳の部屋に泊まることを拒絶する可能性が高い。

逮捕できれば問題ないのだ。そのためにはヤマシタをきっちりと落とし、デヴィッド・フレイの容疑を固めねばならない。

まだまだ今夜は終わらない。むしろこれからが本番だ。

一之瀬は気合いを入れるために、両手で腿を強く叩いた。思ったよりも大きな音がして、慌てて周囲を見回してしまう。所轄の刑事課は、既に昼間の仕事時間が終わっていて、当直の刑事が二人いるだけ……特に音に驚いた様子ではなかった。

何となく気恥ずかしくなって、ゆっくりと腰を下ろす。そこに、春山がコーヒーを持って戻って来た。近くのコーヒーショップから調達して来たようで、一之瀬はそれを見て頬が緩むのを感じた。今日は、まともなコーヒーを飲んでいなかったのではないか。カップを受け取り、一口飲んで生き返った。

「疲れてますね」春山が遠慮がちに言った。

「ああ——疲れてる」一之瀬は認めた。

「ヤマシタは、そんなに厄介な相手なんですか？」

「そういうわけじゃないけど……ジグソーパズル、好きか？」

「何年もやってないですね」何を言い出すのかと思ったのだろう、春山が首を傾げた。

「小さいジグソーパズルなら、大したことはないよな。でも、でかいジグソーパズルになると、どこから手をつけていいか分からない。四隅だけは形で分かるけど、そこを埋めた後、同じような色のパーツばかりあったら、どこにどうはめていいか分からない」

「ああ、空とか」

「あるいは海とか」一之瀬は薄く笑った。「今、ちょうどそんな感じだな。目の前に同じ色のパーツが散らばっていて、どこから手をつけていいか分からないんだ」

「でも、一人でやってるわけじゃないですから」春山がさらりと言った。チームワーク重視。

「それは分かってるけど、取調室では一人なんだよな。一対一で被疑者と向き合っているうちに、次々に疑問が浮かんできて、頭がこんがらがりそうになるんだ」

「ですよね。でも、疑問が何も出てこないよりはましじゃないですか」

「ああ……」当たり前の話だ。一之瀬は正論を吐いた春山の顔をまじまじと見た。「いいこと言うな」

「いやいや」春山が苦笑する。「今、一番大事なことは何ですかね。我々が知らなければならないことは」

「島田の行方だな」

「ですね。あと、今言うことじゃないかもしれませんけど、大井美羽はどこへ行ったんでしょう」

「島田と一緒の可能性は高いけど……島田が見つかれば、大井美羽も見つかるんじゃないか？ 今のところ、彼女が犯罪に関わっているかどうかは分からないけど」

「犯人隠匿とか？」

「立件は結構難しいけどな」事実をどこまで知っていたかによる。これは本人の意識の問題で、「何も知らなかった」としらを切り通せば、それを覆すのは難しい。

「ちょっと当たっておくか」

一之瀬はスマートフォンを取り出した。バッテリーの残量が既に危うい。もう少しだけ持ってくれと祈りながら、通話履歴から萩沼の電話番号を呼び出した。この時間なら、まだ会社にいるかもしれない。

萩沼はすぐに電話に出た。何だかせかせかした様子で、一之瀬からの電話に対して、いかにも迷惑そうだ。

「警視庁の一之瀬です。今話していて大丈夫ですか？」

「ああ、まあ……ちょっと待って下さい」

しばらく通話が途切れる。わずかな沈黙に、一之瀬は苛立ちを覚えた。右手の人差し指で、テーブルを叩きながら待つ。やがて電話に戻ってきた萩沼の声は、少しだけ落ち着いていた。

「失礼。会議中だったので」

「ああ、それはどうも……すみません。その後、大井さんとは連絡が取れていますか？」

「いえ。電話にもメールにもメッセージにも、まったく反応がないんです」

「行方不明者届を出すこと、検討していただけましたか？」

「いや、それは……」萩沼が渋った。「体面のいい話じゃないでしょう」

「彼女は事件に巻きこまれているかもしれないんですよ。行方不明者届を出してもらった方が、警察としても動きやすいんです。だいたい、大井さんはずっと、欠勤扱いになっているんじゃないですか？　それがあまり長く続くと、会社としてもまずいでしょう。それとも、会社として、大井さんを捜す方法があるんですか？」一之瀬は一気にまくしたてた。

「それは……」

「その後、ご家族と連絡は取りましたか？」

「ええ。家の中を確認したそうです」

「何か異状は？」

「特には見当たらなかったという話ですよ」

「男が一緒に住んでいたそうですが」

「その辺の話は、詳しくは聞かなかったですけど……こっちとしては、聞ける話じゃないですから」

「それはそうですね」ただし、警察ならば聴ける話だ。それに、美羽の部屋を捜索してみる手はある。島田が実質的に暮らしていたのは美羽の部屋だ。殺人事件に関連して、ということなら家宅捜索も可能だろう。

「行方不明者届なら、家族に出してもらったらどうですかね」萩沼が遠慮がちに言った。

「会社がそういうことをするのは、どうも……家族なら自然でしょう」

「そのパターンが多いですね」

「ご家族——お母さんがまだ東京にいますよ。大井の部屋にいて、帰りを待ってるんです。警察へ行くように勧めたんですけど、嫌がってましたね」

「電話してもらえますか」一之瀬は咄嗟に言った。

「はい？」萩沼は事情が呑みこめていないようだった。

「お母さんに話を聴きたいんです。あなたがつないでくれれば、話がスムーズに進む」

「でも、警察に行くのは嫌がってたんですよ」萩沼が繰り返した。

「それでも、あなたは顔見知りでしょう？　五分以内に連絡を取ってもらえますか？　五分後に私が電話を入れます」

「そんな、強引な」

「警察は、必要な時には徹底して強引になれるんです」


一之瀬と春山は岩下の許可を得て、吉祥寺へ向かった。美羽のマンションで母親から話を聴いても、それほどのロスにはならない。四谷から中央線で吉祥寺へ、そこから井の頭線で杉並南署の最寄駅である富士見ヶ丘まではわずか四駅だ。

一度電話で話していたとはいえ、美羽の母親は警戒を緩めようとしなかった。娘が行方不明で気持ちが不安定になっている中、あまり会いたくない警察官が訪ねて来るのだから、上機嫌でいられるはずもない。一之瀬はあくまで丁寧にいくことにした。

部屋は、ごく普通の１ＬＤＫで、綺麗に片づいていた。それを見た瞬間に一之瀬は、これまでの捜査が失敗だったかもしれない、と不安になった。本来はもっとごちゃごちゃした部屋だったのを、母親が片づけてしまった可能性がある。それで、貴重な証拠が失われてしまったのではないか……こんなことなら、もっと早い段階で部屋を調べておけばよかった。

母親がフローリングの床に正座したので、一之瀬と春山も正座せざるを得なくなった。硬い床は膝にも腰にも優しくない。硬い床での正座は剣道で散々やらされたが、一之瀬は最後まで慣れなかった。終わって立ち上がる時に、ふらつかないように気をつけないと。

「娘さんが行方不明になった経緯は、会社の方から聞いています。行方不明者届を出すつもりはないですか?」一之瀬は切り出した。

「私は……いいと思うんですけど」微妙に曖昧な言い方。

「ご主人が反対されてるんじゃないですか?」

「昔気質《かたぎ》の人なので。そういうみっともないことは、自分たちで何とか始末をつけないと、と言うんです。でも、素人が捜すのは無理ですよね」

「ええ」

「私は、警察に相談してもいいと思うんです」母親が繰り返した。

「それは後で話しましょう。行方不明者届が出ていなくても、我々は捜しますから。色々事情を教えてもらっていいですか?」

「ええ」

母親がもじもじと体を動かした。まるで自分が犯罪者で、取り調べを受けるとでも思っているようだった。じわじわ行かずに、一気に核心を突こうと一之瀬は決めた。

「娘さんは、ここで男と一緒に住んでいませんでしたか」

「ああ……」母親ががっくりと肩を落とす。「そうみたいですね」

「何か、一緒に住んでいる証拠はありましたか？」

「服が」母親が、寝室の方に目をやった。「クローゼットに男物の服が入っていました。結構な量でした」

「男と住んでいることは、ご存じでしたか？」

「いえ、そこまでは……この部屋に来たのも初めてなんです」

「つき合っている男がいたことは？」一之瀬は畳みかけた。

「それは知ってました」母親が遠慮がちに認めた。「昔からですから」

「同郷の、島田幸也という男ですよね。高校が一緒だった」

「……ええ」母親が渋い表情を浮かべる。この交際に賛成している様子ではなかった。

「私はないです。娘に聞いた話だと、本格的につき合い始めたのは、彼が東京で就職してからだそうですけど」

「会ったことはありますか？」

「ええ」

「娘は、昔から肝心なことは何も言わないんです。大学を決める時も、就職の時も、自分で勝手に決めて、事後報告もないんですよ」

愚痴が続いた。美羽は独立心旺盛《おうせい》というか、両親の束縛から逃れたかったのかもしれない。東京生まれの一之瀬にはあまりそういう感覚はないが、地方出身の同僚に聞くと、東京へ出て来た理由が「親から離れたい」であることは案外多い。

「同棲しているのも知らなかったんですね？」

「ええ。今回話を聞いてびっくりして。でも、間違いなかったですね」

「島田という男について、何か知っていますか」

「だから心配なんです。人を殺すような人間……それも三人も……そんな人と一緒に住んでいたなんて、信じられません」母親が目尻を拳で拭った。恐怖と怒りに支配され、身を震わせる。「今も一緒にいるんでしょうか？　大丈夫なんですか？　まさか、娘も……」

「そういう証拠は一切ありません」何一つ分かっていないというのが正解だが、一之瀬は慌てて言った。「一緒にいる可能性はありますけど、それもはっきりしたことではないので」

「やっぱり、行方不明者届を出した方がいいでしょうか？　そうしたら、すぐに見つかりますか？」

「保証はないですけど、今よりはずっと捜しやすくなります。全国に手配を回せますから」それで行方不明者が見つかる保証はないが、事件絡みの失踪となると、警察もそれなりに気を遣う。

「だったら、主人ともう一度相談してみます。正直、ここで待っていても何にもならないので。どうやって捜していいか分かりませんし」

「ぜひ、そうして下さい」一之瀬はうなずいた。「我々も全力で捜します」

すぐに電話をかけるという母親に許可を貰い、一之瀬は簡単に部屋の中を調べ始めた。確かに、寝室のクローゼットには島田のものらしい服が何着もかかっていた。洗面所にも歯ブラシが二本。ただし、島田や彼女の行方を示す証拠は何もなかった。

一之瀬の視線は、テレビ台に引き寄せられた。テレビの横に、デジタルフォトフレームが置いてある。電源を入れると、島田と美羽のツーショット写真が現れた。海辺だろうか……島田は上半身裸、美羽はタンクトップ姿で、二人ともリラックスした表情を浮かべて肩を寄せ合っている。写真は自動的に替わる設定になっており、次に現れたのは広角で撮られた引きの写真だった。青々とした海をバックに、美羽の肩を抱く島田。どうやら同じ場所で写したらしい写真が、しばらくは続く。次の一連の写真は、雪景色がバック。スキー場で、スノーボードを雪に突き刺した二人が寄り添う写真がトップだった。

全てツーショットの写真。一緒に遊びに行けば、一人きりで写ることもあるはずなのに、美羽はツーショットにこだわっていたようだった。まるで写真に、二人の想い出を全て封じこめようとしているように。

写真を眺めているうちに、二人の髪型や顔つきが結構違うことに気づいた。撮影がかなり長期間に及んでいたのは間違いない。

そのうち、高校の制服姿の二人が出て来た。校門のところで、寄り添う写真。美羽がVサインを出しているのに、島田はぶっきらぼうな表情だ。美羽だけ東京の大学への進学が決まり、福島に取り残された島田は、これから四年間の離れ離れの生活を想像して、渋い表情を浮かべているのだろう。

歴史。

二人は、一之瀬が想像しているよりも強く結びついていたようだ。どうして入籍しなかったのかは分からないが、結婚するだけが愛の形というわけではないだろう。

何気なく、テレビ台の下の引き出しを開けてみた。開きにくい……何かが引っかかっている。手を突っこみ、確かめてみると、手紙のようだった。引き出しの中で上から押さえつけるようにして開けてみると、やはり中は全て手紙だった。葉書も封書もあるが、ざっと見た限り、すべて差出人は島田のようである。何でもスマートフォンで済んでしまう時代に、島田は筆まめな男だったようだ。一之瀬など、プライベートな用件で手紙を書くと言えば、年賀状ぐらいなのに。

そしてそれを大事に取っておく美羽。手紙は百通を下らないようで、全部確認するには相当な時間がかかるだろう。

中身を読むのは気が引けたが、取り敢えず葉書だけを何枚か見てみた。どれも他愛もない内容だ。出張先から送った絵葉書だったり、季節の挨拶だったり。

そこに一之瀬は、二人の絆の強固さを感じた。一昔前ならともかく、今は恋人同士が手紙をやり取りすることなどほとんどないだろう。ひと手間かけることに、島田は強い意味を見出していたに違いない。

愛。

それが悲劇につながってしまったのかもしれない、と一之瀬は想像した。

〈26〉

母親の手で、地元の所轄に美羽の行方不明者届が出された。一之瀬はそこまではつき添ったが、美羽の家まで母親を送るのは、所轄の署員に任せた。自分はこれから、再度ヤマシタと対峙しなければならない。

数時間ぶりに会ったヤマシタは、まだだれていなかった。杉並南署の取調室で改めて対峙した時には、既に午後九時を回っていたが、それでも背筋はしゃんと伸び、疲れを押し隠すかのように表情を引き締めている。

今欲しい情報は一つだけ。一之瀬は直球で押すことにした。

「島田の居場所は？」

「分からない」

「次に誰を狙っている？」

「知らない」

短く明白な答えに、嘘は感じられない。一之瀬は微妙に質問を変えた。

「島田の居場所を知っているのは誰だ？」

「……丸井だけだ」

「丸井はどこに？」

「あれから会ってない」

「この前、俺たちを轢き殺そうとした時から？」

「轢き殺すつもりなんかなかった！」否定のつもりか、ヤマシタが声を張り上げる。

「分かってる」一之瀬はうなずいた。「轢き殺そうとしたのは丸井だ。あんたは車に乗っていただけだよな」

「そう。だから、逮捕される理由はない――」

「ある」一之瀬はヤマシタの言葉を断ち切った。「公務執行妨害。警察の仕事を邪魔したんだから」

「そんなつもりは……」

「それを今議論するつもりはない。容疑は明白なんだ——とにかく、島田をあぶり出すのに協力して下さい。そのためには、丸井と連絡を取る必要がある」

一之瀬は春山に目配せした。小さくうなずいた春山が立ち上がり、押収したヤマシタのスマートフォンをテーブルに置く。

「それで、丸井に連絡を取ってくれ」

ヤマシタが、震える手をスマートフォンに伸ばす。ロックを解除し——一之瀬は暗証番号をしっかり見ていた——丸井の番号を呼び出す。名前は丸井ではなく、「ＭＡＲＵＩ」で登録されていた。日本語を自在に喋れる外国人でも、漢字の読み書きに関してはハードルが高いのだろう。ヤマシタが発信した直後、スピーカーモードにするよう、指示する。すぐに「おかけになった番号は……」というメッセージが流れてきた。電源を切っているのだろうが、それも当然か。その気になれば警察は追跡もできる。自分の電話は既に処分してしまった可能性が高い。

「丸井は普段なら電話には必ず出る？」

「ああ」

「島田の番号は入っているか？」

「入っている」

「そっちにもかけてみてくれ」

同じ行為の繰り返し。流れてくるメッセージも同じだった。当たり前だ、と一之瀬は自分に言い聞かせた。今はスマートフォンがないと仕事もできないが、そこから足がつく可能性が高いことは、ちょっと頭の回る犯罪者なら当然知っている。

「二人とも捕まらない……あなた、丸井とはこの前会ったのが最後だと言ってましたね」

「ああ」

「それからは、どうしていたんですか」

「どうもこうも」ヤマシタが肩をすくめる。「家に帰るわけにはいかないから、ホテルを転々としていた。クレジットカードが使えないから現金がなくなって、銀行に行ったら――捕まった」

「ヘマしましたね。要するにあなた、丸井に見捨てられたんじゃないですか？　彼は何も援助してくれなかったんでしょう？」

ヤマシタの顔から血の気が引く。そうではないかと想像していたにしても、そうであって欲しくないと祈っていたのではないか。ヤマシタも先日来、自分の立場の危うさは十分意識していたはずだ。

「島田はどこにいるんですか？　どこかに隠れているんでしょう？　隠れていながら、二件の殺人事件を犯した」

「ああ」

「アジトがあるんじゃないですか」

「アジト？」

これは英語では通じないのかと思い、一之瀬は「隠れ家」と言い直した。

「さあ」ヤマシタが目を逸らす。

「あなたが知らないわけがないでしょう。この期《ご》に及んで隠さないで下さい」

「俺は知らない」

「どうして」ああ、クソ……言ってしまってから、子どもの口喧嘩みたいだと悔やんだ。もっともヤマシタは、気にする様子もない。困惑の表情を浮かべているのは、言っていいかどうか悩んでいるせいだと判断した。本当に何も知らないわけではあるまい。

「だから、丸井は、暴走したんだ」

「暴走？　前もそう言ってましたけど……」

「そう。俺は、あんなことはすべきじゃなかったと思う」

「あんなことというのは、人を殺したことか？」

「そもそも、ハマナカパートナーズからデータを盗み出そうとしたことだよ。あれは……丸井は、ハマナカパートナーズを丸ごと潰そうとしていた。そのために一番手っ取り早い方法を採った。あそこには盗むべき、重要な情報があったから」

「その情報とは？」

「知らない」

ヤマシタが首を横に振る。名簿の話だと分かっている——中途半端な話を持ち出しやがって、と苛ついたが、ヤマシタは一之瀬の怒りに気づく様子もなかった。さらに質問を続けたが、ヤマシタは「丸井が暴走した」「勝手にやった」「自分は何も知らない」と、あくまで丸井と距離を置こうとしている。自分だけ助かろうとしているのかと思ったが、ヤマシタの態度があまりにも一貫しているので、一之瀬は本当にこの男は何も知らないのでは、と考え始めた。

ふと、別の筋から追及できる、と思いつく。

「あんたは島田の居場所は知らない……それはそれでいい。彼は今、一人でいるんだろうか」

「え？」質問の意味が理解できないのか、ヤマシタが首を傾げる。

「丸井が一緒にいるのか？」

「それは分からない……」

「島田には女がいる。結婚していないけど、実質的に夫婦みたいなものだ」内縁という言葉が理解できないかもしれないと、一之瀬は簡単な説明にした。

「ああ」ヤマシタが一之瀬の顔を真っ直ぐ見た。「あの女か……」

「彼女も行方不明だ」

ヤマシタが黙りこむ。美羽の行方についても何か知っている、と一之瀬は確信した。

「島田は、その女——大井美羽という女性と一緒にいるんじゃないか？」

「いや」

「いや？」一之瀬は瞬時にいきり立ち、立ち上がった。「一緒にいないことをどうして知ってるんだ？」

ヤマシタの顔から血の気が引いた。これまで特に失点なく切り抜けてきたのに、ここで失点してしまった。こいつは間違いなく、島田、ないし美羽の居場所を知っている。

一之瀬は、意識してゆっくりと腰を下ろした。その間も、視線はヤマシタに突き刺したまま。ヤマシタの頭《こうべ》がゆるゆると垂れていく。一之瀬は、再び椅子に座ると同時に、テーブルに拳を叩きつけた。尻に針でも刺されたように、ヤマシタが慌てて腰を浮かす。

「そろそろ、全部喋ってもらいます。島田と大井美羽さんは、一緒にいないんですね？つまりあなたは、島田が一人で潜伏している場所を知っている」

「いや、知らない」

「ヤマシタさん……言っていることが矛盾していますよ」

「だから、島田の居場所は知らない」

「え？」今度は一之瀬が戸惑う番だった。こいつはいったい何を言っているんだ？　その時、一之瀬の頭の中である可能性が閃《ひらめ》いた。

島田は殺し屋……だが、この殺し屋はどういう動機で動いている？　自分たちの仕事のためか？　あるいは誰かに金を積まれて？　それだけで、三人も殺すだろうか。

もう一つの可能性が頭に浮かんだ。島田にはアキレス腱がある——内縁の妻、大井美羽。

「大井美羽さんを、どこかに拉致《らち》したのか？」

「拉致……違う」否定したものの、ヤマシタの声は弱々しい。

「どこかへ連れて行ったのか？」

「それは……」

「大井さんはどこにいる！」

冗談じゃない。一之瀬は、もはや冷静に考えられなくなっていた。いったい何なんだ。俺たちは今まで何をやっていたんだ。

深夜の高速道をひた走る車の助手席で、一之瀬は腕組みをしたまま前方の暗闇を凝視し続けた。街灯が次々と後方に飛び、目が痛くなってくる。しかし瞬きしないことが、自分に科された罰だと思った。今はそれぐらいしかできない。ハンドルを握る春山も、重苦しい雰囲気に遠慮してか、先ほどから一言も発しない。

その沈黙を破ったのは、スマートフォンの呼び出し音だった。クソ、今は誰かと話したい気分じゃないんだ……無視しようかと思ったが、習性で出てしまう。宮村だった。

「まったく、タヌキオヤジだったぜ」それが宮村の第一声だった。妙に疲れている。

「デヴィッド・フレイ？」

「ああ。後で写真を送ってやるから見ておけよ。ロマンスグレーのなかなかの紳士だ。刑事がこんなことを言ったらいけないんだろうが、とてもこういう犯罪に関わるような人間には見えない」

「確かに刑事の台詞じゃないですね」警察官が最初に教えられるのは、「人を見たら泥棒と思え」だ。

「とにかく、知らぬ存ぜぬの一点張りだ。丸井とメールのやり取りがあったというだけじゃ弱いな。もう二本か三本、攻める筋がないと喋らないと思う」

「それは今後の展開次第ですね」今はやるべきこと――極めて急を要する課題がある。

「そっちの話は聞いた。いつ頃福島に着く予定だ？」

「あと一時間ぐらいですね」日付はとうに変わり、もう午前二時。福島に着いたら、夜明けも間近という時間だ。

「俺のことを、間の悪い男と言ってくれ」宮村が皮肉っぽく言った。

「こんな時に大事な場所にいられないのは、確かにアンラッキーですよね」一之瀬は認めた。「でも、大阪なんだからしょうがないですよ」

「まあな……現場から中継はしてくれないのか？　どうせビデオは回しているんだから、

そこからストリーミングで生中継するまで、もう一歩だろう」

「それはさすがに無理でしょう」一之瀬は苦笑した。「とにかく、動きがあったら宮さんにも連絡がいくと思います」

「若杉がいないのは、戦力的に大幅ダウンじゃないか？」

「まさか。あいつがいた方が、トラブルが起きる可能性が高いですよ」

宮村が声を上げて笑ったが、どこか乾いた、寂しそうな笑い方だった。どうせ自分は蚊帳の外、とでも思っているのだろう。宮村でさえそうなのだから、若杉はどれだけ悔しがっていることか。今頃、そのストレスを吹き飛ばそうと、必死で腕立て伏せやスクワットを繰り返しているかもしれない。

「しかし、大袈裟になったそうじゃないか。まさか、機動隊にまで出動を要請するとはねえ」呆れたように宮村が言った。

確かにこれはやり過ぎだ。第三機動隊の一個小隊二十数人も、バスで移動中なのだ。暴徒を鎮圧するわけでもなく、デモ警備でもなく、人質になっている女性を救出するためだけなのに。

「機動隊の出動を要請したのは、岩下さんか？」宮村が訊ねた。

「いや、水越課長が決めて、自分で要請したそうです」

「何だよ、一課長自ら暴走かよ」

「万が一を考えているんだと思います」

一之瀬の指摘に、宮村が黙りこんだ。その沈黙が少しだけ長い気がして、一之瀬は思わず「宮さん？」と呼びかけた。

「万が一、か……お前、嫌なことを言うね」

「でも、俺たちがヘマしたのは事実ですから。それに今回は、宮さんは心配する必要はないですよ。そもそも作戦行動に参加していないんですから……大阪で、高みの見物でお願いします」

「それはそれで嫌なんだよ」

電話を切った後、車内の空気が少しだけ緩んだようだった。春山もその雰囲気を敏感に感じ取ったようで、久しぶりに口を開いた。

「宮さんですか？」

「ああ。こっちの現場に来られなくて悔しがってた」

「しょうがないですよね……」

ちらりと横を見ると、春山は不安を押し隠すように拳を口に押し当てていた。

「そんなに緊張するなよ。俺も緊張するから」

「無理です」春山が弱々しい笑みを浮かべた。「こんな大事《おおごと》になってるんだから……緊張するなって言う方が無理ですよ」

「まあな」

「でも、本当に機動隊まで必要なんですかね」

「何が起きるか分からない」美羽がどんな形で監禁されているか不明なので、入念な準備は必要だ。監禁犯が銃を持っている可能性もある。

「鳴沢《なるさわ》さんでもいれば、もうちょっと安心できるんですけどね」春山が溜息をついた。

「ああ、伝説の人か……」

「伝説って……一応現職の刑事なんですよ」

「でも、本部に一回も上がってないんだろう？　所轄を転々としてるそうじゃないか。そういう人には、何か問題があるはずだよ」

「そりゃあ、本部でも持て余すからですよ」春山が溜息をついた。「どうせトラブルを起こす人なら、本部じゃなくて所轄に置いておく方が、処理が楽でしょう」

「だけど、所轄もいい迷惑だな」

鳴沢了《りょう》の数多《あまた》の伝説は、一之瀬も聞いている。「マッチ棒を電信柱に変える男」「ボヤがすぐに大火になる」。要するに、一人で騒ぎ立てて暴走しては、事を大袈裟にしてしまうというのだ。刑事が一人暴走しただけで、そんな大騒ぎになるとは思えないが……伝説というのは概して、話に尾ひれがついて実際よりも膨らむ。

「でも、あの人なら、一人で何とかしそうですけどね」

「そういう話は、宮さんなら大好きだけど、現実には無理だぞ」

この話題を宮村に持ちかけたら、たぶん『ダイ・ハード』辺りを引き合いに出すだろう。実際、鳴沢の伝説にはそういう派手なものが多い……しかし一之瀬は、そのほとんどがでっち上げではないかと疑っていた。

まあ、いい。一人の刑事が全ての事件を解決することなど不可能なのだから。警察は基本的に、チームで動く。それはどんな時でも変わらない。

〈27〉

戦争でも始めるつもりかよ……そう考えると、一之瀬はまた胃に痛みを覚えた。どこかで薬を買って——そこまでの時間はないか。

今回は、小野沢が全体の指揮を執っていた。現場近くの所轄の道場に全員が集合すると、すぐに作戦計画を提示する。警視庁側の人間は気合い十分、特に完全武装の機動隊員二十数人が、得も言われぬ迫力を発していた。

福島県警の連中は、不気味な沈黙を守っている。現場が地元なので、当然声をかけられたのだが、連絡はかなり遅れた。警視庁側が陣容を整え、出発してからようやく通告したのだと一之瀬は聞いている。警視庁の幹部にすれば当然、これは自分たちの事件である。現場がどこかなど、どうでもいいのだ。自分たちの事件は、自分たちで片をつける。ただ「義理」として福島県警に連絡したに過ぎない。

福島県警の連中がへそを曲げるのも、一之瀬には理解できた。ずっと必死で追いかけてきたのに、最後で一番いいところを持っていかれたように感じているのだろう。

作戦指示が終わると、一時待機になった。午前五時、日の出の少し前に部屋に突入——決行まであと二時間を切っている。それまでに現場の偵察を終え、作戦の最終方針を決定する。

一之瀬は、畳の上で大の字になりたいという欲求と必死に戦った。胡坐《あぐら》をかいているので、そのまま後ろに倒れるだけでいいのだが、さすがにそういうわけにはいくまい。

城田がすっと近づいて来た。目は真っ赤で顔色も悪い。おそらく、寝ついた途端に叩き起こされ、ここへ急行したのだろう。

「悪いな、遅くに」

「正確には、早くに、かな」城田がにやりと笑った。一之瀬の隣に腰を下ろすと、素早く周囲を見回す。一之瀬に顔を寄せて、小声で文句を言った。「警視庁のやり方はひどいね」

「申し訳ない」反射的に一之瀬は頭を下げた。

「お前が決めたわけじゃないだろうけど……」

「当たり前だよ。こっちはただの駒なんだから」

「自分が警視庁にいる時には気づかなかったけど、あちこちの県警を怒らせているんだろうな」

「たぶんね。でも、何かあったら警視庁が現場に派遣されるのは普通だぜ」東日本大震災でも、警視庁は高圧放水車を福島へ派遣し、原発への放水を行っている。命がけの作業だったのは間違いなく、刑事になりたての一之瀬も、先輩たちから「あれが警視庁の役目なんだ」と散々聞かされた。いざという時にはどこへでも出動し、危険な任務を引き受ける。

「それは分かってるよ。でも、刑事部長も激怒してるらしいんだ」城田がさらに声を潜めた。

「ああ、橋本さん……」

「これぐらい、警視庁の力を借りなくても自分たちで何とかなる。それを、警視庁の部隊が現場に着くまで手を出すなとは無礼だ、そもそも連絡が遅れたのは何事かってさ」

「刑事部長の立場なら、そう言うだろうね」一之瀬は苦笑した。「でも、こっちの面子も分かってくれよ。自分の失敗は自分で取り返すしかないんだぜ」

「失敗したのは福島県警も同じだけど」

「お互い様か……」

城田が無言でうなずく。彼自身は、面子を潰されたとは思っていないようで、平然としていた。福島県警の立場も警視庁の立場も、両方理解できるということか。

「一之瀬！」

小野沢の声に、思わず勢いよく立ち上がる。軽く眩暈がしたが、逆療法で思い切り首を振って追い払う。

「城田部長も、ちょっと」少し遠慮がちに小野沢がつけ加える。

二人は並んで、小野沢の前に立った。小野沢が二人の顔を順番に見てうなずく。

「作戦は基本的に強行突入だが、その前に入念な偵察が必要だ。それをお前たち二人に任せる」

「俺たち、ですか？」一之瀬は思わず自分の鼻を指さした。

「そうだ。これはあくまでうちの事件だからな。申し訳ないが、城田部長には現地代表として道案内を頼む。現場付近のことも、よく分かってるだろう」

「もちろんです」

「十分警戒して、まず人質の発見に全力を尽くす。もし見つけても、手出しは無用だ。即座に連絡、監視に移ってくれ、その後は、指示に従うように」

「分かりました」一之瀬は即座に返事をした。

「了解です」城田もうなずく。

「もちろん、ヤマシタの証言が嘘だった、あるいは事態が変わっている可能性もあるが、焦るな。状況によって、突入作戦は柔軟に変更する」

二人は揃って一礼し、道場を出た。偵察とはいえ、拳銃携行。嫌でも緊張感が高まってくる。

福島県警の覆面パトカーに乗りこみ、現場を目指す。ハンドルは城田が握った。

「現場、どんなところだ？」地図で何度も確認したのだが、地図と実際の光景はまったく違う。

「飯坂温泉の近くだな」

「温泉？　だったら、結構賑やかなところじゃないか？」

「そりゃあそうだ。飯坂温泉は東北を代表する温泉の一つだから。ただ、賑やかといっても東京の賑やかさとは違うよ。あくまで温泉街の賑やかさだ」

「それは分かってる」

次第に怒りが募ってきたが、誰に対する怒りなのかは自分でもよく分からない。犯人グループに対してなのか、今まで美羽を発見できなかった自分たちに対してなのか。だいたい飯坂温泉と言えば、北福島署からも五キロぐらいしか離れていない。

東北道の下をくぐり、街灯もほとんどない真っ暗な道路を走る。城田は五十キロちょうどをキープしていた。ちらりと外を見ると、標識にも「50」の文字。律儀な男だ、と呆れる。こんな時には、少し飛ばしても問題はないのに。

この辺の道路脇は水田ではなく、畑、それに果樹園が広がっているようだ。家はぽつぽつという感じではなく、そこそこ固まって建っている。やがて見えてきた看板によると、このまま直進すれば飯坂温泉駅になる。一之瀬はまた鼓動が高鳴ってくるのを感じた。

「さっきの作戦会議では言わなかったんだけどな」城田が突然ぽつりと言った。

「何だ?」

「実はもう、問題の場所は押さえてあるんだ」

「押さえたって、どういうことだ?」一之瀬は狭いシートの上で座り直した。「県警が監視してるのか?」

「そう、あくまで監視してるだけだ。中は確認していない」

「勝手に動いてたのか」

「ああ」城田がしれっとした口調で言った。「だって、考えてもみろよ。ヤマシタが逮捕されてから、何時間経ってると思う? もう半日ぐらい経つじゃないか。その間、丸井が何も気づかず、人質にも手を出していなかったと思うか? だから警視庁から連絡が入った時、こっちの判断ですぐに監視に入ったんだ。ただ、中に誰かいるかどうかは本当に分からないぞ。監視はしてるけど、偵察はしてないから」

「……そうか」一之瀬は深呼吸して気持ちを落ち着けた。この件はどう考えても、福島県警の判断が正しかったと思う。「俺は何も言わないけど、警視庁にばれないようにしろよ」

「当然」城田が面白そうに言った。「こんなことで気を遣うのも馬鹿らしいけど、しょうがない。とにかく、目的は一つだぜ」

「分かってる」

会話が途切れる。一之瀬は窓を少し開けた。ひんやりとした夜気が吹きこみ、緊張感を加速させた。少し湿《しめ》っているのは、雨が近いからだろうか。右前方に、突然明るい光が現れる。コンビニエンスストア……ふいに喉の渇きを覚えると同時に、胃の痛みを再度意識した。「コンビニに寄ってる暇はないよな」と恐る恐る訊ねる。

「今か？ 冗談だろう？」城田が驚いたように言った。「何か必要なのか？」

「いや、喉が渇いたなと思って」胃薬が欲しいとは言い出せなかった。

「ダッシュボードに水が入ってる」

気が利くことで、と感心しながら、一之瀬はダッシュボードを開けた。三百五十ミリリットル入りの小さなペットボトルが二本。一本を取り出し、まず一口飲む。それからバッグの中をガサ入れして、奇跡的に胃薬を見つけ出した。しばらく前、呑み過ぎた翌朝に吐き気がした時に、慌てて買ったのだったと思い出す。この痛みに効くかどうか……粉薬なので呑みにくいが、何とか呑みこんだ。苦みが強烈だったが、次の瞬間には胃の中にすうっと爽《さわ》やかな感触が広がる。取り敢えず痛みは治まりそうだ、と安心した。

「何だよ、胃潰瘍《いかいよう》か？」馬鹿にしたように城田が言った。

「そうじゃないけど、たまには胃が痛いこともあるさ」

「大丈夫なのか？」

「もう収まった」

「俺にも水をくれないか？」

一之瀬はキャップを捻り取ったボトルを渡してやった。城田は半分ほどを一気に飲んでしまう。

現場は、福島交通飯坂線の終点である飯坂温泉駅ではなく、一つ福島寄りの花水坂《はなみずざか》駅の近くだった。温泉街という割に旅館やホテルなどは見当たらず、一戸建ての家が目立つ。普通のアパートもあった。

「あまり温泉っぽくないな」

「旅館なんかは、摺上《すりかみ》川の東側……国道三九九号線沿いに多いんだ。この辺は福島市のベッドタウンという感じだな。ここも福島市だけど」

城田はやけに饒舌だった。緊張を解すためなのだと、一之瀬には分かる。緊張しているのは自分も同じだ。胃の痛みがその証拠である。

「ここだ」城田が言ったが、車を停めようとはしない。一之瀬は助手席から、ちらりと外を見た。ごく普通のアパートである。東京なら、学生が住みそうな1DKといったところだろうか。真夜中なのに、地味なスーツ姿の男が二人、アパートの両脇を固めるように立っている。福島県警の刑事だろう。

城田は少しスピードを上げ、住宅街を走り抜けた。ほどなく、前方に神社の鳥居が見えてくる。城田はその手前にある「月極《つきぎめ》」の看板がかかった駐車場に覆面パトカーを乗り入れた。空いた場所に、既に別の覆面パトカーが停車している。運転席と助手席に二人、刑事が座っているのが見えた。この前福島に来た時に会った人間ではないかと思ったが、見覚えはない。初対面の相手と遣《や》り合うことになるのだろうかと思うと、気が重かった。

城田はサイドブレーキを引きながら、「ここで待っててくれ」と言い残して車を降りた。もう一台の覆面パトカーに歩み寄り、開いたウィンドウに向かって身を屈め、何事か相談する。落ち着かぬ気持ちのまま、一之瀬は身を固くして待った。ほどなく城田が戻って来たので、外へ出る。城田は「本格的に偵察するぞ」と宣言して、車のトランクを開けた。伸縮《しんしゅく》梯子《ばしご》を取り出し、小脇に抱える。

「これで二階まで上がれるのか？」問題の部屋はアパートの二階と分かっていた。外から様子を確認したくとも、近くには同じ高さから観察できる場所がない。だから梯子でベランダから侵入、という作戦なのだろう。一之瀬の感覚では、少しやり過ぎだったが……相手が起きていたら気づかれる恐れがある。

「こいつは三メートルまで伸びるんだ。二階までなら、何とかなるんじゃないかな」

気楽な調子で言って、城田が先に立って歩き出す。一分ほど歩いて、問題のアパートに辿り着いた。城田は、立って警戒していた二人の刑事に順番に目配せし、梯子を持ったままベランダを見上げた。二人の刑事は何も言わないどころか、立っている場所から一歩も動こうとしない。

城田を手伝い、一之瀬は慎重に梯子を伸ばした。問題はここから先。ベランダに立てかけ、上る時には、絶対に音を立ててはいけない。城田に目配せしながら梯子を立て、ゆっくりと斜めに倒して行く。ちょうどベランダの中央付近に先端が触れた。少しだけ揺らして、安定しているのを確認する。

「一人ずつだ」城田が言った。「耐荷重は百キロだから」

「どっちが先に行く？」

「譲るよ……俺は高所恐怖症だから」

「後から行っても楽にはならないよ」

「とにかく、お客さん優先で」城田がにやりと笑う。場の雰囲気を緩めるための冗談のようだった。

一之瀬は、一段一段確認するように、梯子を上り始めた。下で城田が支えていてくれるので、安定してはいる。しかし、ベランダの方は大丈夫だろうか……気にしてもしょうがない。一之瀬は、スピードを出し過ぎないように気をつけながら先を急いだ。

何とか静かに上り切った。問題は、ここから先。一之瀬はベランダの手すりに手をかけ、ぐっと体を持ち上げた。さらに左足をかけ、ベランダの手すりに腹這《はらば》いになる。その姿勢から左足をゆっくり下ろし、体を少しずつずらしていった。左足の爪先が床につく。ここまで来れば大丈夫だ。一之瀬はなおもゆっくりと動き続け、最後はベランダにしゃがみこむ格好になった。二度、三度と深呼吸して息を整える。

それから静かに立ち上がり、城田に向かって素早く手を振った。準備完了、すぐに上がって来い――。

高所恐怖症と言いながら、城田は身軽に梯子を上って来た。手すりを乗り越える時に手助けしようと手を差し伸べたものの、無言で首を振って断ってくる。結局、音も立てずにベランダに降り立ち、一之瀬の横で膝立ちの姿勢を取った。

一之瀬は音を立てないように気をつけながら、狭いベランダをざっと調べた。生活の匂いがしない。物干しざおが置いてあるわけでもなく、排水溝には土埃《つちぼこり》が溜まっていた。エアコンの室外機はあるが、カバーがかかったまま……福島では、四月でもエアコンは必須のはずだが、室内ではストーブでも使っているのだろうか。

窓にはカーテンがかかっており、中は覗けない。ただ、薄いカーテンなので、室内に灯りが灯っていないことは分かった。午前三時四十五分。こんな時間に起きている人もいないだろうが。

一之瀬は立ちあがり、腰を伸ばした。城田が低い声で「おい」と言ってコートの袖を引いたが無視する。しゃがみこんだままでは動きにくいのだ。取り敢えず、隣の部屋の様子も見てみないと。

どうやら、最初に着いた場所はリビングルームの前だったらしい。隣——左側の部屋のカーテンは細く開いていた。窓に顔を近づけて中を覗きこむ。外の暗さと中の暗さは同じはずだが、まだ目が慣れていない感じがした。目を細めて、何とか調整する……。

誰かいる。

寝袋が見えた——誰かが寝袋に入ったまま寝ているのだ。顔は向こうを向いているが、寝袋から出た髪の長さから、女性ではないかと推測できた。当たりか？　一之瀬は城田を手招きした。素早く気づいた城田が、足音も立てずに寄って来る。一之瀬は無言で、室内に向かって顎をしゃくった。確認した城田がうなずきかける。

一之瀬はしばらく、中を確認し続けた。寝袋に入った女性は、動かない。寝相がいいのか……嫌な予感が頭の中で膨らんだが、死んでいる可能性は考えないようにした。こんなところで、一人取り残されていたら可哀相《かわいそう》過ぎる。

寝室らしき部屋だが、他に何かあるのだろうか。目を凝らしているうちに、小さなＬＥＤの光が視界に入った。それが幾つも……電子機器だ、と分かった。普通の部屋にしては多過ぎる感じがする。

声を低くして、城田に訊ねる。

「電子機器がたくさんあるみたいだな」

「ここも新川のマンションと同じでアジトなんじゃないか？」城田が答える。

「こんな場所に？」街灯さえない、田舎町。何をやるにしても不便ではないか。

「サーバーを置いておくだけとか……要するに中継地点だ。電源さえあれば、どこでもいいんじゃないか」

「なるほど」

推測に過ぎなかったが、何となく納得してしまった。犯罪に関わる場所に、必ず犯人がいなければいけないというわけではない。犯罪の種類によっては「倉庫」も必要だろう。

寝袋にくるまった女性が寝返りを打った。顔がこちらを向く。一之瀬は窓ガラスに顔を押しつけて確認した。同じようにしていた城田と顔を見合わせる。城田が素早くうなずいた——間違いなし。

「見ろ」

城田に言われるまま、一之瀬は目を凝らした。何を見ろというのか……寝袋を見ると、美羽の胴の辺りに太いロープが回されているのが分かった。原始的だが、確実に自由を奪う方法。

ということは、ここには誰もいないのか？　それなら簡単だ。正面からドアを蹴破り、さっさと救出すればいい。明らかに監禁されているのが分かったのだから、作戦行動としては問題ない。機動隊の助けもいらないだろう。

ほとんど聞こえないほど低く声を抑えても、話し続けるのは気が引ける。ベランダからは見えないだけで、誰かが部屋の中に隠れている可能性があるのだ。一之瀬はスマートフォンを取り出し、部屋の中に灯りが入りこまないように気をつけながら、メモ帳に文字を打ちこんで城田に見せる。

『下に降りて報告する』

城田がうなずく。梯子に向けて顎をしゃくり、「早く行け」の合図を出した。次いで、右手の親指で自分の胸を指し、さらに下に向ける。俺はここに残る、のサイン。

うなずき、一之瀬は素早く、しかし慎重に梯子を降りた。地面に降り立つとようやくほっとして、深呼吸する。警戒していた二人の刑事に簡単に事情を説明し、「裏はどうなってますか」と訊ねた。

「他のアパートと隣接してる」太った刑事が説明する。

「そちらからも逃げられますよね」

「ああ。そもそも階段はそっち側だから」

「一応、裏も押さえておいていただけますか？」一之瀬は下手に出て頼んだ。

ってますか?」

「それと」駆け出そうとした刑事を引き止める。「ここの車なんですけど、持ち主は分か
アパートの前は駐車場で、車が六台停まっている。全て地元ナンバー。部屋の借主を割り出すのは、この時間には大変かもしれないが、車の持ち主ならナンバーですぐにチェックできる。

「俺たちはここにいないことになっている」太った刑事が皮肉っぽく言った。

「ですよね」一之瀬は釣られて苦笑してしまった。「これからチェックしてもらいます」

一之瀬は全ての車のナンバーを控え、アパートから離れた。普通に話していても声が聞こえないであろう位置まで離れ、小野沢に連絡を入れる。アパートの中までは声が届かないにせよ、どうしても声を潜めてしまう。街は眠りについており、この辺に住む人を起こしてしまう可能性もあるのだ。本当は覆面パトカーまで戻った方がいいのだが、あそこではアパートが見えない。

「マル対を発見しました」

「分かった」小野沢は冷静だった。興奮しているにしても、そういう感情は完全に押し隠している。「状況は?」

「寝袋に入っています。ただしロープで縛られています」

「分かった」

「よし。突入は可能か？」

「今のところ、室内には他に人は見当たりません。玄関のドアを開けて入ればいいかもしれません」

「部屋は全部確認できたのか？」

「いえ」そこは否定するしかない。「リビングルームらしい部屋の方は、中を覗けないんです」

「それは危険だな……窓から突っこんだ方が確実じゃないか？」

「検討の余地はあります。それと、アパートの前に停まっている車の持ち主はチェックしておいた方がいいかと思います」一之瀬は、六台の車のナンバーを順次告げた。この中に、犯人の車があるかもしれない。

「よし、監視は続行だ。突入の時間は早める。何かあったら俺に連絡してくれ。情報は一元化する」

「了解です」

通話を終え、ほっと一息つく。これで安心というわけではないが、最初の任務は何とかこなした。後は本隊の到着を待つだけだ。

アパートの方へ向かって歩き出す。その瞬間、一之瀬は、ガラスが割れる音に、思わず首をすくめた。慌てて駆け出すと、室内に銃を向けている城田の姿が目に入った。

い。

〈28〉

「裏を固めて下さい！」一之瀬は表に残ったもう一人の刑事に向かって叫び、すぐに梯子に飛びついた。今度は支えてくれる人間がいないので、梯子がぎしぎしと音を立てて揺れたが、気にしないことにした。何かが起きてしまったのだから、もう慎重になる必要はない。

ベランダに飛びこむと、城田がちらりと一之瀬を見てうなずきかけた。慌てて横に並び、室内を確認する。

ほぼ暗闇の中、女が一人、部屋の真ん中に立っていた。部屋の真ん中というより、美羽のすぐ横に。美羽もいつの間にか目を覚ましている。目に恐怖の色が宿っていたが、言葉を発しようとしない。自分の一言が事態を悪化させるのではないかと恐れたようだった。

城田は銃を上げて、真っ直ぐ女を狙っている。銃はそれほど軽いわけではなく、ずっと同じ位置を保持するのは大変だ。だが城田の集中力は凄まじく、銃口は一ミリも動かない。

胸郭を突き破りそうなほどの激しい鼓動。鼻でゆっくり深呼吸しながら、一之瀬は状況を確認した。砕けた窓ガラスは、室内にだけ散らばっている。ということは、城田が外から打ち破ったのだ。ただし銃声は聞こえなかったから、拳か銃把《じゅうは》を使った……確認したいところだが、この場ではそんな時間はない。

「銃を下ろせ！」城田が叫ぶ。

「警察？」女が小声で訊ねる。大柄――百七十センチぐらいはありそうだった――な女性で、不安そうに目が泳いでいる。このアパートで、たった一人で美羽を監禁していたのだろうか……監禁にしろ監視にしろ、最低二人一組が基本だろう。一人だと、遅からず集中力の限界が来る。

しかし彼女には、絶対的な武器があった。銃。両手でしっかり持ち、真っ直ぐ美羽に向けている。彼女の方が有利だ。下を向けているので腕が疲れない。

一之瀬も銃を抜いた。ただし女は狙わず、体の横に腕をつけ、ぶら下げたままにする。二対一で明らかにこちらの方が有利とはいえ、女がその状況に絶望して暴走する可能性もある。何とか、こちらで事態をコントロールしなくては。

「銃を下ろせ！」

城田が再度叫ぶ。その瞬間、一之瀬は急に周囲が明るくなったのに気づいた。隣の部屋の灯りが灯ったのだ。これだけの騒ぎだったら、どんなに熟睡していても目が覚めるだろう。

「そこにいるのは、大井美羽さんか？」一之瀬はできるだけ静かな声で訊ねた。

　返事はない。返事するはずもないか……沈黙の時間が続く中、一之瀬は女を素早く観察した。ジーンズにトレーナーという軽装で、寝ていた感じではない。もしかしたら彼女は、「夜勤」なのだろうか。夜の間だけ、監視の役目を負わされているとか……目つきは鋭く、ごつごつした手を見ると、格闘技の経験があるのではと想像できた。それプラス銃。二対一でもこちらが絶対的に有利ではないぞ、と一之瀬は用心した。

　このままだと手詰まりになる。応援――本隊は間もなく到着予定だが、機動隊の一個小隊がアパートを取り囲んだら、この女はパニックを起こして引き金を引くかもしれない。作戦無視でも、自分たちで今すぐ何とかした方がいいのではないか。

　とはいえ、既に膠着《こうちゃく》状態……どうすればいいか、様々な状況と作戦をシミュレートしてみたが、決定的な手が思いつかない。

　その時、ドアを激しくノックする音が響いた。女が慌てた様子で振り向く。一瞬の隙をついて、城田が部屋に踏みこんだ。わずかに遅れて一之瀬も続く。女が二人に気づいた時には、城田は既に彼女の眼前に迫っていた。躊躇せず、銃を握った右手を押さえにかかる。手首を摑もうとして失敗し、銃が城田の顔を向く。一之瀬は背後に回りこみ、女の右肩を固めた。予想通りの強い力……抵抗は激しかったが、一之瀬は何とか右腕の自由を奪った。女が激しく暴れたが、城田が加勢して手首を摑む。鬼の形相で手首を捻り上げると、女が悲鳴を上げた。

銃声。

揉み合ううちに、つい引き金を引いてしまったのだろう。一之瀬は女の腕を押さえたまま、美羽を見た。恐怖に目を大きく見開き、自由を奪われているにもかかわらず体を大きく揺すった――ということは、まだ生きている。銃弾が当たったかどうかは分からなかったが。

自分で引き金を引いたのに、その音と衝撃が女をたじろがせたようだ。城田がさらに手首を捻りあげると、ようやく銃がフローリングの床に落ちる。ごとりという重い音は、女が抵抗を諦めるきっかけになったようだった。

一之瀬は手錠を取り出し、女の右手首にかけた。続いて城田も。二つの手錠がかかったタイミングで、太った刑事がベランダから飛びこんで来た。

間一髪――だが、とにもかくにも美羽は無事だ。

城田たちが女の自由を奪っている間に、一之瀬は美羽を縛っていたロープを解《ほど》いた。寝袋のファスナーをおろすと、ブラウスにジーンズ姿の美羽の全身がようやく見えた。取り敢えず、怪我はないようだった――いや、顔面には激しい暴力の跡が残っている。右目の周囲、それに口の左側には大きな痣《あざ》が残っていた。既に腫《は》れはないが、殴打が彼女に激しいダメージを与えたのは間違いない。

肉体的にも精神的にも。

「大丈夫ですか?」助け起こしながら声をかける。「警視庁捜査一課の一之瀬です。大井美羽さんですね?」

美羽は声を出さずにうなずいた。その目には、まだ恐怖の色が濃い。視線が漂い、城田たちが押さえこんでいる女に向いた。

「連れ出してくれ」

一之瀬は城田に声をかけた。城田が無言でうなずき、女を強引に立たせる。二人で両腕を摑んで、無理やり玄関の方へ引きずって行った。それを見た美羽の体から力が抜ける。ドアが開き、女が外へ出ると同時に、福島県警の刑事が三人、飛びこんで来た。覆面パトカーから駆けつけて来たのだろう。

「連絡をお願いします。あと、水はないですか?」

さすがに用意周到で、一人の刑事がペットボトルを差し出す。受け取った一之瀬はキャップを捻り取り、すぐに美羽へ渡した。震える両手で何とかボトルを摑んだ美羽が、口元へ持っていく。零しながらも水を長く飲み続け、それでようやくほっとしたように息をついた。次の瞬間には涙が零れ落ち、すぐに声を上げて泣き始める。一之瀬は彼女の背中に手を当て、さすろうとしたが、慰めを拒絶するように美羽は身を捩《よじ》った。クソ、女性警察官がここにいないのは凡ミスだ。きつい監禁生活の後に、人間は思いもよらぬ反応を示すことがある。性的暴行の有無に関係なく、女性の場合、男を拒絶するのも珍しくない。

一之瀬は、泣き続ける美羽の横で、ひたすら待った。被害者支援課の講習をふいに思い出す。被害者や被害者家族に対しては、何も言わずにただ寄り添うことが一番効果的な場合もある。喋りたくない相手に無理に話しかけてはいけない。向こうが喋りたくなるのをひたすら待つ——時間の無駄かもしれないが、心を壊してしまうよりはましだ。

人間は強い。

必ず立ち直り、自ら口を開くようになる。今はそれを待つしかない。


十分後、本隊が到着して、現場は大騒ぎになった。その元凶は機動隊の一個小隊である。完全武装した二十数人の隊員がアパートを取り囲むと、異様な雰囲気になる。しかも銃声や騒ぎのせいで、近所の人たちが起き出し、外へ出て来ていた。そのため、機動隊員たちの仕事は野次馬の整理になってしまった……わざわざ福島まで来て、こんな仕事をやらされたらたまったもんじゃないだろうな、と一之瀬は同情した。

現場は最初、混乱の極みにあった。しかし一之瀬は、美羽の保護を最優先に考え、本隊が到着する前に救急車を呼んだ。怪我は大したことがない様子だが、衰弱が激しく、精神的なショックも大きいようで会話が成立しない。

小野沢が現場に現れるのと、救急車が到着するのがほぼ同時になった。一之瀬は簡潔に状況を説明し、病院への搬送が最優先だと主張した。女性警察官のつき添いも必要だ。

「分かった。すぐに手配する……それより、何がどうなってるんだ?」

「すみません。作戦を無視するつもりはなかったんですが、緊急事態だったんです。銃を持った女の姿が見えたもので、一刻一秒を争うかと——」

「それはいい」苛ついた口調で小野沢が言った。「問題は、どうして福島県警の連中が何人もここにいたか、だ。こっちの作戦を無視して、勝手にやってたわけだな?」

「……そうなりますね」一之瀬の感覚では、無事に人質を救出したのだからどうでもいいのだが、管理職としては、警視庁の要請を無視した福島県警の行動は許せないようだった。

「すみませんでした」

謝罪したのは城田だった。小野沢が目を向けると、深々と頭を下げる。三秒、五秒……顔を上げた時には、厳しい表情が浮かんでいた。

「福島県警には、監視も頼んでいなかった。これはあくまで、うちの事件なんだぞ。お前なら、そういう事情が分からないはずがないだろう」

「はい、了解してます」

「これは大問題だからな。人質を救出すれば、それで終わりじゃない。どういうことか、責任問題は後で必ず追及する」

「分かりました」

小野沢はまだ言い足りない様子だったが、それでも城田を激しく睨みつけることで、取り敢えずは怒りを封印したようだった。スマートフォンを取り出し、誰かと話しながらその場を離れて行く。

一之瀬はそれからも、現場での後処理に追われた。一刻も早く美羽から話を聴きたかったが、それは後回し。現場保存と調査、アパートの住人への聞き込みと仕事を続けていくうちに、夜が明けた。

スマートフォンが鳴る。もう、バッテリーが限界に近い。無視してしまおうかと思ったが、ディスプレーを見ると「水越」の名がある。いくら何でも、捜査一課長からの電話は無視できない。

「一之瀬です」

「現場は落ち着いたか？」

「まだですね」

「怪我人が出なくてよかった。これからの方が大変だが……何をすべきかは分かってるな？」

「島田を捜すことです」

「だから、お前の主戦場は、これから病院になる。手がかりはあそこにあるだろう」

「はい……それと、小野沢管理官が激怒しています」告げ口するようで一瞬気が引けたが、放置していいこととは思えない。福島県警とは、これからも協力関係をキープしていかなくてはならないのだ。ここで小野沢が爆発したら、深刻な禍根を残す。

「心配するな」水越は何とも思っていない様子だった。「奴は一時的にカッカしているだけだから、すぐに冷静になる。それに、福島県警の連中の気持ちも分からないではない」

「そうですか?」

「足元をワルどもに荒らされたら、警察官としてはいい気がしないだろう。自分で何とか解決しようと考えるのが普通じゃないか」

「ええ」

「他県警を下に見るなよ。どこの刑事にも矜持《きょうじ》はあるんだから」

「それは……分かっています」

「だったら、いい」

通話を終え、ふっと溜息をつく。城田がすっと近づいて来た。

「もしかして、最初からこうするつもりだったのか?」一之瀬は訊ねた。

「俺の口からそんなことは言えないよ」城田が肩をすくめる。

「実は、俺たちがここへ来る前から状況が分かっていて、独自に救出作戦を立てていたとか?」

「さあね」城田が頬を搔いた。「俺は下っ端だから、何も聞かされてなかった」

「一課長――水越さんは、お前らが独自に動くのも当然だと言っていた」

「さすが水越さんは、よく分かってる。叩き上げでトップに立った人は違うな」

「茶化すなよ」一之瀬はかすかな怒りを感じながら言った。「指揮命令系統が滅茶苦茶だぜ」

「分かってるよ。そういう問題は、上で話し合って解決するだろう。でも、俺たちの――俺の気持ちも分かってくれ。俺は福島県警の人間だ。あくまで福島県警のために仕事をする。足元を荒らされたら、自分で何とかしようと思うんだよ」

ふっと緊張が解け、一之瀬は笑ってしまった。それを見た城田が、むっとした表情を浮かべる。

「何で笑ってるんだよ」

「いや、水越さんも同じことを言ってたんだ」

「なるほど」城田が表情を崩す。「ということは、俺にも一課長になる資格があるかな。もちろん福島県警の、だけど」

「お前ならやれるんじゃないか」大した根拠もなしに、一之瀬は認めた。

「俺が福島で、お前が警視庁で、それぞれ一課長になったら面白いだろうな」

「寝言言ってるんじゃないよ。俺には無理だ。そろそろ病院へ行かないと……事件はまだ終わってないんだぜ」

むしろこれからが本番だ。徹夜の疲れも感じず、一之瀬はぐっと胸を反らした。島田を捕まえるまでは、倒れずに走り切ってやる。

美羽はこんこんと眠り続けた。病室を覗いてみると、点滴がつながれ、完全に病人のように見える。医師に確認したところ、顔面を殴《なぐ》られた怪我は心配なく、病気もないが、疲労がひどいので、しばらくは休養が必要だという。

それを聞くと、気合いが一気に消え、一之瀬はどっと疲れを覚えた。病室の前、廊下のベンチに腰かけ、二杯目のコーヒーに口をつける。病院の自動販売機で買ったコーヒーは薄く、何杯飲んでも眠気は消えそうにない。これから、美羽の父親の相手をしなければならないと考えると、さらに疲労感が募ってきた。父親が会津若松から駆けつけて来るには、さほど時間がかからない。一方、東京で待っている母親がここへ来るまでには、もう少し時間がかかるだろう。二人が一緒になり、美羽を前に大騒ぎする事態を考えると、早くもげんなりしてきた。

「腹が減ったなあ」城田がつぶやく。

「さすがに、病院には飯は回ってこないよな」警察の仕事で一番大事なのが、実は兵站《へいたん》部門だ。現場に出ている警察官の腹をいかに満たすかは、極めて大きな問題である。浅間山荘事件の時に、凍りついた握り飯で腹を満たすしかなかった機動隊員たちが、発売されたばかりのカップ麺の温かさで生き返ったというのは、警視庁内で今も伝えられる伝説である。だから所轄では、兵站を担当する警務の仕事が極めて重要なのだ。

とはいえ、病院に食事を運んでもらうわけにはいかない。

「交代で食べるか？　下の売店にいろいろ売ってるよ」

「そうだなあ」サンドイッチの類だろう。非常食の定番だが、今は、何となく食べる気がしない。「お前の嫁さんが、朝飯を持って駆けつけてくれるってことはないよな？」

「まさか」城田が苦笑する。「俺が昨夜から何の仕事をしていて、今どこにいるかも知らないはずだ」

「それでいいのか？」

「一々報告しないよ」

「お前、意外に亭主関白なのか？」一之瀬はからかった。

「いや、事前にあれこれ言うと心配するからさ。事後報告なら、誤魔化せる」

無駄話をしているうちに、午前十時になった。そろそろ、美羽の父親が到着するはずだが……医師と看護師が病室へ入って行った。何事かと立ち上がってそのまま待っていると、医師が引き戸の隙間から顔を出して「十分だけならいいですよ」と告げる。一之瀬は城田と顔を見合わせ、すぐに病室に駆けこんだ——正確には引き戸の前で、多少ながらスピードを緩めた。

美羽は目を開けていた。怪我も心配ないというのは本当のようで、顔色は悪くない。立ったままでは見下ろされて気分が悪いだろうと、一之瀬は椅子を引いて座った。それでもまだ、上から美羽の顔を見ることになるのだが。

「体の具合はどうですか？」

「何とか……」

「ずいぶん長いこと監禁されていたんですね。乱暴なことはされませんでしたか？」

美羽がゆっくりと顔を撫でた。まだ痛みが残っているのか、顔が歪む。

「その怪我は、殴られたんですね？」

「……はい」

「痛みますか？」

「大丈夫ですけど……怖くて……それに、銃を持っていたから」

「もう安全です。犯人グループは順次逮捕しています。あなたに危害を加える人はもういません」

本当は、静岡に出張していた彼女がどうして福島で監禁されていたのか、何日もどうやって過ごしていたのかを聴かねばならない。状況が分かれば、まだ把握できていない犯人も分かるだろう。

だが一之瀬には、まず摑まねばならない情報があった。

「島田とは会いましたか？」

「……はい」美羽の目は虚ろだった。鎮痛剤でも効いているのではないかと疑ったが、どうやら思い出したくないことだったかららしい。証言を拒否するように、ゆっくり唇を閉じる。

「いつですか？　あの部屋に監禁されてから？」

「はい」

「島田はどんな様子でしたか？」

「慌てて……暴れてました。でも、向こうは何人もいたので」

「彼と何か話しましたか？」

「いえ、何も……猿轡《さるぐつわ》をされていたので」

よく見ると、口の両側に擦過傷がある。寝ている時と食事の時以外は、猿轡をかまされていたのではないだろうか。壁が薄そうなあのアパートで大声を出したら、隣室の住人にすぐ気づかれてしまうはずだ。

「彼は何か言ってましたか？」

「安心しろって。すぐに迎えに来るからって」

「あなたは人質に取られていたんですね？」

「よく分かりませんけど……たぶんそうだと思います。幸也は、脅されて無理な仕事を押しつけられたんだと思います」

「その無理な仕事が何なのか、あなたには分かりますか？」

「はっきりとは……」

美羽が言葉を濁す。正確に知らなくとも、推測はしているだろうと一之瀬は想像した。

「島田は先月人を殺しました。あなたが知っているかどうかは分かりませんが、あなたが監禁されている間にも、人を二人殺しています」

美羽は何も言わず、目を見開くだけだった。その様子を見て、一之瀬は、美羽がかなり詳しく事情を知っていると確信した。いきなり恋人が人殺しだと聞かされて、悲鳴も上げないのだから。

「もしかしたら島田は、また誰かを殺すかもしれません。彼が決めたことではないでしょうが、命令に逆らえないんです。何故なら、あなたがまだ人質になっていると思っているから。あなたを守るためなら、島田は人を殺すことも躊躇わない」

「そういう人なんです」

「そういう人って……どういう人なんですか？」一之瀬はつい聞き直した。

「優し過ぎるんです……私に対しては」

「そうですか」

「いろいろなことで無理をして。会社を辞めた後も、何とかそれまで通りにやっていこうとして……」

「金の問題があったんですね？」

「だから私の家に来るように言ったんですけど、それが彼には悔しかったみたいです」

「あなたに養われているように思ったんでしょうね」

「たぶん……」

これは一種の夫婦愛の物語ではないか、と一之瀬は考え始めた。自分も、深雪を救うためなら何でもやるだろう。だが、人を殺せと命じられたらどうするか……そこに躊躇いがないと言えば嘘になる。刑事ではなく、人として考えても、これは究極の選択だ。しかし島田は、迷いなく美羽を選んだのだろう。

「これ以上、島田に罪を重ねさせるわけにはいきません」言葉を発した途端に作戦を思いつく。

「……はい」

「協力してもらえますか？ 彼に電話して下さい。今も同じ電話を使っているかどうかは分かりませんけど、もしも使っていれば……あなたからの電話には出ると思います」

美羽が黙りこむ。そう簡単には決められないか。医師が指定した「十分」は間もなく過ぎようとしていた。振り向き、まだ若い医師の顔をちらりと見る。それで時間が過ぎているのに気づいたのか、医師が腕時計を確認した。

「大井さん、お願いできませんか。今なら――今島田を救出できれば、人生をやり直せるかもしれないんです」

　言ってしまってから、ひどく無責任な台詞だったと悔いる。人を三人殺しておいて、人生をやり直せるわけがないのだ。島田の人生は、間もなく閉ざされる。

「刑事さん、そろそろ……」医師が遠慮がちに声をかけてきた。

　しばらく時間を置いて再チャレンジするしかないか……一之瀬が腰を浮かしかけたところで、美羽が頼りない声を上げた。

「あの……電話します」

「いいんですか？」一之瀬はすぐにまた腰を下ろした。

「早く止めないと……もう、変な命令に従う意味はないんですし……私が止めなければ、止める人はいないと思います。私には、あの人を止める義務があると思います」一気に喋ったせいか、美羽の顔色が悪くなった。

「大丈夫ですか？」

　美羽が無言で、顎を胸につけるようにうなずいた。見開いた目には、強い決意が宿っている。城田がいつの間にか、美羽のスマートフォンを持って立っていた。彼女を拉致した人間はクソ野郎どもだが、荷物までは処分しなかったのだ。逆に言えば詰めが甘いということか……もしも隙をついて美羽がスマートフォンを使っていたら、逃げられたかもしれないのに。

一之瀬は、城田からスマートフォンを受け取った。裏に貼られたプリクラが目に入る。二人のツーショットだ。彼女の部屋に置いてあったデジタルフォトフレームに入っていたのと同じような写真。どうやら二人は、自分たちだけの小さな世界を作り上げていたようだ。

「島田が電話に出るかどうかは分かりません。出なかった場合、やって欲しいことは一つです。あなたは無事に救出されて、会津若松の実家へ戻ったとメッセージを残して下さい」

東京の家へ呼び出す手も考えたが、それよりも島田を故郷に呼び寄せたかった。島田がどこにいるかは分からないが、今度こそ福島県警とちゃんと協力して、島田を逮捕するのだ。それで警視庁も福島県警も納得するのではないだろうか。

美羽がスマートフォンを両手で持ち、胸に抱くようにした。しばらく目を閉じたまま、その姿勢を保持していたが、やがて意を決したようにスマートフォンを操作し始める。ただし手が震え、スムーズな動きができない。それでも何とか、電話をかけることはできた。

島田は出なかったようだ。美羽が「あ」と短く声を上げた後で、ぼそぼそと話し始める。一之瀬が言った通りのメッセージを残しているうちに、ぼろぼろと涙が零れ始めた。これで島田の犯行は止められるかもしれない。だがそれは同時に、島田の死刑執行にゴーサインを出すようなものなのだ。

電話を終えると、美羽がぱたりと腕を下ろした。スマートフォンが掛け布団の上で転がる。右手を上げて、頬を伝う涙を拭うと、そのまま掌を広げて両目を押さえた。一之瀬は言葉を失い、唇をきつく引き結んだ。

「これぐらいにしましょう」

医師に促され、のろのろと立ち上がる。廊下に出たところで、初老の男性が走って来た。美羽の父親だ、とすぐに分かる。一之瀬はボロボロの体と気持ちに鞭《むち》を打つような気分で、男性に向かって深々とお辞儀した。最後に残った体力は、礼儀のために使わなくては。

しかし一之瀬の礼儀正しい挨拶は、無駄に終わった。取り乱した父親は、ろくに話を聞きもせずに病室に飛びこんでしまったのである。さながら暴走車のような勢いだった。

一之瀬は城田と顔を見合わせた。合図を決めていたように、同時に笑みを浮かべる。一之瀬から見た城田の笑みは力なく――彼から見ればこっちも同じだろう。

「ラストスパートだ」城田が低い声で言った。

「ああ」

「何とか、綺麗に収めたいな」

「この事件に、綺麗な終わりなんかないよ」

そんなことは当然……だが一之瀬は、自分の言葉にダメージを受けていた。

# 〈29〉

ほんの一時間の仮眠。しかも北福島署の仮眠室でのゴロ寝——それでも一之瀬はどうにか息を吹き返した。頭はぼうっとしていたが、トイレで顔を洗うと一気に目が覚める。顔が痺《しび》れるほど水が冷たかったのだ。

刑事課に顔を出すと、ざわついた気配に驚かされた。急いで東京を出て来たのか、岩下の姿もある。自分がいない間に、何かあったのではないか……そもそも一之瀬は、小野沢の反応を心配していたのだ。美羽を使って島田をおびき寄せたのは、自分の勝手な判断である。雷を落とされても——もっとひどい目に遭ってもおかしくはない。

しかし小野沢は何も言わなかった。一之瀬を見つけると手招きし、「すぐに会津へ行ってくれ」とだけ告げる。

「動きはあったんですか？」

「ない。島田が来るかどうかも分からない。しかししばらくは、最高レベルの警戒を続行する」

「動きがなければ、また別の作戦を考える。取り敢えずは、粘れ」

「分かりました」

「分かりました。すぐに出ます」

唐突に空腹を覚えた。朝飯抜きで、既に午後一時。どこかで何か食べておかないといけないが……会津へ行くまでに何とかなるだろう。

廊下へ出ると、何故か岩下もついてきた。

「お前の独断で島田をおびき寄せたそうだな」

岩下に声をかけられ、一之瀬は思わずびくりと身を震わせ、足を止めた。

「すみません」何を言われるか分からないので、取り敢えず頭を下げておく。

「いや、いいんだ」

「え?」顔を上げ、思わず間抜けな表情を浮かべてしまう。

「ホウレンソウは基本だよな」報告、連絡、相談。「だけど緊急時には、そんなことを気にしている暇はない。自分で責任を取りたくないからと、ビビってとにかく上に話を上げている間に、事態が悪化する——今まで、そういうことは何度もあった」

「ええ」

「今回の作戦が成功するかどうかは分からない。だけど、お前の姿勢は悪くないよ」

「はい」

「もっとも、失敗したら滅茶苦茶言われるぞ」岩下が皮肉な笑みを浮かべた。「一課長も激怒するだろう。今はまだ監察を止めているけど、今度は自分で、お前を監察に売り渡すかもしれない」

「まさか……」

「何がどうなるか、この世の一寸先は闇だぜ」

岩下が一之瀬の肩をぽんと叩く。軽く叩かれただけのはずなのに、ずっしりと重い物を載せられたような気分になった。


夜になって、ぐっと冷えてきた。桜の季節とも思えない、足元からしんしんと冷えてくるような気温である。一之瀬は知らぬ間に、アスファルトの上で足踏みを始めていた。薄手のコートでは、ほとんど役に立たない。一方城田は、いつもの格好——スーツの下にカーディガンという服装で、まったく寒がる気配を見せなかった。下着で防寒対策をしているのかもしれない。

今、美羽の実家には誰もいない。父親も母親も病院に詰めているのだ。だから島田が、確認するために実家に電話をかけても、当然誰も出ない。美羽には、島田から電話があっても反応しないようにと頼みこんでおいた。島田と直接話すと、嘘がばれてしまうかもしれない。

美羽の実家は、島田の実家から車で十分ぐらいのところにあった。同じ会津若松市内といっても、島田の実家が街の中心部にあるのに対し、周りはのどかな田園風景である。猪《い》苗代《なわしろ》湖畔に近いので、この寒さは湖を渡ってくる風のせいかもしれない。

ここへ来るまで、一之瀬は「キャンプ場」の看板をいくつか見た。この辺はそういう場所……基本的には観光地なのだ。こういうのんびりした雰囲気の中で育った美羽が、ろくでもない目に遭って、今は病院のベッドの上にいる。高校時代に島田と会わなければ、彼女はまったく別の——ずっと幸せな人生を送っていただろう。

午後六時。既に陽は暮れかかり、周りは暗くなっている。田んぼが広がるだけの場所で、街灯もほとんどないせいで、暗い寒さがしみじみと身に染みた。

それにしてもでかい家だ。敷地はどれぐらいあるのだろう。三人家族にしては——今は二人だ——持て余すほどの広さで、掃除だけでも大変だろうな、と一之瀬は所帯じみたことを考えた。いずれにせよ、二十三区内では滅多に見ない、和風の豪邸である。

来る途中で地図を見て、島田がここへ辿り着くルートは限られていると分かった。会津若松の市街地と猪苗代湖の間には山岳地帯が横たわっていて、道路が少ない。逆に言えば、きちんと検問していれば、途中で捕捉することも可能だ。鉄道の場合も、捕捉は難しくない。どこからアプローチしてくるか分からないが、基本的には県内の鉄道駅をきちんと監視しておけば、そこで捕まえられるだろう。福島県警は、ここぞとばかりに人を動員し、

ＪＲ福島駅にも監視を張りつけていた。

「ここは無駄になるかもな」つい愚痴を零してしまう。

「まあまあ」城田が慰めるように言った。「最終防御ラインは絶対に必要なんだよ。全員が突破された場合、俺たちがここで止めるしかないんだ」

「サッカーじゃないんだぜ」一之瀬は口を尖らせた。

「似たようなものだよ。この場合、島田はボールかな」

「あるいは突破力のあるフォワードかもしれない」

軽口を叩き合っても、気持ちは晴れない。寒さも体を芯から蝕《むしば》んでいた。すぐ近くに覆面パトカーを停めていて、そこで監視していてもいいのだが――家が見える場所に停めたのだ――何となくそうする気になれない。こうやって寒さに耐えることで、自分に失敗の罰を与えるつもりだった。

「いずれにせよ、俺たちだけじゃない」

城田が自分を慰めるように言った。実際、「最終ライン」には六人の刑事が配されていた。そのうち三人は警視庁の人間。早朝、デヴィッド・フレイ――まだ知らぬ存ぜぬを貫いていた――を東京まで連れて来て、その足で福島に転進した宮村と若杉もいた。

「いざとなれば、若杉が島田をぶっ殺すだろう」城田が物騒なことを言った。

「おいおい」一之瀬はすぐに戒めた。それだけは避けないと。三件の殺人事件に関して全てを知っているのは島田なのだ。絶対に無傷で捕まえて、話を聴かなければならない。それに、島田には総合格闘技の経験もある。絶対に油断はできない。

七時。会津若松へ来るまでに、磐越道のサービスエリアで遅い昼食をがつがつと腹に詰めこんだので、しばらくは空腹を心配する必要はない。一方の城田はあまり食欲がなかったらしく、軽く蕎麦を食べただけだった。それが今になって空腹につながったようで、しきりに腕時計を気にしている。

彼がうつむいている一瞬の間に、一之瀬は異変に気づいた。

「おい」

城田が顔を上げ、途端に顔をしかめた。ヘッドライト。しかし車ではない。一つ目――バイクだ。暗くなってからはほとんど車も通らなかったので、緊張が高まる。もしかしたら島田は、バイクでここまでやってきたのか？ 可能性はある。車よりもバイクの方が目立たないだろう。フルフェースのヘルメットを被っていると、顔もはっきりと見えなくなる。

「奴かどうかは分からないぞ」城田が硬い声で言った。

「それは承知のうえだ」一之瀬も口元を引き締めた。そう簡単に島田が罠に飛びこんでくるとは思っていない。別人の可能性の方が高いんだから、慌てるな……。

野太い排気音――単気筒エンジンのようだ――が大きくなってきた。それが次第にゆっくりとしたリズムに変わる。スピードを落としているのは、目的地が近いからだ。一之瀬はにわかに緊張が極限に達するのを感じた。バイクのヘッドライトに入らないように体を引き、隣の家の庭に入りこんだ。それでもエンジン音の変化で、バイクの動きは分かる。

ほどなく、甲高《かんだか》いエンジン音がアイドリングに落ち着き、それもすぐに止まる。かちゃかちゃと金属音がしたのは、スタンドを立てたからか。一之瀬は、門扉に身を隠すようにして、十メートルほど先の美羽の実家を確認した。分厚い革ジャンにヘルメット姿の男が、美羽の家を見上げている。ヘルメットを取れ……顔を見るまでは、島田とは断定できない。しかし男は——体形から男であることだけは間違いなかった——ヘルメットを被ったまま、ゆっくりと家に近づいて行った。

玄関先まで行って、ようやくヘルメットを脱ぐ。恋人とその両親に会うのに、ヘルメットを被ったままでは失礼だと考えたのかもしれない。

「奴だ」城田が緊張した声を発する。

「行くぞ」

この状態なら挟み討ちにできる。一之瀬は、家の先で待機している宮村のスマートフォンにメッセージを送った。予め作っておいたメッセージを送信するだけ。しかも内容は極めてシンプルだ。

『来ました』

送信し終えた瞬間、若杉が道路に姿を現した。どうやらメッセージを見る前に、向こうでも気づいたようである。しかし、若杉の馬鹿野郎が……あんなでかい体で堂々と近づいたら、すぐにばれてしまう。島田の神経は異常に尖っているはずで、少しでもおかしな動きがあれば、すぐに気づくだろう。しかも若杉は、福島で島田と顔を合わせているのだ。

とはいえ、若杉は止められない。彼の後ろから、すぐに宮村も出て来た。

「行くぞ」一之瀬は城田に声をかけ、歩き出した。鼓動が高鳴る……それを島田に聞かれるのではないかと、あり得ない想像が頭に浮かんだ。

島田が、まず若杉に気づいた。そちらを向いてしばらく固まっていたが、慌てて駆け出してバイクに飛び乗る。それに合わせるように、若杉がいきなりダッシュした。嫌な奴だが、惚《ほ》れ惚《ぼ》れするようなスタートダッシュ——まるでオリンピックの決勝レースに臨む短距離走者のような勢いだった。

エンジンが始動し、排気音が静かな住宅地に轟《とどろ》く。島田がギアをローに蹴り入れる、がちゃんという機械音が続いた。だが、発進した瞬間に若杉が追いつき、ハンドルに手をかける。あいつ、バイクに勝てるとでも思ってるのか……一之瀬は啞然とし、次の瞬間には危険だと焦った。バイクが急発進し、若杉が吹き飛ばされる様が目に浮かぶ。

しかし島田は、その手は使わなかった。ヘルメットに突っこんでいた右腕を思い切り振るうと、若杉の頭を狙う。若杉は敏感に気づいてさっと頭を下げたが完全には逃げ切れず、ヘルメットは肩を直撃した。実際には首筋だったか。若杉がその場で崩れ落ちてしまう。島田はアクセルを吹かして再び発進しようとしたが、そのタイミングで一之瀬は追いついた。シート後部のバーを摑み、思い切り体重をかける。引きずられる……靴底をアスファルトが削り始めたところで、宮村がバイクの右側に回りこみ、思い切りタンクを蹴飛ばした。体重の乗った蹴りにバイクはぐらつき、そのまま横倒しになってしまう。一之瀬はバイクに引きずられて倒れそうになったが、ぎりぎりで手を離してバランスを取り戻した。島田は、まだ冷静さを失っていない様子だった。俊敏に飛びのき、バイクの下敷きになるのを避ける。一方、若杉は早くも立ち直って、島田に襲いかかった。島田がヘルメットを振り回すのを避け、体勢を低くして腹にタックルを見舞う。島田の息が漏れる。強烈なタックルだったが、それ故、若杉は失敗した。吹っ飛ばす勢いでぶつかり、胴をホールドしなかったので、島田は後ろ向きに勢いよく下がるだけだった。ちょうど一之瀬の方へ向かって来たので何とか拘束しようとしたが、勢いがつき過ぎていて、島田に背中で突き飛ばされる格好になる。倒れて背中がアスファルトにぶつかり、息が詰まってしまった。

クソ、四人に囲まれていて、まだ抵抗するつもりか……一之瀬は声を上げて立ち上がった。その瞬間、短い悲鳴が上がる。何だ？　何が起きた？　島田の声ではない。

城田がうずくまっていた。どうした？　訳が分からぬまま、城田に「大丈夫か！」と声をかける。城田がこちらを見たが目は虚ろで、右胸を左手で押さえていた。血？　いや、何かが突き刺さっている。

ナイフ。

一之瀬は雄たけびを上げ、まだ背中を向けている島田の背中に思い切り体当たりした。島田が手放したヘルメットがアスファルトに転がり、乾いた音を立てる。腹這いに倒れた島田の背中に、思い切り右膝を落とした。ぽきり、と何かが折れる音がして、島田が悲鳴を上げる。一之瀬は島田を跨ぐように立ち上がり、後頭部の髪を摑んで思い切り引っ張り上げた。島田は体の力を抜いて抵抗したが、アドレナリンが出ている今の一之瀬にとっては重くも何ともない。無理矢理立たせてこちらを向かせると、腹に一発パンチを入れる。島田の体がくの字に折れ曲がったところで、両手を握りしめて振り上げ、首筋に落としていく。島田はまだ踏ん張っていたので、一之瀬は頭を両手で摑んだまま、思い切り腹に膝蹴りを入れた。島田の両足が一瞬宙に浮く。一之瀬は、後頭部にもう一度両の拳を落としていった。衝撃の後、島田が崩れ落ちる。

こんなことで終わらせてたまるか！

振り上げた右手が宙で固まる。クソ、止《とど》めを刺さないと——。

「一之瀬！」

背後から聞こえた叫びに、はっと我に返る。振り向くと、宮村が厳しい表情で立っていた。一之瀬は体の力を抜き、振り上げた拳をのろのろと下ろした。若杉が、すかさず島田に手錠をかける。片方をバイクのフレームにつなぐと、すぐに城田に駆け寄った。一之瀬も慌てて城田の許へ向かう。

城田はナイフに手をかけていた。

「抜くな！」

若杉が叫ぶ。城田は素直に左手を離し、だらりと垂らした。ナイフは柄のところまで深々と刺さっている。一之瀬は頭から血の気が引き、一瞬眩暈を感じた。次の瞬間には涙が零れ落ちてくる。クソ、城田を死なせるわけにはいかない。

「救急車！」と叫んだ声がかすれてしまう。

「パトで運んだ方が早い」

宮村は冷静だった。それを聞いて若杉がすぐに駆け出す。宮村は若杉が駆け去るのを見送ってから、「動けるか？」と城田に声をかけた。

「何とか……」

城田が立ち上がろうとしたが、体に力が入らないようだった。一之瀬は手を貸そうとしたが、宮村に止められる。

「無理する必要はない」宮村がしゃがみこみ、城田の傷を確認した。「死にゃしないよ」

「軽く言わないで下さい」城田が苦笑した。

「覆面パトの乗り心地はよくないけど、我慢しろよ」

「それは知ってますよ……できるだけ短距離でお願いします」

二人のやり取りを聞きながら、一之瀬は呆然と立ち尽くしていた。覆面パトカーの強烈なヘッドライトに照らされて、ようやく意識がはっきりする。若杉の運転する覆面パトカーが急停車したので、宮村と一緒に城田に手を貸し、後部座席に乗せる。一之瀬は彼を支えようと隣に滑りこもうとしたが、宮村がその動きを制した。

「お前は島田を抑えろ」

「しかし……」

「お前が病院に行っても、何にもならないんだよ」

「冗談じゃない！」一之瀬は爆発した。「俺が行かなくてどうするんですか！」

「いいから、残れ」少ししわがれた声で城田が言った。

「お前……」

「俺は大丈夫だから」城田が笑ったが、だいぶ無理をしているのは明らかだった。「お前にはやるべき仕事があるだろう。もう逃げられるなよ」

痛いところを突かれた……しかし城田の言い分は正論だ。一之瀬はうなずき、ドアを閉めた。それで城田との絆が永遠に切れたような感じが——まさか。

気を入れ直し、一之瀬は島田の許へ向かった。県警の二人の刑事に挟まれながらも、島田はまだ逃げられると思っているのか、盛んに暴れている。一之瀬はしゃがみこみ、島田の顔を凝視した。死相。この前会った時に比べてぐっと痩《や》せ、目つきが鋭くなっている。食いしばった歯の隙間から、しゅうしゅうと息が漏れていた。

「俺を騙したのか」絞り出すように訊ねる。

「ああ。大井さんはここにはいない」

「だったらどこに――」

「今は入院している。命に別状はない。俺たちが無事に救出した」

「そうか……」島田が大きく深呼吸した。胸が膨らみ、萎み、それと同時に殺気が消える。今の島田は、三人も人を殺した人間には見えない。抜け殻……一之瀬は、この男とまともに話はできないだろうと覚悟した。

「あんたたちは、マネーミュールで金儲けをしていた。それを巡って、浜中たちの会社とトラブルになったんだな？」

「ああ」島田がうなずく。

「それが丸井の逆鱗《げきりん》に触れた。丸井はまず、ハマナカパートナーズにあんたを潜入させて、データを盗み出させようとした。ところがあんたは警備員に見つかって、殺してしまった。殺すつもりはなかったんだろう？」

「あれは事故だ」

島田がかすれた声で答える。そんな言い分は通用しないと思ったが、話を進めるために一之瀬はうなずいた。

「その後も、ハマナカパートナーズとのトラブルは収まらなかったんだろう？　丸井は完全にあの会社を潰すために、あんたの力が必要だった。だからわざわざ護送しているところを襲撃してまであんたを奪還して、トラブルの相手である二人の人間を殺させた」

「……ああ」島田の喉仏が上下した。

「あんたは、命令に従わざるを得なかった。恋人――奥さんと言った方がいいかな、大事な人が人質に取られていたから。奪還された後、あんたは飯坂温泉にあるアパートで大井さんに会わされた。そこで、二人の人間を殺すよう、指示されたんだろう」

「そうだ」

「あの場所は何なんだ？」

「アジトだよ」島田があっさり言った。「東京以外の目立たない場所にアジトが必要だったから、俺が用意したんだ」

「知らない土地でもないしな。あんた、大学は福島だったんだろう？」

「そうだ」

一之瀬の頭の中で仮説が走り、つながった。そのまま口にして、島田に確認を求める。

「あんたはヘマをして、福島市内で捕まった」

「買い出しに行く途中だったんだ」

「何もあんたが行かなくても……」一之瀬は唖然として首を横に振った。「その時、あのアジトには丸井たちもいたんだろう？　あんたが逮捕されて東京へ移送されることはニュースで分かっていたから、奪還用に車を用意して、所轄から後をつけてきた。違うか？」

「だいたいそんな感じだ」

情報漏れではないのだと分かり、少しだけ気分が楽になる。結局丸井たちは、原始的な「監視」という手を使ったのだろう。十分な人数がいれば何とかなるはずだ——実際、奪還作戦は成功した。

「連中は美羽さんを人質に取って、あんたに犯行を重ねさせた。そうだな？」

「美羽が無事なら、俺はどうでもいいんだ……」

一之瀬は立ちあがった。膝がぽきりと嫌な音を立てる。島田を見下ろすと、複雑な感情がこみ上げてきた。この男は殺し屋だ。その行為は絶対に許されるものではない。だがその動機を考えると……いや、それで納得してはいけない。島田は自分の愛する人を守りたいがために、他の人間の人生を奪ったのだから。殺された人の背後には家族が——彼らが愛した人がいる。

愛の重さを天秤《てんびん》にかけるわけにはいかない。


深夜、一之瀬は会津若松市内の病院へ駆けつけた。宮村から、「命に別状はない」という連絡を受けていたが、城田の顔を見るまでは安心できなかった。

警察官が何人も詰めかけて、病院はごった返している。仲間意識が強い警察という組織では、誰かが負傷すると大騒ぎになるのだ。手の空いた者は、取り敢えず病院に駆けつけて来る。

ちょうど治療を終えた城田が、車椅子に乗って緊急治療室から出てきたところだった。病院の寝間着を着せられていたが、想像していたよりは元気そうだった。それでほっとしたものの、つき添っていた妻の由布子と目が合うと、凍りついてしまう。

彼女は丁寧に頭を下げてくれた。だが顔を上げた時、その目には悲し気な疑問が浮かんでいた。

どうして助けてくれなかったのか、と。

城田は生きてはいる。しかし死の影が彼の身をかすめたのだ。

動けない。自分の罪を思い知るだけだった。

# 〈30〉

五月。一之瀬は、退院して仕事に復帰したばかりの城田に会うために休暇を取り、福島を訪れた。指定された場所は、県警本部裏にある小さな公園。今日は挨拶回りと書類の整理だけで早退するから、午後早く会おう、と言われていた。

起伏が大きく、豊かな表情を見せる公園だった。ぶらぶら歩いているうちに案内板を見つけ、ここが「紅葉山《もみじやま》公園」という名前だと知った。もともとは福島城の二の丸御外庭《おそとにわ》。公園ではなく庭なら、このように起伏のある造りになっているのも理解できる。

公園の隅には、板倉《いたくら》神社という小さな神社があった。やけに新しい神社だが、案内板を読むと理由が分かった。東日本大震災で被害を受けて解体、その後建て替えされたのである。それが平成二十五年——わずか二年前のことだった。

どうせならお参りしていこうかとも思ったが、そもそも一之瀬は、神社仏閣の類にはまったく興味がない。普段行かない場所で特殊な状況にいるからといって、いつもと違う行動パターンを取る必要はない。あれだけ心配だった監察の事情聴取は簡単に済み、事件が解決したせいか特にお咎《とが》めなしとなったが、それを感謝するのも変だ。傷ついたプライドは、自力で回復できたと思う。

木に擬して作られた手すりに両腕を預ける。公園のすぐ下を走る阿武隈川の流れはゆったりしていて、とてもここが県都の中心部とは思えなかった。河川敷が広く、対岸のすぐ向こうには丘が広がっている。そういえば……向かいの河川敷には緑が少ない。ぽつぽつと木が立っているだけで、河川敷につきものの芝生や雑草の類がまったく見当たらなかった。荒涼、という言葉を一瞬思い出す。

城田が神社へ向かう階段をゆっくりと上がって来た。動きがぎこちないのは、まだ完全に回復していないせいだろう。島田が突き刺したナイフは臓器を外れ、筋肉を傷つけただけだったが、それでも重傷だったことに変わりはない。

「やあ」城田が右手を挙げる。そうすると、刺された右胸が引き攣って痛むのか、顔をしかめた。

「座った方がいいんじゃないかな」一之瀬は遠慮がちに提案した。

「そうだな」城田は遠慮せず、阿武隈川に背を向けてベンチに腰を下ろした。

一之瀬は少し距離を置いて座った。五月の割に気温は低く、阿武隈川から吹き上がってくる湿った風が、背中に突き刺さる。福島ではまだ薄手のコートが必要だな、と一之瀬は思わず背中を丸めた。それでも、城田にみっともない姿は見せられないと思い、意識してすぐに背筋をしゃんと伸ばす。

「怪我、どうだ？」

「回復はしてるんだけど、医者の見解と俺の感覚にずれがある」

「何だ、それ」

「医者はもう心配ないって言っている。でも、実際にはまだ痛みはあるんだよ」城田が左手を上げ、右胸をそっと触った。「医者も、他人の痛みの感覚は理解できないみたいだな」

「そりゃそうだ。自分で怪我したわけじゃないんだから」

「まあ、普通に仕事する分には何とかなるから。痛みはいずれなくなるだろうし」そう言う城田の口調は、いかにも自信なげだった。

「無理するなよ」

「無理はできないさ――しばらくは」

沈黙。風が耳元を吹き抜ける音しか聞こえなくなった。遠くで車が通る音がそれに加わる。一之瀬は、ともすれば丸まりそうになる背中をしっかり伸ばした。

「それにしても、えらく複雑な事件だったな」城田が感慨深そうに言った。「休んでいる間もニュースはチェックしてたんだけど、それだけじゃまったく分からなかった」

「俺もよく分かっているとは言い難い」

「それでも、取り敢えず解説してくれよ」

一之瀬は一瞬目をつぶった。捜査のただ中にいた自分の方が、状況が分かっていないかもしれない。目の前の証拠だけを追いかけ、全体を把握する余裕がなかったのだ。それでも大筋は話せるし、城田の疑問に答えることで、状況が整理できるだろう。

「結局全ては島田から始まったんだ。これはお前が調べてくれたことだけど、島田は福島の大学時代に、留学生のヤマシタと関係ができた。このヤマシタが、ろくでもない詐欺師だった」

「ああ。アメリカで逮捕された。刑務所に入ることはなかったそうだけど」

「結局アメリカではまともな仕事ができなくなって、留学時代の伝手を頼って日本へ渡って、島田を誘ってマネーミュールを始めた。その際、島田が不動産の仕事を通じて知り合った丸井たちも巻きこんだんだ」

「結局、犯人グループは何人だったんだ？ 新聞でも、その辺ははっきり書いてなかったな」城田が訊ねる。情報に疎くなっているのは、しばらく仕事場に顔を出していなかったからだろう。

「今分かっている限りで、十人ぐらい」

「そんなにいたのか？」城田が目を見開く。

「中核メンバーは五、六人だ。あとは勧誘したり金を動かしたりする実働部隊のアルバイトが五人ぐらい」

「バイト感覚でああいうことをするのは、どうなのかね」城田が首を捻る。「振り込め詐欺なんかもそうだけど、罪の意識が低過ぎる。ちょっと危なくても金になるなら……という感覚なのかな」

「だろうな。でも、今回のマネーミュールの方が、ずっと罪の意識は低いと思う。メールで誘って、金のやり取りもネット上で……相手の顔を見ないと、悪いことをしている意識も薄いんじゃないかな」

「それは運び屋も同じだろうな」城田が同調する。「運び屋は、もっとバイト感覚だろう。そいつらも割り出せてるのか？」

「ああ」

「立件は？」

「難しいだろうな。事情を聴く必要はあるけど、金の振り込みをしただけでは、罪に問えないと思う。もちろん、島田たちの犯行を裏づける材料にはなるけど」

「そうか。しかし、そういう連中が稼いだ金は、回収できないんじゃないか？」

「被害者がいないからな」

「何だか、逃げ切られた感じがしないか？」

「逃げ切られた、と言っては変だけど」一之瀬は苦笑した。「まあ、そういうことになるかな。とにかく、運び屋に使われていた人間は百人近くいたようだ。何でそんなにたくさんの人が引っかかったのかは分からないけど……普通のサラリーマンや公務員もいたんだぜ」

「公務員が悪いことをしないわけじゃない」城田が悟ったような口調で言った。

「そうなんだけど……」一之瀬自身も、千葉県の職員に事情聴取していた。やはり驚かされたのは、罪の意識の低さである。ちょっとしたバイトのつもりだった、とあっさり言われた時には言葉を失った。そもそも洗濯された金は、アメリカでの違法なビジネスで生じた利益である。ドラッグ関係の取り引きによるものがほとんどだったそうだが、それがアメリカという国の根元をどれほど揺るがしているのか、想像もできないのだろうか。

「島田と浜中の関係は？」城田が訊ねる。

「同じ会社にいたから、知り合いではあった。でも本格的に関係ができたのは、島田がマネーミュールを始めてからだ。たまたま再会して、浜中も違法すれすれの地上げをやっていることを知って、仲間に引き入れようとしたんだろう。悪い仲間が必要だった、ということだね」

「ワルはワルを呼ぶからな」

「浜中もこの話に乗った。自分のところには、不動産関係の仕事を通じて集めた名簿があるから、ピンポイントで安全に運び屋を集められる、と言い出したらしい。最初はそれで、共同で上手く仕事が進みそうだったんだけど、金の取り分を巡ってトラブルになった。そこで激怒したのが、丸井だったんだ。マネーミュールを始めたのは島田だったけど、後から入ってきた丸井が、実質的にあのチームを仕切っていたんだ」

「丸井はヤクザだったな」

「ああ。経済ヤクザってやつだ。もちろん、儲けは組への上納金になっていた。日米のギャングが金でつながったわけだ」

「経済ヤクザとはいえ、ヤクザはヤクザだ。浜中とのトラブルで面子を潰されて、どうしても浜中を排除して、最終的には潰そうと決めた」

「それで島田を実行部隊に使って、まず浜中が独占していたデータを盗み出そうとした。警備員を殺してしまったのは計算外だったし、奴が逮捕されて状況はもっとまずくなった。浜中は島田の犯行だと知って、逆に丸井たちを追いこもうとしていたし」

「島田も、福島のアジトに行かなければな……東京で身を隠していれば、簡単には捕まらなかったんじゃないか？」

「警視庁はそこまで間抜けじゃないぜ」一之瀬は反論した。

「でも、事件から一か月間も、奴は自由に動き回っていた」

城田の指摘に、思わず黙りこんでしまう。城田は皮肉を言ったわけではないようで、表情に変化はない。一之瀬は気を取り直して続けた。

「福島のアジトに隠れようとしたんだろうけど、福島駅であっさりお前たちに見つけられたのは、島田も計算外だっただろうな。そして、丸井にとっても想定外だった。逮捕されれば、島田は事件の全容を喋ってしまうかもしれない。それを恐れて、リスクを冒してまで奪還し、しかも島田を殺し屋に仕立て上げた。この時点で、丸井も判断を間違っておかしくなっていたんだろうな。何も島田を奪還しなくても、自分たちが逃げればよかったんだから。ヤマシタの話だと、隠し口座に三億ぐらいあったらしい」

城田が口笛を吹いた。短く鋭い音が風に消える。

「島田も、断り切れなかったわけか」

「恋人を人質に取られたら、な」一之瀬はうなずいた。

「それほど二人の結びつきは強かったわけだ」

「ああ」

「分からないでもないけどな……」城田がうつむきがちに言った。

「そうか？」

「島田の場合、恋人というより内縁関係——実質的に夫婦だったんだろう？　だったら、他の全てを投げ出してでも奪還しようとするさ」

理屈ではそうだろう。だが一之瀬は、島田の行動や動機に同調できなかった。何事にもやり過ぎはある。

「俺だって、島田と同じことをしたかもしれない」城田がぽつりと言った。

「まさか」一之瀬は即座に否定した。「お前は刑事じゃないか」

「仕事のことを置いておけば——人間として考えれば、嫁のためだったら何でもするよ。だから島田の行動は許せないけど、理解はできる。これは結局、夫婦愛の話だったんじゃないか?」

同調はできない。一之瀬は黙ってうつむいた。

「ああ、来た」城田の声がぱっと明るくなった。見ると、顔には笑みが浮かんでいる。

一之瀬は彼の視線を追い、神社の階段を上がって来る由布子の姿を視界に捉えた。その瞬間、鼓動が跳ね上がる。城田が怪我した日に病院で顔を合わせて以来、彼女とは会って話をしていない。あの時の彼女の冷たい視線——自分の責任を追及するような視線が頭に染みついていた。

彼女は俺を許していないのではないか。

由布子が一之瀬に気づき、歩きながらひょこりと頭を下げた。グレーのブレザーに濃紺のスカートという堅実な服装で、そのまま教壇に立ってもおかしくない感じだった。実際、学校からそのまま来たのだろう。

「ああ、悪い」城田がひょいと右手を挙げる。

「迎えに来たんですよ」由布子が言った。「まだ車の運転は厳しいので」

「じゃあ、しばらくは送り迎え?」

「まさか」城田が苦笑する。「今日だけ、特別だ」

一之瀬は立ち上がり、由布子にベンチを譲ろうとした。しかし由布子は首を左右に振って一之瀬の厚意を断り、立ったままだった。立ち上がってしまった一之瀬も、また座る気にはなれず、城田だけが腰を下ろした妙な格好で話し合うことになった。

一之瀬としては、最初にすべきことがあった。由布子への謝罪。靴の踵を軸に体を少し回転させ、由布子と正対した。

「謝らないといけないと思っていたんです」

すぐに頭を下げる。膝に額をぶつけそうな勢いをつけたが、由布子の反応は一之瀬が予想もしていないものだった。

「やめて下さい」

「一之瀬、顔を上げろよ」

城田にも言われ、一之瀬はゆっくりと上体を起こした。目の前には、怒ったような由布子の顔がある。

「そんなこと、しないで下さい」由布子の声は硬かった。

「だけど、城田が怪我したのは俺の責任なんだ」

「怪我は自己責任ですよ」真顔で由布子が言った。「自分の身は自分で守らないと」

「でも俺たちは、あの時チームで動いていた。一人の怪我は全員の責任です」

「だったら、若杉にも責任を取ってもらわないとな」城田が茶化すように言った。

「責任を感じることなんかないんですよ」由布子が話を引き取った。「怪我も、大したことはなかったんです。だからどうでもいいことなんですよ。単なる——ちょっとしたアクシデントじゃないですか」

「そう言われても、気が済まないんです」

「もう謝ってもらったんだから、それでいいですよ」

「しかし……」

一之瀬は納得できなかった。気も済んでいなかった。しかし由布子は気にする様子もない。強張っていた表情が崩れ始め、笑みらしきものが浮かんでいる。

「最初は慌ててましたよ。まさか、怪我するなんて思ってもいなかったから」由布子が打ち明けた。「でも、すぐに落ち着きました。致命的な怪我じゃないって分かったし。それに、やるべきこともできたので……」

「やるべきこと？」

「母との戦いです」

一之瀬はちらりと城田を見た。居心地悪そうに身を縮め、両手をきつく組み合わせている。どれだけ大変な家庭争議だったのだろうと一之瀬は首を捻った。

「どういうことか……聞かせてもらっていいですか？」

由布子がうなずく。川風に吹かれて髪が揺れ、顔の半分が見えなくなった。ゆっくりと指先で髪を整えてから口を開く。

「うちの父は警察官でした。ご存じだと思いますけど」

一之瀬は無言でうなずいた。それがきっかけになったわけではないだろうが、由布子が一気に話を進める。

「父は、東日本大震災の後の激務が原因で亡くなりました。でも母はその前からずっと、父に警察官を辞めて欲しいと思っていたんです。やっぱり激務だし、それほど体も強くなかったので。警察官を辞めて、母の実家の商売を継いでくれないかって、ずっと言っていたそうです。でも父は、警察官の仕事に誇りを持っていたので、そこだけは譲りませんでした」

「実家のお仕事は何なんですか？」

「蕎麦屋です。老舗なんですよ。結局、叔父が継ぎましたけど……とにかく父のことがあったので、母は私たちが結婚するのにも大反対だったんです。誰でもいいけど、警察官だけは駄目だって。ひどい理屈ですよね」

「でも、分からないではないですよ。感情的な問題は、簡単には解決できません」

「今回のことで、母が当時の話を蒸し返してきたんです。久しぶりに大喧嘩しました」由布子が寂しげな笑みを浮かべる。

「お前は？」一之瀬は城田に話を振った。

「俺は……こういう場合は何にもできないだろうが。板挟みだよ」城田が苦笑する。

「確かに、男は無力だな」一之瀬は城田にうなずきかけてから、由布子に視線を向ける。

「解決したんですか？」

「もちろん」

「どうやって……言いくるめたんですか？」

由布子が突然柔らかい笑みを浮かべ、下腹に手をやった。それは――一之瀬は唐突に事情を悟った。

「妊娠ですか」

「初孫ですから。どんなに怒っていても、全部吹っ飛んじゃいますよね」

「確かに」

「この件を報告しようと思ったら、事件のことで母が怒り出しちゃって。説明もさせてもらえなくなっちゃったんです。しょうがなくて、怒鳴り合いが途切れたところで妊娠の話を持ち出したら、あとはもうグダグダですよ。親なんて、軽いものですね」由布子が微笑《ほほえ》んだ。

「いや……孫ができるっていうのは、ものすごく重い事実じゃないですか」

「だから、親なんて一発でノックアウトですよ」

これで由布子の家はつながっていくわけか。一之瀬自身は、「家」の感覚をほとんど持っていない。だが、福島県で結婚した城田は、地方ならではの家のつながりに絡め取られたようだ。それを当然と受け入れているのか、悩んでいるのか——さすがにこれは、由布子の前では聞けない。城田は、仕事の面で東京に未練も残しているようだし。

だが、城田には覚悟があるだろう。もともと江戸指物師の家に生まれた城田は、子どもの頃から家を継ぐことをずっと意識していたに違いない。それを断ち切り、今度は福島でまた家を意識させられたわけだ。一つの家から別の家へのシフトチェンジ。大変だろうが、城田なら上手く乗り越えるはずだ。これが自分だったら、と考えるとぞっとしてしまう。

そう言えば深雪と結婚する時、どちらからも「家」の話は出なかった。家のことを持ち出されたら、一之瀬も母親もダメージを受けていたかもしれないが……何しろ、父親が家出したまま行方不明の家である。自分と父はもう関係ないとはいえ、そうは見ない人がいるだろうことも十分想像できた。何も言わなかった深雪の両親の優しさと心遣いに感謝せざるを得ない。

「さて、そろそろ引き上げようか」城田が立ち上がる。実際、少し空気が冷えてきていた。

「今日、うちへ泊まっていきますか？」由布子が訊ねる。

「いや」本当は泊まろうと思っていたのだが、話を聞いているうちに気が変わった。妊娠中の由布子に迷惑をかけるわけにはいかない。「今日だけしか休めないので、最終の新幹線で帰りますよ」

「でも、時間はあるな。せめて何か美味い飯を食おうぜ。怪我を治すには、栄養補給が一番だから」

「そうだな」

歩き出した城田に、由布子がごく自然に手を貸した。腕に手を添えているだけだが、その姿からは深い思いやりが滲み出ている。城田は足を怪我したわけではないから、手助けする必要はまったくないのだが。

寄り添う二人の後ろを歩きながら、一之瀬は今日帰ったら深雪に電話しよう、と思った。電話代が大変なので、普段の連絡はメールやメッセンジャー頼りなのだが、今は声が聞きたかった。別に愚痴を零したいわけではなく、他愛もないやり取りをするだけでいい。それが一番、気が休まるのだ。

夫婦にはそれぞれの物語がある。島田と美羽。城田と由布子。それは時に温かく、時に苛烈《かれつ》になる。

自分は、深雪とどんな物語を刻んでいくのだろうか。

この作品はフィクションで、実在する個人、団体等とは一切関係ありません。
本書は書き下ろしです。

中公文庫

# 奪還《だっかん》の日《ひ》
## ――刑事《けいじ》の挑戦《ちょうせん》・一之瀬拓真《いちのせたくま》


2017年4月25日　初版発行

著　者　堂《どう》場《ば》瞬一《しゅんいち》

発行者　大橋善光

発行所　中央公論新社
〒100-8152　東京都千代田区大手町1-7-1
電話　販売 03-5299-1730　編集 03-5299-1890
URL http://www.chuko.co.jp/

ＤＴＰ　ハンズ・ミケ
印　刷　三晃印刷
製　本　小泉製本




Published by CHUOKORON-SHINSHA, INC.
Printed in Japan　ISBN978-4-12-206393-8 C1193

各書目の下段の数字はISBNコードです。978 - 4 - 12が省略してあります。

# 中公文庫既刊より

と-25-32
ルーキー　刑事の挑戦・一之瀬拓真　堂場瞬一
千代田署刑事課に配属された新人・一之瀬。起きる事件は盗難ばかりというビジネス街で、初日から若い男性が被害者の殺人事件に直面する。書き下ろし。
205916-0

と-25-33
見えざる貌　刑事の挑戦・一之瀬拓真　堂場瞬一
千代田署刑事課そろそろ二年目、一之瀬拓真。管内で女性ランナー襲撃事件が発生し、捜査に加わるが、なぜか女性タレントのジョギングを警護することに⁉
206004-3

と-25-35
誘爆　刑事の挑戦・一之瀬拓真　堂場瞬一
オフィス街で爆破事件発生。事情聴取を行った一之瀬は、企業脅迫だと直感する。昇進前の功名心から担当を名乗り出るが……。〈巻末エッセイ〉若竹七海
206112-5

と-25-37
特捜本部　刑事の挑戦・一之瀬拓真　堂場瞬一
公園のゴミ箱から、切断された女性の腕が発見される。その指には一之瀬も見覚えのあるリングが……。捜査一課での日々が始まる、シリーズ第四弾。
206262-7

と-25-15
蝕罪　警視庁失踪課・高城賢吾　堂場瞬一
警視庁に新設された失踪事案を専門に取り扱う部署・失踪課。実態はお荷物署員を集めた窓際部署だった。そこにアル中の刑事が配属される。〈解説〉香山二三郎
205116-4

と-25-38
Sの継承（上）　堂場瞬一
捜査一課特殊班を翻弄する毒ガス事件が発生。その現場で発見された死体は、五輪前夜の一九六三年に計画されたクーデターの亡霊か？
206296-2

と-25-39
Sの継承（下）　堂場瞬一
ネット掲示板で国会議員総辞職を求め、毒ガスを盾に国会議事堂前で車に立てこもるS。捜査一課は、その正体を探るが……。〈解説〉竹内　洋
206297-9